1. Auflage November 2020

Herstellung und Verlag:
BoD – Books on Demand, Norderstedt
ISBN 9 783 752 661 224

Villa

Konfetti

„Willtommen Villa Tofetti!"

Widmung von Gerd

In Gedenken an meine Mama, die viel zu früh von uns
gegangen ist. Und für all jene, die mich in dieser Zeit mit
Worten und Taten unterstützt haben.

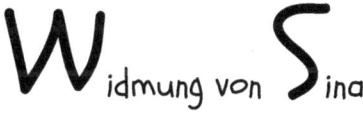

Widmung von Sina

Für alle diejenigen, die sich in einer Sackgasse glauben.
Ich wünsche euch stets neue Möglichkeiten

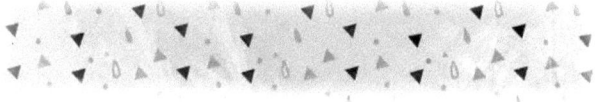

Zitat

Lisa-Marie, 6 Jahre alt

„Wenn ich groß bin, werde ich eine Pippi und Matze
wird mein Großer Wolf.“

Kinderheim

„Du hast da was!" Die sechsjährige Lisa-Marie zeigt auf seinen Hinterkopf. Dort wippt eine Adlerfeder über den dunklen langen Haaren im Takt seiner Bewegungen. Walter arbeitet im Kinderheim an einem Brett, das er gerade provisorisch als Absturzgitter an die Treppe anbaut.

„Die ist voll schön", schwärmt sie und zeigt auf die Feder. „Wo hast du die her?"

Er zieht den Bleistift hinter dem Ohr hervor und zeichnet dort, wo der Meterstab endet, einen Strich.

„Darf ich die mal anfassen?", fragt sie weiter.

Er holt die Säge und steckt das Kabel in die Steckdose.

„Bist du ein Indianer?"

Die Geräusche der Maschine ersticken die Fragen der Kleinen. Beharrlich bleibt sie vor ihm stehen und

beobachtet sein Tun. Hinter ihr rennen zwei ältere Jungs die Treppe herunter, überspringen die letzte kaputte Stufe. Kopfschüttelnd fragt er sich, wie man ein Kinderheim dermaßen herunterkommen lassen kann. Wäre er dafür verantwortlich, dann hätte er jeden Tag Angst, dass sich hier eines der Kinder verletzt. Überall morsche Dielen, ganz zu schweigen von den offenen Kabeln. Am liebsten würde er das bei den Behörden melden, aber dazu fehlt ihm die Zeit. Sein Tag ist ausgefüllt mit Schreinerarbeiten.

Das Brett ist abgesägt. Der Rest fällt auf den Boden. Kaum verstummt die Maschine, fragt das Mädchen: „Bist du ein lieber Indianer? Oder ein böser?"

Frau Pippinger, die ihn hereingelassen hat, kommt aus der Küche heraus. „Wollen Sie etwas mitessen? Wir würden Sie einladen. Es gibt Spaghetti, mögen Sie die?"

Sie hat sich ihm als Heimleiterin vorgestellt. Kinderheim-Mutter heißt das wohl. Er bewundert sie. Sieben Kinder in unterschiedlichstem Alter in Schach zu halten, wäre für ihn eine Aufgabe, die ihn weit überfordern würde. Mit nur einem zurechtzukommen, war schon schwer genug für ihn.

Die Kleine packt ihn an der Hand, zieht ihn mit sich. „Komm, wir dürfen nicht trödeln. Der Fritz hat immer Bärenhunger. Der isst uns alles weg."

Nach dem gemeinsamen Essen mit den Kindern und Frau Pippinger macht sich Walter wieder an die Arbeit.

Lisa-Marie setzt sich in einem Nebenraum an die Hausaufgaben. Er freut sich darüber, seine Ruhe zu haben. Die Sprösslinge stimmen ihn sentimental, eine Gefühlsregung, die er versucht zu vermeiden. Das abgeschnittene Brett lehnt an der Wand, an der Tapetenfetzen herunterhängen. Man sieht die Stellen, an denen die Kinder herumgezupft haben. An manchen Flecken lugt darunter ein anderes Muster hervor. Hier bräuchte es in jeder Ecke eine Generalüberholung. Die Nase rümpfend greift er in den Latz der Arbeitshose und holt Zigaretten heraus. Um ein Haar hätte er sich eine angezündet, erinnert sich im letzten Moment daran, wo er hier ist, und schlurft nach draußen in den Garten. Er stellt sich auf die morschen Terrassenbohlen und zieht genüsslich am Glimmstängel. Wenigstens haben sie hier Platz zum Toben, denkt er. Sein Blick fällt auf die Schaukel. Die Balken schauen für ihn nicht aus, als hielten sie einer Belastung stand. Ihm gegenüber steht ein Gartenhäuschen. Kein Geräteschuppen. Es sieht mehr aus, als würde hier drinnen ebenfalls jemand wohnen. Beim genaueren Hinsehen ändert er seine Meinung. Vielleicht hat dort vor langer Zeit ein Bediensteter gewohnt. In diesem Zustand holt man sich ja die Krätze.

Nach seiner Mittagspause schraubt er das Brett in die Lücke, wo das Treppengeländer durchgebrochen ist. Es wäre genial, einen Auftrag für die komplette Villa zu

bekommen. Jede Menge Arbeit und eine nie versiegende Quelle für weitere Jobs.

„Schau mal, was ich für dich gemalt habe", trällert Lisa-Marie und hüpft mit einem wedelnden Blatt Papier in der Hand auf ihn zu. „Bin schon fertig mit den Hausis. Hab in der Schule schon was gemacht. Ist doch pippileicht. Nur lauter W schreiben. Laaangweilig."

Walter schmunzelt und bohrt mit der Maschine das erste Loch, wodurch er ihren weiteren Redeschwall überhört. Als er den Dübel hineinsteckt, plappert sie erneut.

„Du musst die anschaun. Wir malen gaaanz viel. Die schönsten Bilder hängt die Pippi an die Fenster. Vier sind von mir. Alle anderen kommen in die Kiste." Sie hält ihm ihren Zeigefinger vor die Nase. „Weißt du, damit machen wir es uns hier voll schön. Da oben ..." Sie zeigt auf ein rundes Guckloch über ihm. „Da ist das Glas kaputt. Da regnet es rein. Die Pippi hat eines meiner Bilder in so Folie reingesteckt und das Kaputte damit zugeklebt. Schaut schön aus, gell?"

Er schaut ihrem Zeigefinger hinterher und konzentriert sich dann wieder auf den Bohrer, der eine Schraube im Brett versenkt. Passt.

„Ich leg dir das Bild zu deiner Maschine. Vergiss es nicht. Du darfst das mitnehmen. Ich muss jetzt zu Fritz. Weißt du, am Apfelbaum ist unser Lager."

Walter lächelt, nickt und versenkt die nächste Schraube.

 13

„Wie heißt du eigentlich?" Sie stellt sich mit verschränkten Armen vor ihn hin und mustert seine Feder. „Großer Wolf?" Sie wackelt mit ihrem Schuh hin und her. „Wölfe haben solche Augen wie du." Sie lächelt. „Ein schöner Name. Bis später, Großer Wolf." Sie winkt ihm zu und hüpft die Treppe hinunter.

Zitat

Bruno, 81 Jahre alt

„Verehrte Gleichgesinnte, meine Daumen haben
Hochfrequenz."

(Wenn er aufgeregt ist.)

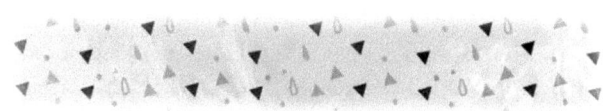

Erbschaft

Bruno Brommberg sitzt zusammen mit fünf weiteren Leuten im Zimmer des Notars um einen massiven runden Tisch herum. Zwei Herren reden miteinander, ein weiterer schaut stur zum Fenster hinaus. Die füllige Dame mit der schmalen Brille liest in ihren Unterlagen. Er lehnt sich auf dem Stuhl vor, streicht mit den Händen über seine weißen Locken, verschränkt die Arme und starrt die anderen an. Als Stiftungsvorsitzender hofft er inständig, dass die Gräfin bei ihrer Erbschaft die Heimkinder bedacht hat. Ihre Villa hat sie zu Lebzeiten kostenlos der Stiftung zur Verfügung gestellt, um den Kindern ein Dach über dem Kopf zu schenken. Erst gestern war er wieder dort, und wie immer hat er sich über den maroden Zustand Sorgen gemacht. Er grüßt seinen Kollegen im Vorsitz, der zur Tür hereinkommt. Den würde er nicht

 16

zum Essen einladen, trotzdem schätzt er sein Wissen. Er ist der Fachmann in ihrer Riege, ein Ass, wenn es sich um die Renovierung von Altbauten dreht. Tjorven van der Gradig nickt ihm zu und setzt sich zu den beiden Herren ihm gegenüber.

„Sag mal, denkst du, sie wird es der Stadt vererben?", reißt ihn die füllige Dame aus seinen Gedanken. „Die haben sich bei ihr doch ständig eingeschleimt, um an die Villa heranzukommen. Böse Zungen munkeln, dass die Stadt es abreißen und einen Bürogebäudekomplex für die Reichen hinstellen möchte. Das wäre dann das Ende für unsere Stiftung … und somit für das Kinderheim."

Bruno bläst die Luft aus. „Ich kann es mir nicht vorstellen. Die Kinder waren ihr immer wichtig. Aber selbst, wenn sie es an die Stiftung vererbt, fehlen uns die Mittel, das Heim zu renovieren."

Die Dame seufzt „Schade, dass sie nur eine Villa vererbt und nicht noch einen Topf voll Geld."

Er nickt. „Ich habe ehrlich gesagt kein gutes Gefühl."

Die Tür öffnet sich schwungvoll und der Notar betritt den Raum mit einem Stapel an Akten unter dem Arm.

„Werte Stiftungsmitglieder." Er lässt seinen Blick über die Anwesenden streifen, setzt sich an den Tisch, sucht durch die Unterlagen und reißt einen Briefumschlag auf.

„Erbsache Gräfin von Pappenburg." Er räuspert sich. „Sind alle Stiftungsmitglieder zugegen?" Er verliest die

Namen und schaut in die Runde. „Der Stadtrat, vertreten durch Herrn Neidlinger." Niemand meldet sich. Die Tür wird aufgerissen, und ein Mann in Anzug und Krawatte stürmt herein, hebt die Hand zum Gruß und setzt sich neben Bruno.

„Dann sind wir jetzt vollständig." Der Notar blickt über seine Brille hinweg und nickt in Richtung des Stadtratsvertreters. Es folgt eine lange Litanei an Gesetzestexten, bis er am Ende das eigentliche Erbe verliest. Bruno hat die Hände verschränkt und dreht die Daumen umeinander. Bei jedem Wort bewegen sie sich schneller.

„... es ist mein ausdrücklicher Wille, die Villa der Stiftung zu vermachen, damit das Haus weiterhin als Kinderheim betrieben wird. Dies stelle ich unter die Bedingung, dass ..."

„Stopp!" Der Stadtratsvorsitzende springt von seinem Stuhl auf und schaut plötzlich zehn Zentimeter größer aus als bei seinem Erscheinen. „Das sieht das Gesetz doch gar nicht vor."

„Ich muss doch sehr bitten, Herr Neidlinger! Setzen Sie sich. Im Grundsatz ist ein Vermächtnis unter einer auflösenden Bedingung jederzeit möglich, wenn es dem Willen der Verstorbenen entspricht. Lassen Sie mich bitte fortfahren."

Zögernd setzt sich der Stadtratsvorsitzende wieder hin.

Brunos Daumen drehen sich in einem schwindelerregenden Tempo.

„Unter der Bedingung, dass die Stiftung das Kinderheim innerhalb von sechs Monaten renoviert hat."

Sein Puls erreicht außerordentliche Höhen.

„Sollte das nicht gelingen und der Weiterbestand dieser Immobilie nicht gewährleistet sein, dann fällt die Villa als Ganzes an die Stadt."

Erneut steht Herr Neidlinger. „Das können wir auch verkürzen. Die Stiftung hat kein Geld! Sie kann es nicht renovieren."

Ein Raunen geht durch die Anwesenden.

„So setzen Sie sich doch!"

Bruno schaut zum Kollegen. Tjorven van der Gradig hebt kaum merklich die Hand und macht eine beschwichtigende Geste in seine Richtung, als wolle er sagen, abwarten, wir schaukeln das.

Der Notar blickt in die Runde, bis sich die Menge beruhigt.

„So sind die Fakten. Wenn bei einem Erbfall ein bestimmter Vermögensgegenstand, in diesem Fall die Villa, einer auflösenden Bedingung untersteht, dann ist das rechtskräftig. Wenn diese Bedingung, hier also die Nutzung des Gebäudes zum Zweck eines Kinderheimes, wegfällt, wird das Vermächtnis unwirksam, und das Gebäude fällt der Stadt zu."

Die Gesichtszüge des Stadtratsvorsitzenden sind schwer zu deuten. Sein Ausdruck wechselt zwischen erleichtert und besorgt. Bruno dagegen ist zum Heulen zumute.

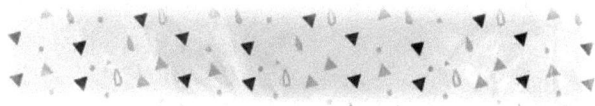

Zitat

Kitty, 19 Jahre alt

„Hab dich lieb, du Pissnelke!"

(Liebevoll auf Straßenart)

Straßenkunst

Kitty sitzt im Zentrum der Stadt auf dem Boden und malt mit Kreide einen Zug auf die Pflastersteine. Am Rand des Bildes sind Blitze zu sehen. Die Lok rast in das Nichts des Himmels hinein, was einzig von den Sternen erhellt wird. Völlig versunken in ihr Gemälde spuckt sie auf den Ringfinger und wischt über den Rauch, damit sich das Weiß mit dem Hintergrund vermischt und es aussieht wie echter Qualm. Dann betrachtet sie grübelnd die Funken, welche die Räder der Lok verursachen. Sie gefallen ihr nicht. Irgendetwas fehlt.

Ein Mann stellt sich an ihre Seite und wirft ein 50 Cent-Stück in die Plastikschale, die neben dem Kunstwerk steht. Rasko, ein Schäferhundmischling sitzt direkt daneben. Er verdreht den Kopf und mustert den Spender. Keiner würde es wagen, ein Geldstück herauszunehmen

anstatt eines hineinzulegen. Der Rüde passt auf Kitty auf, seit sie ihn auf der Straße aufgelesen hat und mit zu ihren Kumpels unter die Brücke genommen hat. Das Lager dort nennen sie ihr Zuhause.

„Mama, ich will auch so grüne haben wie die da ...“ Ein etwa vierjähriger Stöpsel bremst die Mutter und weigert sich, weiterzugehen. Er zwängt sich durch die Menge der um sie herumstehenden Menschen und zeigt mit seinem Finger auf sie und ihre abstehenden Haare. Kitty streckt ihm die Zunge heraus und malt weiter. Musik dringt aus einer anderen Ecke der Fußgängerzone an ihr Ohr. Versonnen schaut sie in Richtung der Melodie und lächelt. Rasko reckt schnuppernd die Nase in die Luft. Dann verstummt die Melodie und ein Kerl mit Schottenrock und Springerstiefeln kommt auf sie zu.

„Hey Cliff, du alte Partypeitsche. Wie ist die Lage? Alles senkrecht?“

Er klatscht bei ihr ab, legt den Dudelsack auf den Boden und balanciert sich neben ihr in den Schneidersitz. Der Hund schleckt ihm übers Gesicht. Cliff streckt ihr eine Currywurst entgegen, bevor sie die Tierschnauze erwischt. Die andere behält er für sich.

„Habe ich gerade verdient. Bleibst du noch hier? Ich mach Schluss für heute.“

Sie schaut zu den Leuten hoch, die gespannt auf ihr Bild herunterblicken. „Bin mit den Rädern noch nicht fertig.“

„Soll ich Rasko schon mitnehmen?"

„Ja, mach mal! Ich komm gleich nach."

„Okay, see you!" Cliff steht auf und macht sich vom Acker.

Kitty hält die Currywurst in der einen Hand, die andere wandert gedankenverloren über ihre Zeichnung. Dann fällt ihr ein, was fehlt. Voller Tatendrang schnappt sie sich die weiße Kreide und malt Blitze an die Stelle, wo die Lok die Schienen verlässt und in den Sternenhimmel fliegt.

Am Abend sitzt Kitty zusammen mit ein paar anderen jungen Leuten unter der Brücke. Weil es hier so zieht, haben sie alte Kartons aufgestellt, die sie vor dem Wind schützen. Auf dem Boden liegt ebenfalls Pappe zum Sitzen und alte Zeitungen, um sich an nassen Tagen die Schuhe zu trocknen. Cliff rührt in einem Topf, der auf einem Gaskocher steht. In der anderen Hand hält er eine Flasche Bier und prostet Kitty zu.

„Ravioli." Entschuldigend zuckt er mit den Schultern, als der glatzköpfige Junge ihm gegenüber, die Nase hochzieht. „Gulasch war aus bei der Tafel. Drum heute das Gleiche wie gestern. Dafür gibt es ausnahmsweise Joghurts zum Nachtisch. Hab ich noch ergattert."

„Zigaretten wären mir lieber gewesen", murrt der mit den zerrissenen Klamotten. Der mit der Fransenlederhose rempelt ihn an. „Jammer hier nicht herum, ich brauch

einen neuen Schlafsack. Die Zeitungen taugen nicht zum Löcher stopfen. Sind zu viele."

„Ach du heilige Scheiße", sagt Kitty. „Ihr habt Probleme. Mir hat heute der Lackaffe von der Gang am Fluss die Kohle geklaut."

„Wie, und das trotz Rasko?"

„Den hatte Cliff mit dabei."

„Fuck."

„Ja genau. War der ganze Zaster, den ich heute eingenommen habe."

„Scheiße."

„Okay, du bekommst heute als erste die Ravioli. Du bist der Loser des Tages."

Kitty lächelt. „Danke. Mein Magen ist so leer, dass ich kotzen könnt. Sorry Cliff, deine Currywurst war nur ein Tropfen auf den heißen Stein."

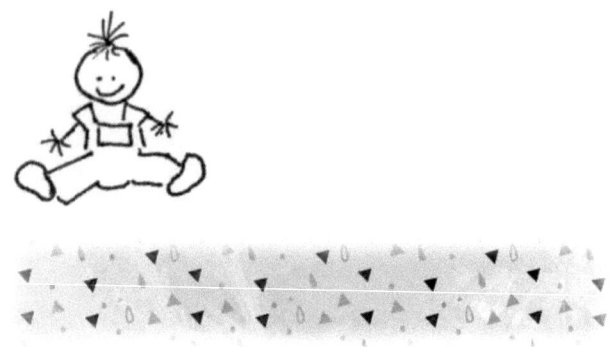

Zitat

Matze, noch nicht ganz 3 Jahre alt

„Willtommen Villa Tofetti!"

(Vornehme Begrüßungsformel)

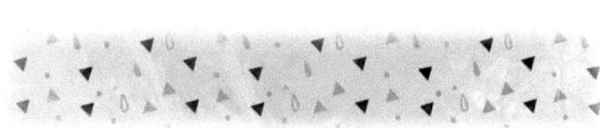

Ortsbegehung

„Ich bin Ihnen sehr dankbar, dass Sie so schnell Zeit gefunden haben. Die Besichtigung liegt mir doch sehr am Herzen."

Bruno Brommberg gibt dem Kollegen Tjorven van der Gradig die Hand. Er zwingt sich, dabei ein entgegenkommendes Lächeln aufzusetzen. Diesen dicken, immer alles besserwissenden Mann und seine schleimige Art konnte er noch nie ausstehen. Vor ein paar Jahren hatte dieses Ekelpaket den Platz im Stiftungsrat von seiner Mutter Hannelore geerbt … Gott hab sie selig!

Van der Gradig greift mit schlaffer Hand zu und grinst Bruno wohlwollend an. Als Geschäftsführer einer Bau- und Immobilienfirma hat er vor, sich einen Eindruck vom Zustand der Villa zu verschaffen. Im Schlepptau hat er einen finster dreinschauenden Mann mit Cowboyhut.

Brommberg findet diese Aufmachung etwas seltsam, aber da er täglich von kleinen Piraten, Cowboys, Indianern und Prinzessinnen umgeben ist, zuckt er nur mit den Schultern.

„Darf ich Ihnen Gunnar Falkenburg vorstellen? Er ist Architekt und Bauleiter in meiner Firma und mein Spezialist für die Instandsetzung alter Bauten. Sofern Sie nichts dagegen haben, würde ich Herrn Falkenburg unentgeltlich als Projektleiter für die Arbeiten am Gebäude zur Verfügung stellen. Sozusagen als meinen persönlichen Beitrag zum Erhalt des Kinderheims."

Wieder ein schleimiges Grinsen. Warum kann dieser Kerl nicht ein paar von den liebenswürdigen Eigenschaften seiner Mutter haben?

Bruno wendet sich Herrn Falkenburg zu und schaut in ein ernstes, etwa vierzig Jahre altes Gesicht mit blondem Dreitagebart, das ihm zunickt. Der braune, zerschlissene Cowboyhut lässt ihn hart und verwegen erscheinen. Er streckt ihm die Hand entgegen und fühlt sich augenblicklich wie in einem Schraubstock. Dieser Herr packt zu, das ist ihm sofort klar. Seine Begrüßung aber erwidert er nicht.

Die drei Männer betreten das Gebäude. Falkenburg macht sich daran, alles zu inspizieren. Mit einer Kladde in der Hand untersucht er Wände, Böden, Türen und Fenster. Von einem Raum zum nächsten arbeitet er sich durch, klopft hier und dort ans Mauerwerk und löst ein

Stück Tapete, um einen möglichen Schimmelbefall festzustellen. Im Keller kontrolliert er den Schaltkasten und die Wasserleitungen.

„Wer sind denn die fremden Männer?", fragt eine piepsige Stimme. Bruno schaut hinab und entdeckt den neunjährigen Jonas, der mit funkelnden Augen das Treiben beobachtet.

„Die Herren wollen uns helfen, das Kinderheim in Schuss zu bringen, damit ihr noch lange hier wohnen könnt."

„Na gut, dann dürfen sie bleiben. Eindringlinge werden normalerweise mit meinem Piratensäbel aus der Villa gejagt und kielgeholt!", ruft Jonas mit kräftiger Stimme und streckt den aus einem Ast geschnitzten Säbel vor.

Während er sich mit dem Piratenkapitän beschäftigt, stecken van der Gradig und Falkenburg die Köpfe zusammen und unterhalten sich flüsternd. Der Cowboy verschwindet kurz darauf wieder, um seiner Arbeit nachzugehen.

„Gute Nachrichten, Brommberg!", röhrt van der Gradig durch den Raum und kommt auf ihn zu. „Gunnar hat sich einen ersten Eindruck verschafft. Die Böden und Wände sind in gutem Zustand. Die Elektrik ist trotz ihres Alters noch tadellos. Die Fenster sind einigermaßen dicht und die Heizung schafft noch ein paar Jahre. Die Geländer an den Treppen sollten jedoch dringend vollständig ausgetauscht werden. Natürlich gibt es hier

und da ein paar Kleinigkeiten, die schnellstmöglich zu beheben sind. Was ihm jedoch Sorgen macht, sind die Wasserleitungen. Diese sind zum Teil marode und sollten in den nächsten Wochen erneuert werden. Jetzt schaut sich Gunnar noch das Dach an. Sofern dort alles in Ordnung ist, können wir uns glücklich schätzen und werden mit dem vorhandenen Geld hoffentlich hinkommen. Bestimmt spendiert uns die Stadt zusätzlich einen kleinen Zuschuss. Ich habe da so meine Beziehungen."

Bruno ist enorm erleichtert. Sein langgezogener Seufzer hallt durch den Keller. Für einen kurzen Moment erscheint ihm sogar van der Gradig sympathisch und er reicht ihm dankbar die Hand.

„Das sind gute Neuigkeiten. Ich danke Ihnen für Ihre Unterstützung."

„Dafür nicht, Brommberg! Die Kinder liegen schließlich uns allen am Herzen."

Zitat

Susi, 13 Jahre alt

„Ich würde ja schon gerne wollen, aber malen ist mir lieber."

Beobachtung

Im Kinderheim ist es ruhig auf den Gängen. Rafaela und Carsta, die beiden Ältesten, sitzen vor ihren Hausaufgaben. Susi hat ihre schon in der Freistunde erledigt. Die Kleineren spielen mit Frau Pippinger ‚Mensch ärger dich nicht‘, aber sie hat keine Lust auf den Kinderkram. Ihr ist Malen lieber und so macht sie sich auf den Weg zu ihrem Zimmer. Fritz kommt ihr mit einem Lederball entgegen und trippelt um sie herum. „Hey Sportskanone, was gibt's? Kommst du mit Jonas und mir Fußballspielen? Wir brauchen noch eine Eckfahne!"

„Lass mich in Ruhe, Lästermaul. Kleine Jungs wie du sollten eigentlich mit Pippi und Matze Kinderspiele spielen."

„Du bist bloß neidisch, weil du nicht so gut mit der Kugel umgehen kannst wie ich", lacht er und tänzelt mit

dem Fußball an ihr vorbei. „Wo ist eigentlich Jonas? Der wollte doch hier unten warten. Egal … der wird schon draußen sein. Ein schönes Leben, du Langweilerin!" Und schon ist er nach draußen verschwunden.

Susi schüttelt den Kopf … Jungs!

Als sie am Treppenabsatz steht, hört sie Stimmen. Keine, die sie kennt. Es sind Männer, die reden. Aber nicht im Erdgeschoss, auch nicht bei ihren Zimmern oben, es klingt, als seien sie im Keller. Mit klopfendem Herzen schleicht sie ein paar Stufen hinab. Als sie näherkommt, hört sie weiter hinten im Keller Jonas und Opa Brummbär. Erleichtert atmet sie auf. Dann sprechen wieder die fremden Männer, ganz in ihrer Nähe, so dass sie zusammenzuckt.

„Bist du dir sicher, dass das klappen wird?", fragt einer. Der andere brummt. „Keine Sorge, ich weiß genau, was ich tun muss. Die werden sehen, wo sie mit der Villa hinkommen."

Susi traut sich kaum zu atmen. Angestrengt lauscht sie.

„Und keiner wird merken, dass du etwas damit zu tun hast?"

„Ich bin ja nicht blöd. Vor morgen wird niemand etwas mitbekommen. Ich muss aber nochmal rauf ins Badezimmer. Kannst Gift drauf nehmen, dass alles so läuft, wie wir das wollen."

Ins Badezimmer? Sie zuckt zusammen. Dann kommt er an ihr vorbei. Schnell dreht sie sich um und rennt die

 33

Treppe rauf. Oben knallt sie fast mit Fritz zusammen, der wohl immer noch auf der Suche nach Jonas ist. Kaum ist sie im Flur angekommen, tritt ein großer Mann mit Cowboyhut durch die Tür, die hinab zum Keller führt, und schaut Fritz und sie mit düsterer Miene an. Unbeirrt steigt er die Treppe ins Obergeschoss hinauf.

Susi nimmt all ihren Mut zusammen und schleicht ihm hinterher. Von ihrer Angst vor fremden Männern lässt sie sich nicht ausbremsen, insbesondere, wenn sie so böse schauen. Die Neugierde siegt. Es drängt sie herauszufinden, was er im Schilde führt. Verstohlen lugt sie ins Bad. Die Tür ist angelehnt, so dass sie nur den Rücken des Mannes sieht. Allerdings hört sie ein metallenes Klopfen. Leise huscht sie zur gegenüberliegenden Flurseite und öffnet die Tür zu ihrem Zimmer. Zitternd nimmt sie ihren kuscheligen Riesenteddy, den sie zum dreizehnten Geburtstag geschenkt bekommen hat, und drückt ihn ganz fest. Durch ihre offene Tür sieht sie, wie der Fremde aus dem Bad kommt und sich nach allen Seiten umschaut. Dann betritt er die Treppe zum Dachboden.

Mit klopfendem Herzen wartet Susi ein paar Minuten, die Lippen fest aufeinandergepresst. Kurze Zeit später poltert es auf der Treppe und der Cowboy macht sich auf den Weg ins Erdgeschoss. Von unten hört sie laute Stimmen. Die Fremden verabschieden sich von Opa Brombeere. Die Haustür schlägt zu, dann ist es still.

Auf Zehenspitzen tappt sie aus ihrem Zimmer. Mit angehaltenem Atem betritt sie das Badezimmer. Niemand da. Was hat der Kerl hier nur gewollt? Sie schaut sich um. Irgendetwas wollte er machen, hat er gesagt. Keine Ahnung was. Suchend wandert ihr Blick durchs Zimmer, sieht aber nichts, was ihr verdächtig vorkommt. Hat sie sich das alles nur eingebildet? Vielleicht hätte sie am Samstag doch nicht mit Raffa und Carsta den Krimi schauen sollen. Gedankenverloren greift sie nach ihrem Zeichenblock. Susi liebt es zu malen, das beruhigt ihre Nerven.

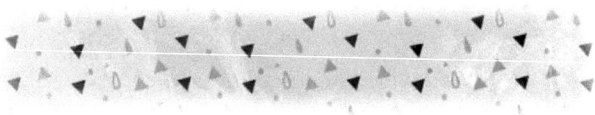

Zitat

Pippi, 40 Jahre alt

„Kann es noch schlimmer kommen?"

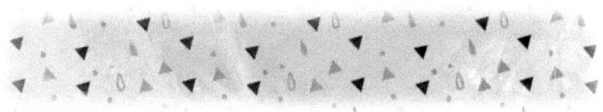

Mietrückstand

„Es tut mir wirklich leid, aber ich muss schauen, wo ich bleibe. Seit drei Monaten fehlt die Miete. Da kann ich meine Unkosten nicht mehr zahlen. Und es sieht ja nicht so aus, als würde ich morgen das Geld bekommen." Die Vermieterin hält Walter einen Brief unter die Nase.

Er nickt und nimmt ihn an sich.

„Glauben Sie mir, wenn ich einen anderen Weg wüsste, dann ... Aber mir sind die Hände gebunden. Die Stadt will pünktlich ihr Geld für Wasser und Strom. Ich kann leider nicht länger ein Auge zudrücken. Haben Sie denn nicht einen größeren Auftrag für die nächste Zeit?"

Er schüttelt den Kopf. „Leider nein."

Die Vermieterin verzieht das Gesicht. „Dann ist bedauerlicherweise nichts zu machen. Bis Ende des Monats können Sie noch bleiben. Ich werde dem

Nachmieter sagen, dass er sich so lange gedulden muss."
Sie schaut ihn nicht an. Ihr ist sichtlich unwohl. Es ist ihr
nicht zu verübeln. Seine Vermieterin hat ihm lange genug
die Stange gehalten. Den rettenden Auftrag von der Stadt
für die Erneuerung der Türen im Seniorenheim, auf den
er so sehnlichst gehofft hatte, bekam ein anderer
Schreiner. Jemand mit einer Handvoll Angestellten. Die
hätten mehr Kapazitäten und dadurch wären sie schneller
fertig, haben sie ihm gesagt. Mit diesem Auftrag hätte er
die Mietschulden zahlen können. Ohne ihn ist er pleite
und hat keine Ahnung, wohin mit sich. Es bleibt ihm
lediglich die kleine Garage, in der er seine Maschinen und
Werkzeuge lagert. Die gehört ihm zwar, aber bis zum
nächsten Auftrag darin zu wohnen, erscheint ihm weit
hergeholt. Keine sanitären Anlagen, nur ein Gebläse, mit
dem er im Winter den Raum heizt. Bisher hat er den
Gedanken erfolgreich verdrängt, dass er kurz vor dem
Aus steht, aber nun lässt es sich nicht mehr unter den
Tisch kehren.

Er lässt die Wohnungstür hinter sich ins Schloss fallen,
da läutet sein Telefon.

„Gut, dass ich Sie erreicht habe!" Frau Pippinger atmet
schwer. „Der Installateur geht nicht ans Telefon. Über
den Notdienst ist er ebenfalls nicht zu erreichen. Da sind
Sie mir eingefallen. Bei Lisa-Marie steht das Wasser im
Zimmer. Ich denke mal, im anliegenden Bad ist was mit
der Wasserleitung. Dort ist ebenfalls Land unter. Können

Sie kommen? Ich war schon im Keller bei den ganzen Leitungen, aber ich weiß nicht, wo der Hauptwasserhahn zum Abdrehen ist."

„Bin gleich bei Ihnen", sagt Walter. Vor dem Anruf hat er sich todmüde gefühlt. Doch jetzt ist er hellwach, läuft in die Garage, zündet sich eine Zigarette an, setzt sich in seinen Caddy und fährt los. Zum Glück hat er vorhin sein Werkzeug nicht aus dem Auto geräumt.

„Gestern Abend habe ich noch nichts bemerkt. Lisa-Marie hat nachts um zwei an mein Zimmer geklopft, weil sie in eine Pfütze gestiegen ist. Zu viel heißer Kakao am Abend, sie musste zur Toilette." Lächelnd zuckt sie die Schultern.

Walter steigt mit ihr zusammen die Treppen in den Keller hinunter. Alles riecht modrig, und er fühlt sich wie in einer Tropfsteinhöhle. Von der Decke leckt es. Aber auf den ersten Blick sieht er nicht, welche der offenliegenden Leitungen undicht ist. Fahrig schaut er sich um. Wo liegt das Problem?

„Dahinten sind so alte Drehteile." Sie zeigt in eine Ecke, in der die Rohrleitungen zusammenlaufen und ein paar altmodische Absperrhähne zu sehen sind. „Ich wusste einfach nicht, welcher der Richtige ist. Wollte nicht noch mehr Schaden anrichten."

Walter sieht sich die rostige Konstruktion genauer an. Da sind zwar Drehräder, aber nirgends eine Beschriftung.

„Pippi", ruft ein Junge von oben. „Der Fritz hat auch nasse Füße. Da läuft Wasser aus der Wand. Schaut aus, wie ein Springbrunnen. Das musst du sehen. Kannst du mal kommen?"

„Oje." Frau Pippinger schaut ihn mit angsterfüllten Augen an. „Können Sie das abstellen? Ich fürchte, sonst steht hier bald alles unter Wasser."

Er nickt, lediglich um ihr Zuversicht zu schenken. Sein Gehirn dagegen arbeitet auf Hochtouren. Welches ist es?

„Kann ich nach den Kindern sehen? Kommen Sie allein zurecht? Mehr kann ich Ihnen eh nicht sagen. Hab keine Ahnung, wer das letzte Mal daran was gemacht hat."

„Gehen Sie nur." Ihm ist es lieber, wenn sie ihm nicht auf die Finger schaut. Hektisch greift er nach einem der Räder und versucht daran zu drehen, doch es lässt sich nicht in Gang setzen. Ihm wird heiß. Eilends greift er in den Werkzeugkasten, zieht einen Lappen heraus und wickelt ihn um das rostige Teil. Mit kräftigem Zug reißt er daran, doch es bewegt sich keinen Millimeter. Ein weiterer Versuch mit beiden Händen. Jemand schreit von oben herunter. Er hält inne.

„Bei Susi auch!"

Der Schweiß rinnt ihm über die Stirn. Walter drückt noch kräftiger mit beiden Händen zu. Wieder nichts. Mit seinem Hemdärmel wischt er sich unwirsch die Tropfen von der Wange. Die Rohrzange! Fieberhaft wühlt er in seinem Kasten, holt sie hervor, setzt am Drehrad an und

zieht. Es bewegt sich. Voller Enthusiasmus schraubt er bis zum Anschlag.

Er rennt zur Kellertreppe und schreit lauthals. „Es ist abgesperrt." Hoffnungsvoll wartet er auf das erlösende Okay von oben.

„Läuft immer noch", schreit Frau Pippinger.

Dann war es das falsche Rad. Sofort macht er sich am nächsten zu schaffen.

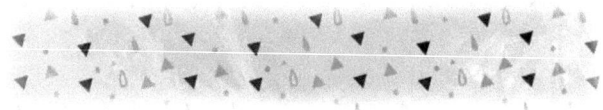

Zitat

Bruno, 81 Jahre alt

„Ich war so viele Jahre Vorstand in dieser Stiftung.
Wir haben selbst das Erdbeben in den Neunzigern
überstanden und das Kinderheim anschließend wieder
aufgebaut. Wir werden es auch noch öfter aufbauen,
wenn es nötig ist."

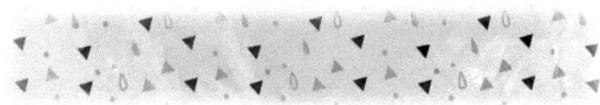

Möglichkeiten

Seufzend lässt sich Bruno Brommberg auf dem antiken Lehnstuhl nieder, heilfroh darüber, dass der Schreiner gestern so beherzt eingegriffen hat. Nachdem alle Räder zugedreht waren, hat sich das Wasser in den Zimmern nicht weiter ausgebreitet, aber das, was es angerichtet hat, liegt ihm schwer im Magen.

Die Kinder nennen ihn liebevoll Opa Brombeere oder Opa Brummbär. Heute fühlt er sich jedoch weder fruchtig wie eine Beere noch stark wie ein Bär. Eher niedergeschlagen und alt. Mit seinen inzwischen einundachtzig Jahren ist er nicht mehr der Frischeste, steht aber mitten im Leben. Doch seit dem Wasserschaden kommt er sich vor wie ein Hundertjähriger.

Wie sollen sie nur das Geld auftreiben? Das Kinderheim war ohne diese Katastrophe bereits marode und baufällig. Ein Wunder, dass bislang keinem Kind etwas passiert ist. Die Stiftung des Heimes schaffte es nur mühsam, die allernötigsten Instandsetzungsarbeiten zu finanzieren.

Und jetzt so etwas.

Frau Pippinger bringt ihm ein Glas Sprudel. „Ich bin so froh, dass ich den Schreiner gleich erreicht habe. Bis ich einen Klempner aufgetrieben hätte, wäre die ganze Villa voll Wasser gelaufen."

„Wie sagten Sie, dass dieser Mann heißt? Der scheint ja recht kommod zu sein."

„Die Kinder nennen ihn den Großen Wolf, wegen der Feder im Haar, denke ich." Sie schmunzelt. „Aber eigentlich heißt er Walter."

„So jemanden wie ihn bräuchten wir, der das alles wieder auf Vordermann bringt. Wenn ich nur wüsste, wie wir das nötige Geld auftreiben könnten. Die Kollegen von der Stiftung haben sich die Finger wundtelefoniert. Aber die meisten Leute haben erst vor Kurzem für das Baumhaus gespendet. Den Tropfen auf den heißen Stein haben die letzten Reparaturen aufgefressen."

Sie seufzt. „Ich weiß, wir werden wohl ausziehen müssen. Für ein paar Tage teilen wir die Kinder auf die restlichen Zimmer auf. Aber das funktioniert nicht auf

Dauer. Matze und Lisa-Marie haben sich eh eines geteilt. Nun gut. Das, so denke ich, war für sie keine Strafe. Sie liebt den Kleinen, und er würde nicht schlafen, wenn sie nicht neben ihm liegt. Aber stellen Sie sich mal Carsta und Rafaela in einem Zimmer vor. Nach zwei Tagen Zickenkrieg gebe ich freiwillig meinen eigenen Raum her. Ihnen brauche ich nichts zu erzählen, Sie kennen die beiden, sie sind gleichaltrig und eben sehr pubertär."

Bruno kratzt sich durch die Stoppeln. „Und dann ist da immer noch das Problem mit dem Wasser. Solange die Leitungen nicht repariert sind, müssen alle im Gartenhaus zur Toilette gehen und duschen. Wir müssen sogar drüben kochen. Das ist mit sieben Kindern keine Option."

„Opa, hoch will", sagt der zweijährige Matthias und klammert sich an Brunos Bein. Liebevoll streicht er ihm über den Kopf.

Lisa-Marie kommt hinterhergelaufen. „Matze, du hast zwei Füße."

Fritz springt mit dreckigen Schuhen durch die Gartentür herein. „Alles bereit zum Entern. Die feindlichen Piraten sind in Sicht." Er johlt so laut, dass sich Matze die Ohren zuhält. „Alle Freiwilligen an Bord. Beeilt euch, wir setzen die Segel." Und schon ist er wieder in den Garten verschwunden.

Lisa-Marie nimmt Matze an der Hand. „Komm, wir müssen mit an Bord. Wir sind auch Piraten." Der Kleine

johlt, wie Fritz kurz zuvor, und lässt sich bereitwillig von ihr mitziehen.

Bruno schaut ihnen versonnen hinterher. „Freiwillige", sagt er in Gedanken versunken. „Alle Mann an Bord"

„Alles in Ordnung?", fragt Frau Pippinger. „Oder hat Sie Fritz angesteckt? Piratenfieber. Keine schöne Sache", sagt sie und lacht.

„Was?", fragt er und schaut verlegen.

„Schon ok. Wollen Sie noch ein Glas Wasser? Ich hole Ihnen eines."

„Nein danke." Er kratzt sich ungelenk über die Nase. „Wir brauchen Freiwillige! Das ist es! Und alle müssen gemeinsam an Bord."

Sie schaut ihn mit großen Augen an. „Das hört sich gut an. Freiwillige. Menschen, die sich gerne für Kinder engagieren. Ich meine, die hat das Leben eh schon nicht mit goldenen Tellern verwöhnt, und dann müssen sie auch noch Angst haben, dass die einzige Heimat, die sie haben, auch noch wegfällt. Da gibt es doch bestimmt Helfer, oder?"

„Ich wüsste da jemanden. Aber einer ist nicht genug. Wir bräuchten ein paar vom Bau dazu. Vielleicht auch Studenten, die nicht gerade zwei linke Daumen haben."

„Ob Großer Wolf mithelfen würde? Vielleicht würde uns auch die Stadt unterstützen. Frau Gudenau vom Sozialamt ist doch immer hilfsbereit, wenn es um das Kinderheim geht." Frau Pippingers Augen leuchten.

„Fragen kostet ja nichts", entgegnet Bruno und allmählich verfliegt seine düstere Stimmung. „Ich werde die Dame gleich mal anrufen. Möglicherweise kann sie mit dem Bürgermeister reden und uns zumindest zeitweise einen Arbeiter zur Verfügung stellen."

„Gibt es eigentlich schon eine Aufstellung der Schäden?"

Bruno seufzt und zieht ein Blatt Papier aus seiner Hosentasche. „Ja, ich habe hier alles. Falkenburg hat bereits eine Liste der Schäden angefertigt. Das sieht gar nicht gut aus. Neben den Wasserleitungen und den Geländern müssen in den betroffenen Zimmern jetzt zusätzlich alle Böden und Möbel ausgetauscht werden. Die Wände sind neu zu tapezieren und zu streichen. Außerdem hat es durch den Wassereinfall die Elektrik erwischt. Und das sind nur die großen Brocken."

„Ach du meine Güte, so viele Baustellen! Selbst, wenn wir genügend Arbeiter finden, fehlt es uns am Geld für die Materialien."

„Ich weiß, meine Liebe. Wir wollen uns davon nicht unterkriegen lassen. Laut van den Gradig reicht das Geld der Stiftung immerhin dafür, die Wasserleitungen instand zu setzen. Das sollten wir schleunigst in die Wege leiten. Alles andere wird sich hoffentlich fügen. Lassen Sie uns den Glauben nicht verlieren. Und jetzt her mit dem Telefon!"

Bruno wählt die Nummer des Sozialamtes. Frau Gudenau ist ihm ans Herz gewachsen, weil sie leicht fünfe gerade sein lässt und bereits mehrmals dem Kinderheim ohne gesetzliche Grundlage geholfen hat. Leider hat sie diesmal strikte Anweisungen vom Bürgermeister, keinerlei Geld und Arbeiter zur Verfügung zu stellen.

„Eine Idee habe ich trotzdem", piepst ihre hohe Stimme aus dem Hörer. „Ihre Aussage mit den Freiwilligen hat mich darauf gebracht. Wir vergeben hier die Projekte für ein freiwilliges soziales Jahr und ähnliche Aktionen. Ich will versuchen, Ihres mit in die Liste aufzunehmen und Werbung dafür zu machen. Versprechen kann ich nichts, aber es wäre doch gelacht, wenn wir nicht Helfer finden würden."

„Ich und die Kinder danken Ihnen von ganzem Herzen, Frau Gudenau!"

„Keine Ursache, dafür bin ich doch da. Wissen Sie eigentlich, wo Sie die Kinder während der Renovierungsmaßnahmen unterbringen?"

Dieses Telefonat ist für Bruno wie eine Achterbahnfahrt der Gefühle. Hoffnung, Enttäuschung, Lichtblicke und Frust wechseln sich ab. „Nein, leider nicht. Wir wollen versuchen, die Kinder zusammenzulegen, aber auf Dauer geht das nicht. Außerdem halte ich es für sehr gefährlich, die Kinder während der Bauarbeiten im Haus zu lassen."

„Das sehe ich ganz genauso!" Frau Gudenaus Stimme überschlägt sich vor Eifer. „Aber auch da gibt es vielleicht eine Möglichkeit."

Fritz, Lisa-Marie und Matze kommen wieder angelaufen und singen ein fröhliches Piratenlied. Bruno steckt sich den kleinen Finger ins Ohr, um kein Wort zu verpassen.

„Sie kennen doch die alte Jugendherberge. Meine Schwester leitet dieses Haus, daher weiß ich, dass dort in den nächsten Monaten nicht besonders viel los ist. Wenn Sie wollen, frage ich nach, ob sie die Kinder für sechs Monate aufnehmen kann. Danach bauen auch sie die Sanitäranlagen um."

„Sie sind ein Engel! Das würde uns eine große Last nehmen! Ich weiß gar nicht, wie ich Ihnen danken soll."

Die Kinder sind zur nächsten Eroberung auf ihr Schiff zurückgekehrt und Bruno berichtet der Heimleiterin von seinem Gespräch.

„Das sind gute Nachrichten", erwidert sie erleichtert. „Hoffentlich sind ihre Bemühungen erfolgreich."

„Und wir tun ebenfalls unser Bestes, um einen Beitrag zum Renovierungsteam zu leisten! Rufen Sie bitte beim Großen Wolf an? Ich will versuchen, uns einen Elektriker zu besorgen."

Die Begeisterung steht ihm ins Gesicht geschrieben. Voller Hoffnung greift Bruno erneut zum Telefon.

Zitat

Henry, 80 Jahre alt

„Mögen die Prinzessinnen und Ritter des hiesigen
Schlosses allzeit in gutem Lichte dastehen!"

(Nach einer erfolgreichen Lampeninstallation)

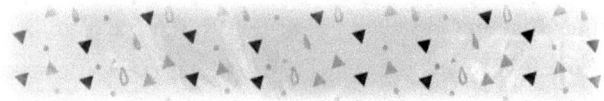

Befreiung

Henry sitzt im Seniorenheim in seinem Zimmer und starrt an die Decke. Nach einer Weile steht er auf und schiebt sich einen Stuhl unter die Lampe. Voller Tatendrang steigt er hinauf und streckt die Hände der kaputten Glühbirne entgegen. Die Tür öffnet sich.

„Aber Henry!" Fatma verdreht ihre rehbraunen Augen. „Was machen Sie denn auf dem Stuhl? Dafür haben wir doch den Hausmeister. Der kommt heute Nachmittag und wechselt die Glühbirne aus. Dann haben Sie wieder Licht in Ihrem Zimmer."

„Liebe Prinzessin, ich bin Sir Henry, Ritter von der edlen Bande. Ich kann durchaus die defekte Birne selbst austauschen, um den Meister des Hauses vor einer Überarbeitung zu retten."

„So seien Sie doch vernünftig. Sie müssen doch hier nicht arbeiten."

Henry schnauft wie ein Pferd. „Ich bin der edlen Zunft der Elektriker entsprungen. Denken Sie denn, dass ich hier nur herumsitze und Löcher in die Luft starre?" Stocksteif steht er auf dem Stuhl und ist fest entschlossen, dieses Mal den Kampf gegen die Langeweile zu gewinnen. Und wenn es nur eine Glühbirne ist, die er herausdreht und eine andere einschraubt. Es ist etwas, das ihn an sein Berufsleben und jede Menge Arbeit erinnert, sich einfach nach Leben und nicht nach Zeit absitzen anfühlt. Die Schlacht ist noch nicht gewonnen, aber er wird um seine Glühbirne kämpfen.

„Henry, Telefon!", die junge Fatma stürmt durch den Aufenthaltsraum des Seniorenheims, während sie mit dem schnurlosen Gerät in der Hand wedelt.

Sir Henry, wie er hier von allen genannt wird, sitzt gemütlich auf dem Sofa und schaut sich im Fernsehen eine seiner geliebten Heimwerkersendungen an.

„Sir Henry! Ein Anruf für Sie!"

Erstaunt schaut Henry zu ihr auf. „Für mich?"

Ungläubig nimmt er den Hörer entgegen. Seit Ewigkeiten hat ihn niemand mehr angerufen. Fünf Jahre ist es her, dass ihn seine Kinder in dieses Seniorenheim abgeschoben haben. Das Verhältnis zu ihrem hart arbeitenden Vater war nie herausragend und so nutzten sie die erstbeste Gelegenheit, ihn loszuwerden. Im ersten Jahr bekam er immerhin alle paar Monate einen Anruf oder einen Brief. Seit dem zweiten ist Sendepause.

„Hallo?", fragt er vorsichtig.

„Henry? Bist du das? Hier ist Brommberg."

„Bruno, mein alter Freund! Das ist aber eine schöne Überraschung! Wie komme ich denn zu dieser Ehre? Von dir habe ich seit Jahren nichts mehr gehört."

Henry fühlt sich zehn Jahre jünger, als er die Stimme seines alten Freundes vernimmt. Als junge Burschen tobten sie gemeinsam durch die Wälder, hatten zusammen die Schule besucht und sich auf die Jagd nach den Dorfschönheiten begeben. Als sie älter wurden, entwickelten sich ihre Leben in unterschiedliche Richtungen. Trotzdem hatten sie immer wieder eine Möglichkeit gefunden, sich zu treffen und über alte Zeiten zu plaudern.

„Du hast recht. Wir haben uns viel zu lange nicht mehr gesprochen. Wie geht es dir denn in deiner Seniorenresidenz? Bist du immer noch der Held der Stromkabel und genießt die Avancen deiner Mitbewohnerinnen?"

„Selbstverständlich, alter Junge! Ich kann mir die Weiber kaum vom Leibe halten und fühle mich hier rundum wohl." Henry versucht enthusiastischer zu klingen als er sich fühlt.

„Das freut mich für dich. Für mich weniger. Dann werde ich mit meiner Bitte auf Granit beißen. Du wirst dich wohl kaum aus deinem Wohlfühl-Schloss herauslocken lassen", hört er Bruno mit niedergeschlagener Stimme sagen.

„Um was geht es denn? Lass mal hören!" Hoffnungsvoll drückt er das Telefon so fest aufs Ohr, dass sich das Hörgerät schmerzhaft in die Ohrmuschel bohrt.

„Na gut. Es schadet nichts, drüber zu reden. Wenn ich dich schon nicht weglocken kann, dann hast du vielleicht eine gute Idee. Wir haben einen Notfall in meinem Kinderheim. Ein Wasserschaden. Der Großteil des Gebäudes muss renoviert und saniert werden. Wir haben nur sechs Monate Zeit und kein Geld. Jetzt bin ich auf der Suche nach einem Team, das in dieser kurzen Zeit unser Kinderheim rettet. Du als ehemaliger Elektriker warst mir als erstes im Kopf. Allerdings verstehe ich auch, dass du dir das in deinem Alter nicht mehr antun möchtest. Du genießt bestimmt lieber das gute Leben."

Henrys Herz hämmert in seiner Brust, seine Hand quetscht den Telefonhörer.

„Bruno! Ich halte das hier nicht mehr aus. Den ganzen Tag nichts tun, das Gefühl zu haben, nur unnötiger Ballast zu sein. Wenn das so weitergeht, darf ich mir nicht mal mehr alleine den Hintern abwischen. Lass mich mitmachen! Ich schaffe das! Bitte hol' mich hier raus!"

Am anderen Ende der Leitung ist es still. Hat Bruno aufgelegt oder ist die Leitung zusammengebrochen? „Bist du noch da?"

„Ja, alter Freund, ich bin noch da. Mach dir keine Sorgen. Ich denke, es wird Zeit, den edlen Ritter aus seinem Kerker zu befreien."

Henry atmet tief durch. Langsam beruhigt er sich wieder und ruft dann laut: „Nicht verzagen, ihr gebeutelten jungen Prinzessinnen und Prinzen. Sir Henry reitet wieder und wird euch siegreich zur Seite stehen!"

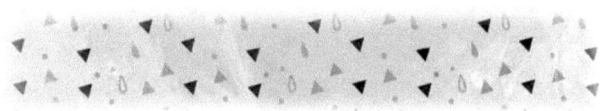

Zitat

Fritz, 8 Jahre alt

„Alle Mann in Stellung. Die Piraten sind auf
Enterkurs."

(Bei der Erkletterung des Baumhauses)

Genehmigung

Fröhliches Kindergeheul schallt über die Terrasse. Fritz und Jonas haben Vogelfedern im Haar und tanzen johlend um Bruno herum, der verzweifelt versucht, sich auf sein Telefonat zu konzentrieren.

„Oh nein! Da kommen die Cowboys! Wir müssen uns verstecken!" Fritz zieht Jonas mit sich und die beiden verschwinden hinter einem Busch, während Lisa-Marie gefolgt von Matze auf die Terrasse springt.

„Wo sind die verflixten Rothäute?", ruft das kleine Mädchen laut.

„Flixte Häute!", piepst Matze und schaut Bruno fragend an.

Dieser deutet in die Richtung, in der die beiden Jungen verschwunden sind. Als endlich wieder Ruhe herrscht, wendet er sich abermals seinem Gespräch zu.

„Entschuldigen Sie bitte, liebe Frau Gudenau. Könnten Sie das bitte wiederholen? Hier wurden gerade ein paar Indianer von der Kavallerie gejagt."

Sie lacht. „Bei Ihnen ist immer was los. Meine guten Nachrichten wiederhole ich aber liebend gerne. Ich habe die Renovierung als Sozialprojekt ausgeschrieben und auch schon mal die Werbetrommel für Sie gerührt. Leider kann ich Ihnen nichts versprechen, aber vielleicht haben wir Glück und es findet sich jemand, der Sie unterstützt."

Er ist erleichtert. Zwar bedeutet diese Nachricht noch nicht, dass sich jemand melden wird, aber er ist dankbar für jeden noch so kleinen Hoffnungsschimmer.

„Außerdem habe ich mit meiner Schwester gesprochen. Sie hat angeboten, den alten Westflügel der Jugendherberge vorübergehend für die Kinder bereitzustellen. Die Kleinen werden ein wenig zusammenrücken müssen. Zimmer und Ausstattung sind alt, aber alles ist funktionsfähig. Es gibt sogar eine kleine Küche und einen Aufenthaltsraum."

Ein tonnenschwerer Felsbrocken fällt von seinem Herzen. Die Unterbringung der Kinder war ein gewichtiger Faktor. Kurz hatte er überlegt, die Kleinen bei verschiedenen Familien unterzubringen, aber sechs Monate sind eine lange Zeit und außerdem will er seine Schützlinge auf keinen Fall trennen. Sie sind eine große Familie.

„Ich weiß gar nicht, was wir ohne Sie machen würden. Tausend Dank an Sie und Ihre Schwester. Wir werden gleich mit den Planungen beginnen!"

„Eine Sache noch, Herr Brommberg. Sofern sich Bewerber über die Ausschreibung des Sozialprojekts melden, benötigen diese mit aller Wahrscheinlichkeit eine Unterkunft. Für Verpflegung müssten Sie sorgen."

Die Furchen auf seiner Stirn vertiefen sich. Kurz darauf leuchten seine Augen. „Verpflegung ist kein Problem. Und ich glaube, für die Unterkunft habe ich auch eine Idee!"

Bruno legt auf, quält sich aus seinem Stuhl und beginnt glücklich zu johlen. Wenige Sekunden später tanzen zwei Indianer, zwei Cowboys und ein zufriedener alter Brummbär um den Stuhl.

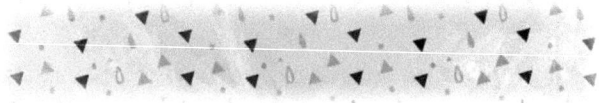

Zitat

Kitty, 19 Jahre alt

„Heiliger Ghettoblaster, was für ein ausgekochter
Scheiß."

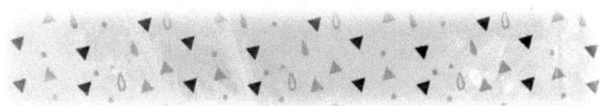

Entscheidung

„Gefängnis oder soziales Projekt. Es ist Ihre Entscheidung!" Die tiefe Stimme der Richterin dröhnt durch den Gerichtssaal.

„Na toll", murmelt Kitty. „Pest oder Cholera."

Sie hatte nur ein paar Schokoriegel mitgehen lassen, aber der kleine Pisser hatte sie gesehen. Anstatt einfach sein dummes Maul zu halten, hatte er sich aufgespielt und sie verpfiffen. Dieser beschissene Streberarsch! Dummerweise haben sie bei der Durchsuchung ihrer Taschen auch den kleinen Musik-Player gefunden, der ein paar Minuten zuvor in ihrer Lederjacke gelandet war. Und dass sie dem Verkäufer die Nase blutig geschlagen hatte, weil er sie bis zum Eintreffen der Polizei bewacht hat, war auch nicht besonders hilfreich.

Leider ist es nicht das erste Mal, dass sie bei einem kleinen Diebstahl erwischt wurde. Daher sitzt sie jetzt in diesem blöden Gerichtssaal, und die dämliche Kuh von Richterin hat sich anscheinend in den Kopf gesetzt, sie diesmal nicht so einfach davonkommen zu lassen. Beschissenes Establishment!

„Was ist denn das für ein soziales Projekt?", knurrt sie genervt. „Soll ich tatterigen Greisen den Arsch abwischen?"

„Würden Sie das denn gerne?", fragt die Richterin und schaut sie mit strenger Miene an.

Kittys funkelnde Augen schießen gefühlt Blitze zu der Frau in der dunklen Robe. Am liebsten würde sie ihr tausend Worte an den Kopf fetzen, aber sie bleibt stumm. Inzwischen hat sie kapiert, dass ihr vorlautes Mundwerk hier nur Ärger bringt.

Natürlich wird sie sich für das soziale Projekt entscheiden, ganz egal, um was es sich handelt. Das Gefängnis wäre ihr Ende. Ihre Freiheitsliebe steht über allem, ist ultimativ lebensnotwendig, hinter Gittern würde sie jämmerlich eingehen. Das ist ihr klar. Seit inzwischen drei Jahren lebt sie auf der Straße, kann tun und lassen, was sie will, ist niemandem Rechenschaft schuldig. Eingesperrt in eine Zelle, eine Stunde Hofgang am Tag und jederzeit brav ‚ja und amen' sagen, klingt schlimmer als ein Todesurteil.

Und was wäre dann mit Rasko, ihrem geliebten Hund? Ihn über Monate bei Cliff zu lassen, würde weder er noch sie aushalten.

Die Richterin hat ihr zu Beginn der Verhandlung ausführlich erklärt, dass sie an einem Scheideweg angekommen ist. Der erneute Diebstahl hat das Fass zum Überlaufen gebracht. Die daraus resultierende Strafe sei Kittys letzte Chance, die Notbremse zu ziehen und einen neuen Weg einzuschlagen. Einen neuen Weg. Schwachsinn! Sie will keinen neuen Weg einschlagen, und kein idiotischer Sozial-Scheiß wird das ändern.

Konsterniert lässt sie ihren Kopf mit den leuchtend grünen Haaren auf die Tischplatte sinken.

Die Richterin fährt fort: „Ich habe für Sie an etwas ganz anderes gedacht. Für das durch einen Wasserschaden zerstörte Kinderheim werden engagierte und motivierte Helfer gesucht, die sich um die notwendigen Renovierungsarbeiten kümmern. Mit vollem Einsatz werden Sie ein halbes Jahr lang unentgeltlich arbeiten, damit die Kinder wieder ein schönes Zuhause haben! Sollten Sie aufgeben, landen Sie im Gefängnis! Sollten Zweifel an Ihrer Arbeitsmoral aufkommen, landen Sie im Gefängnis! Sollte ich Sie in der Zeit auch nur einmal bei einem kriminellen Gedanken erwischen, landen Sie im Gefängnis!"

Ein lauter Knall lässt Kitty erschrocken aufschauen. Die Richterin hat ihre Hand auf den Tisch geschlagen.

„Schauen Sie mich gefälligst an, wenn ich mit Ihnen rede! Haben Sie mich verstanden?"

Mit eingezogenem Kopf nickt sie.

„Dann möchte ich jetzt Ihre Entscheidung hören? Knast oder Kinderheim?"

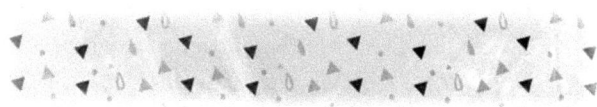

Zitat

Matze, noch nicht ganz 3 Jahre alt

„Hab auch danz viel Traft."

(Beim Ausräumen helfen)

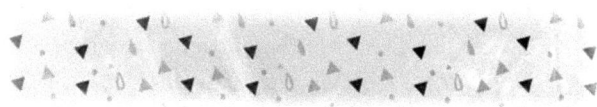

Besichtigung

Der Bus hält in einer beschaulichen Gegend, und Kitty steigt mit ihrem großen Seesack auf dem Rücken aus. Seit Jahren war sie kaum mehr außerhalb der Innenstadt gewesen. Und wenn doch, hatte sie sich mit ihren Kumpels ein altes und wenig gesichertes Lagerhaus im Industriegebiet gesucht, um dort die Nacht zu verbringen. An den eisigen Tagen war es angenehm, ein dichtes Dach über dem Kopf zu haben und vor Wind und Kälte geschützt zu sein. Das viele Grün macht sie nervös. Oder ist es der Start dieses fucking Projektes, der ihren Puls in die Höhe treibt?

Kitty ist sauer auf die Richterin. Warum darf sie Rasko nicht mitnehmen? Der Gedanke an den Abschied treibt ihr erneut die Tränen in die Augen.

Sie läuft die Straße entlang und steht kurz darauf vor dem Kinderheim. Ein Blick auf ihre zerschrammte Micky-Maus-Armbanduhr verrät ihr, dass sie sogar pünktlich ist. Hibbelig drückt sie auf den Klingelknopf, doch nichts passiert. Daher pocht sie mehrmals mit der Faust gegen die hölzerne Haustür. Dahinter hört sie wildes Getrampel von Füßen, dann wird die Tür aufgerissen. Vor ihr steht ein kleines Mädchen, das sie mit großen Augen anschaut.

„Wow! Du hast wunderschöne Haare! Solche hätte ich auch gerne."

Kitty lacht. „Dann musst du immer brav deinen Brokkoli aufessen."

Die Kleine schaut entsetzt. „Iiiiieehh! Funktionieren auch grüne Gummibärchen?"

Bevor Kitty antworten kann, kommt eine Frau mit energischem Schritt zur Tür, wobei sie ihre Hände auf die Schultern der Kleinen legt. „Ach hier bist du, Lisa-Marie. Matze sucht nach dir."

Im selben Moment kommt ein kleiner Junge um die Ecke geflitzt. „Mia!", johlt er mit leuchtenden Augen. Dann sieht er Kitty und weicht ein paar Schritte zurück.

Die junge Dame mustert Kitty von Kopf bis Fuß. Ihr ist dieser Blick vertraut. So gucken die meisten Menschen, wenn sie ihre leuchtend grünen Haare, die unzähligen Ohrringe, das Nasenpiercing und ihre schwarzen und zerrissenen Klamotten sehen.

„Wie kann ich Ihnen helfen?"

„Moin! Ich bin Kitty. Ich soll mich hier melden, um diese Bruchbude zu renovieren."

„Na, da werden alle aus dem Häuschen sein", antwortet die Frau trocken. „Kommen Sie mit nach hinten. Die anderen warten auf der Terrasse. Ich bin Frau Pippinger, die Leiterin dieser Bruchbude."

„Nonieren!", jauchzt Matze. „Willtommen Villa Tofetti! Nonieren!" Dann schnappt er Lisa-Maries Hand und die beiden laufen davon.

Frau Pippinger verdreht lächelnd die Augen. „Matze ist ein Goldstück! Willkommen in der Villa Pappenburg! Die Kinder nennen sie Villa Konfetti. Bitte folgen Sie mir zu den anderen."

Kitty schlurft der Heimleiterin hinterher durchs Haus und nach draußen. Auf der Terrasse steht ein Typ, der aussieht wie ein Indianer, und zwei alte Männer, die eher in ein Altenheim passen als in ein Kinderheim. Auf dem Rasen spielen ein paar Jungs Fußball.

Einer der grauhaarigen Herren kommt auf sie zu. „Ich begrüße Sie herzlich in unserem Kinderheim. Mein Name ist Bruno Brommberg. Ich freue mich sehr, dass Sie uns unterstützen wollen."

Kitty schnaubt. „Von wollen kann keine Rede sein. Aber das hier ist vermutlich weniger beschissen als der Knast. Und hören Sie bloß auf, mich zu siezen. Dann fühle ich mich wie ein Grufti. Ich heiße Kitty."

Er grinst und hält ihr die Hand entgegen. „Dann bin ich Bruno. Die Kinder nennen mich Opa Brombeere oder Opa Brummbär. Freut mich, dass du mit dabei bist."

Kitty ignoriert Brunos Hand und hält ihm die Faust entgegen. „Ghettofaust!", ruft sie laut. „Ist nicht so altmodisch und viel hygienischer."

Opa Brummbär lacht, schlägt ein und stellt ihr die anderen vor. Walter, den Indianer, und Sir Henry, den anderen Rentner. Der eine ist wohl kein Mann großer Worte und nickt ihr nur zu. Sir Henry dagegen scheint sich riesig über sie zu freuen.

„Was meint ihr? Soll ich mir die Haare auch bunt färben? Zumindest könnte ich mir ein paar Löcher in meine Hose reißen. Damit wirke ich bestimmt fünf Jahre jünger."

Bruno erklärt ihr, dass heute der Umzug der Kinder auf dem Programm steht. „Vorher will ich euch aber noch eure Unterkunft zeigen."

Er führt sie zu einem kleinen Holzhaus, das abseits des Hauptgebäudes steht und von großen Eichen und Buchen so eingewachsen ist, dass Kitty es bis eben nicht bemerkt hat.

„Als die Villa noch von der Gräfin selbst genutzt wurde, hat hier der Gärtner gewohnt. Das ist allerdings schon viele Jahre her. In der letzten Zeit haben wir die Hütte hauptsächlich als Lagerhaus verwendet. Viel Platz gibt es leider nicht. Wir müssten für euch den Wohn- und

Schlafraum ausräumen und Betten vom Kinderheim hinübertragen. Dann sollte es bewohnbar sein."

Nacheinander betreten sie das alte Gärtnerhaus. Kitty ist dankbar, nicht als erste dran zu sein. Im Gegensatz zu Walter kämpft sie deshalb nicht mit unzähligen Spinnweben. Sir Henry betätigt den Lichtschalter und eine nackte Glühbirne leuchtet auf.

„Immerhin gibt es Strom", murrt Walter.

„Und ein kleines Bad mit Toilette und Dusche gibt es auch. Dort hinten eine kleine Küche." Bruno blickt sich um und wirkt plötzlich konsterniert. „Tut mir leid, dass ich euch nichts Besseres bieten kann."

Kitty versteht nicht, wo das Problem liegt. „Leute, ich finde es geil! Eine Toilette, eine Dusche, ein Bett und ein Dach überm Kopf. Was will man mehr? Hier hätte sogar mein Hund Platz gehabt."

„Was ist denn mit deinem Hund?", will Henry wissen.

„Die Pissnelke von Richterin hat mir verboten, ihn mit hierher zu bringen. Er ist bei einem Kumpel geblieben. Ich vermisse ihn jetzt schon."

Sir Henry legt ihr die Hand auf die Schulter. „Das tut mir leid. Dafür hast du jetzt uns. Das wird bestimmt lustig. Mir gefällt es hier. Hat viel mehr Charme als das biedere Zimmer im Altenheim. Und außerdem ist hier eindeutig viel mehr Action!"

Kitty hasst es, angefasst zu werden. Aber die Geste des alten Mannes berührt sie. Sie mag ihn. Ob sie Walter mag,

weiß sie noch nicht. Bisher hat er kaum ein Wort gesprochen.

Ein Junge kommt angerannt. Atemlos wendet er sich an Bruno. „Die Pippi schickt mich! Ich soll ausrichten, dass der Umzugswagen da ist."

Zitat

Henry, 80 Jahre alt

„Der Ritter von der Elektrolampe mag in die Jahre
gekommen sein, aber er wurde noch nicht des Landes
verwiesen."

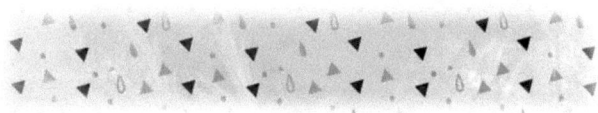

U mzug

Sir Henry steht mitten unter den Kindern und strahlt über das ganze Gesicht. So viele junge Leute hatte er ewig nicht mehr um sich. Er schaltet sein Hörgerät an und zuckt zusammen. Die immense Lautstärke scheint er ebenso wenig gewöhnt. Prompt dreht er es wieder aus. Ohne genießt es sich besser. Eine kleine Hand schiebt sich in die seine, sie fühlt sich wohlig warm an.

„Eis?", fragt ihn Matze mit schiefgelegtem Kopf.

Henry bückt sich ungelenk zu ihm hinunter. „Wir können jetzt nicht Eis essen, wir müssen beim Umziehen helfen. Komm, wir gehen zu Lisa-Marie und holen eine der Kisten herunter."

Matze nickt. „Mia helfen", sagt er und tappt bereitwillig mit ihm mit.

Kitty kommt ihnen mit Fritz entgegen. Zusammen schleppen sie einen Karton mit Spielsachen. Ihr Helfer hat einen Säbel im Gürtel stecken und singt lauthals. Seine Schultern sind mit einer überdimensionierten Piratenflagge umhüllt. Sir Henry legt die Hand an die Schläfe und stellt sich in Position wie beim Militär, um sie an der Engstelle im Gang vorbeizulassen. Matze versucht, es ihm nachzumachen. Susi streckt den Kopf aus ihrem Zimmer heraus. Als die Karawane an ihrer Tür vorbeizieht, verschwindet sie flotter, als sie aufgetaucht ist.

An der Treppe kommt den beiden Walter entgegen, einen Karton in Händen, zwei kleinere balancieren obendrauf. Unter dem Arm klemmt eine Leinentasche.

„Wolf", sagt Matze und schaut ihm nach, vergisst dabei, die nächste Stufe hochzusteigen, und stolpert. Henry hält ihn am Arm.

„Komm, du kleiner Held. Jetzt spielen wir mal die großen Ritter von der Tafelrunde und retten Lisa-Marie vor dem gefährlichen Drachen." Sie biegen um die Ecke und klopfen bei ihr.

„Mia retten!", sagt er und schubst die Tür auf.

„Oh, sie ist gar nicht da. Na, dann ist sie bestimmt schon beim Spielsachenzusammenräumen im großen Zimmer. Macht nichts. Tragen wir schon mal eine Kiste hinunter." Er tritt an einen breiten Karton heran, setzt an, ihn hochzuheben, verzieht das Gesicht, lupft ihn ein

Stück, lässt ihn zurückgleiten und stöhnt. „Das ist nix für meine alten Knochen."

Matze nähert sich ebenfalls dem Ungetüm, packt ihn, bläst die Backen auf und sagt: „swer". Dann seufzt er wie Henry zuvor.

„Komm, wir nehmen die kleinen." Er deutet auf einen Puppenkleiderschrank. Dann drückt er seinem Helfer eine Barbie in die Hand und schnappt sich den Koffer mit den Malsachen.

„Swer", sagt er erneut.

Henry lacht. „Das geht. Du hast ja vieeeel Kraft." Er zeigt auf seine schmalen Oberärmchen und Matze schaut ihn mit geweiteten Kulleraugen an.

„Haben Sie irgendwo Herrn Wolf ...", Frau Pippinger schüttelt den Kopf. „Ich meine Walter gesehen?"

„Wolf ...", jault Matze und hebt die Barbie auf seine Schultern. „Oh, swer."

Henry übersetzt. „Der ist mit ein paar Kartons zum Umzugswagen hinunter."

„Vielen Dank. Ich weiß gerade nicht, wo zuerst hin. Ich bräuchte ihn dringend wegen des Computers, den die Kids für die Hausaufgaben nutzen dürfen", sie schaut sich hektisch um. „Oder könnten vielleicht Sie ..."

„Sir Henry", hilft er ihr auf die Sprünge.

„Ja, könnten Sie mal bei unseren beiden Grazien vorbeischauen, bevor sie sich noch gegenseitig die Haare

ausreißen? Rafaela und Carsta sind unten im Lernraum. Die bräuchten Hilfe beim Abbauen ...“

„Machen wir doch gerne.“ Wieder hebt er die Hand an die Schläfe und Matze macht es nach. „Wir, die edlen Ritter vom Barbieland, werden auch mit diesem Computer-Ungeheuer fertig.“

Nach einer halben Stunde Kabelsalatanschauen von Henry und wüsten gegenseitigen Beschimpfungen der beiden jugendlichen Damen fällt ihm Kitty ein. Die hat gewiss bessere Fähigkeiten im Umgang mit Pubertieren.

„Moment, ich hole fachmännische Hilfe“, sagt er, nimmt Matze an der Hand und sucht nach den grünen Haaren.

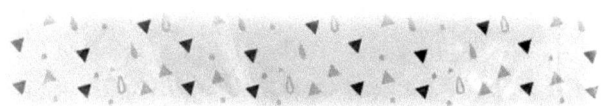

Zitat

Alina, 22 Jahre alt

„Was für eine Katastrophe! Meinereiner muss
dringend zum Shoppen. Die nächste Party ist
übermorgen und meinereiner hat nichts Neues
anzuziehen."

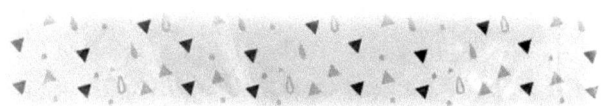

Ausgebremst

Gähnend stapft Alina in die elegante Küche und reibt sich die verschlafenen Augen. Wie spät mag es sein? An der Stirnseite des großen Raumes hängt eine goldene Uhr. Angestrengt bemüht sie sich, die Zeit darauf zu erkennen. Verbissen versucht sie, die Augen weiter zu öffnen. Doch je heller es ist, umso intensiver die Kopfschmerzen.

Die gestrige Party war sensationell. Der Champagner floss in Strömen und sie hatte mit ihren besten Freundinnen Jasmina und Constanze bis in die Morgenstunden getanzt.

„Gabriela!", ruft sie so laut es ihre belegte Stimme hergibt. „Mach mir mal einen Kaffee! Eine Aspirintablette wäre auch sehr hilfreich. Dieses elendige Dröhnen in meinem Oberstübchen!"

Mit einem lauten Stöhnen lässt sie sich auf einen der Küchenstühle sinken. Wo bleibt nur der Kaffee? Warum hat man eine Köchin, wenn sie einem nicht in einer solchen Notlage mit einem schnellen Kaffee helfen kann? Sie würde mit ihrem Vater über Gabrielas Arbeitsmoral reden müssen.

„Gabriela! Meinereiner verdurstet. Mache mir endlich meinen Kaffee!"

„Mach ihn dir gefälligst selbst, wenn du einen haben möchtest!" Die energische Stimme ihres Vaters poltert durch den Raum. „Weißt du eigentlich, wie spät es ist? Weißt du überhaupt welchen Tag wir heute haben?"

Alina hat keine Ahnung. Was macht das auch für einen Unterschied? Die Partys sind montags genauso gut wie donnerstags oder freitags. Solange sie keinen ihrer geliebten Massage-Termine verpasst, ist es ihr schnuppe, welcher Tag ist. Daher zuckt sie nur genervt mit den Schultern. Was soll denn dieses Gemaule gleich nach dem Aufstehen?

„Genau das meine ich! Du hast keine Ahnung und es ist dir vollkommen egal! Deine Tage bestehen nur aus Schlafen, Feiern, Beauty-Salon und Shoppen. Seit deinem Abitur vor fast drei Jahren lässt du es dir auf meine Kosten gut gehen. Ist dir mal in den Sinn gekommen, mehr aus deinem Leben zu machen, als es dir mit der Kohle deines reichen Vaters gut gehen zu lassen?"

„Oh Papa! Was soll denn das? Eine solche Diskussion gleich nach dem Aufstehen ist nicht erbaulich! Meinereiner hat Kopfschmerzen. Lass uns ein anderes Mal darüber reden. Außerdem kann es dir doch egal sein. Du hast so viel Geld, dass die halbe Stadt davon ein Leben lang feiern und shoppen könnte. Gönn deiner Tochter doch mal ein bisschen Spaß."

Am liebsten würde sie sich, wie als Kind, die Ohren zuhalten, um ihn nicht zu hören. Dieses dauernde Nörgeln an ihrem Lebensstil geht ihr wahnsinnig auf die Nerven. Regelmäßig hält ihr Vater Vorträge über den Sinn des Lebens. Immer die gleiche Leier. Du musst etwas Sinnvolles mit deinem Leben anfangen. Nur wer hart arbeitet, hat es verdient zu feiern. Bla bla bla... Wo ist das Problem? Warum kann er sich nicht entspannen und das Leben genießen?

„Nein, mein Kind! Wir werden nicht ein anderes Mal darüber reden. Ich habe nämlich endgültig die Nase voll! Ich schäme mich für deine Lebensweise. Ab sofort ist Schluss mit diesem Lotterleben! Ich gebe dir ein halbes Jahr Zeit, darüber nachzudenken, was du zukünftig tun möchtest. In diesen sechs Monaten wirst du das echte Leben kennenlernen und hoffentlich endlich aufwachen."

Alina schaut ihn mit großen Augen an. „Was heißt das? Das echte Leben?"

„Das bedeutet ein Leben ohne dickes Bankkonto, ohne Chauffeur, ohne Köchin und ohne eine große Villa! Ich

habe von einem sozialen Projekt gehört, bei dem ein Kinderheim renoviert werden soll. Die suchen freiwillige Helfer. Als Lohn gibt es ein Dach über dem Kopf, etwas zu essen und strahlende Kinderaugen. Und für dich hoffentlich die Erkenntnis, dass du zu Größerem geboren bist als bis in den Morgen zu feiern."

Das ist doch nicht sein Ernst? Alina ist schockiert, die Müdigkeit wie weggeblasen, ihr Herz rast. „Aber Vater, du kannst doch nicht …"

„Nichts aber! Ich kann und ich werde! Das Projekt startet am Montag, also in vier Tagen! Ab sofort werde ich dir den Geldhahn zudrehen. In den nächsten sechs Monaten musst du alleine auskommen. Und ich erwarte von dir, dass du dieses Projekt durchziehst! Ansonsten wirst du nie wieder einen Cent von mir sehen! Wenn du aufgibst oder dich nicht anstrengst, werde ich dich dazu verdonnern, auf den Philippinen eine Schule zu bauen!"

So laut und wütend hat sie ihren Vater noch nie erlebt. Frustriert läuft sie in ihr Zimmer. Wie ein verängstigtes Kleinkind bricht sie weinend auf ihrem Bett zusammen und verkriecht sich unter ihre Designerbettdecke.

Zitat

Susi, 13 Jahre alt

„Wenn ich nur einen Zauberstab hätte, dann würde
ich alles wieder heil machen damit."

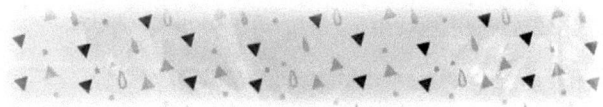

Geisterstunde

Walter drückt seinen Glimmstängel aus und betritt die Villa. Es ist friedlich dort. Früher hat er die Stille in seinen eigenen vier Wänden geliebt. Nachdem es die nicht mehr gibt und er hier im Kinderheim gelandet ist, fühlt er sich überrannt von den Ereignissen der letzten Tage. Kaum war die Kündigung ausgesprochen, war er mit in dieses Projekt eingebunden. Für das Dach über dem Kopf, ist er dankbar, dennoch ... Menschen sind ihm lieber mit einem größeren Abstand, korrigiert er sich. Damals war er seiner Frau gerne nahe und ebenso seiner Tochter, aber die gibt es beide nicht mehr in seinem Leben. Die hat ihm die eigene Schwäche entrissen.

Er zieht eine Runde durch die leere Villa, nachdem sämtlicher Hausrat und die Kids zusammen mit Frau Pippinger in die Jugendherberge umgezogen sind. Das

Stimmengewirr ist verstummt und es kommt ihm wie ausgestorben vor. Kitty hat im Gartenhaus ihren Ghettoblaster laut aufgedreht und tanzt durch den Raum. Ein solcher Lärm ist für ihn schwer zu ertragen, darum hat er sich hierher verzogen. Sein Blick fällt in eines der leerstehenden Zimmer. Noch vor Kurzem war dies die Heimat der Kinder. Es brennt ihm das Herz, das Esszimmer dermaßen heruntergekommen zu sehen. Für ihn ist es kein Thema, dass er hier alles einbringt, was ihm möglich ist. Was gibt es Schöneres, als für dieses Projekt zu arbeiten? Leider hat ihm die eigene Großzügigkeit die Firma ruiniert, weil er bei Menschen nichts verlangt hat, die knapp bei Kasse waren. Doch hier kommt ihm das zugute. Um die Finanzen kümmert sich ein anderer, er stellt lediglich seine Arbeitskraft zur Verfügung. Dafür hat er einen Platz zum Schlafen.

Den Blick auf den größten Tapetenfetzen gerichtet, der von der Wand hängt, tappt er die Treppe nach oben. Die Feder wackelt im Takt. An einer Tür steht ‚Jonas‘ mit bunten Buchstaben geschrieben. Beherzt drückt er die Klinke und sieht sich um. Ein platter Fußball liegt in der Ecke neben dem Bett. Überall sichtbare Schäden, welche das Wasser angerichtet hat. Man sieht den Streifen am Mauerwerk, wie hoch es gestanden hat. Er schaut ins Bad. Ringsherum Löcher in den Fliesen, wo der Bauleiter mit dem Hammer nach den kaputten Leitungen gesucht hat. Jede Menge Arbeit wartet auf ihn, und das in sämtlichen

Ecken des Gebäudes. Um sich ein vollständiges Bild zu machen, steigt er eine weitere Treppe hinauf. In diesem Teil hatte er bisher nichts zu reparieren. Vermutlich liegt hinter der schäbigen Tür der Dachboden. Auf der obersten Stufe bremst ihn die Stimme eines Kindes. Ihn schaudert. Hat ihm die Überlastung in den letzten Tagen so zugesetzt, dass seine Sinne verwirrt sind? Oder ist es der Geist einer Kinderseele? Er atmet tief durch, tritt auf die Tür zu und lauscht.

„Das ist ein böser Mensch, aber ich darf das nicht sagen", vernimmt er jemanden. „Ich lasse euch das hier zurück, bis ich wiederkomme."

Er klopft behutsam.

Die Stimme verstummt.

Walter drückt die Türklinke und lugt durch den Spalt. Sein Blick fällt auf ein Mädchen, das auf dem Dielenboden des Speichers sitzt. Durch das Dachfenster scheinen die letzten Sonnenstrahlen und beleuchten ihr Gesicht. Vor ihr steht eine offene Kiste. Erschrocken schaut sie zu ihm auf. Ihr Ausdruck ist schwer zu deuten. Die langen Haare hängen ihr wie ein Vorhang ins Gesicht. Hektisch klappt sie die Schachtel zu und schiebt sie hinter einen Balken.

„Was machst du hier?" Walter ist komplett vor den Kopf gestoßen. Das Mädchen sollte längst in der Jugendherberge sein. Hat in der Hektik niemand auf sie geachtet und keiner hat mitbekommen, ob sie hier oder bei den anderen ist?

Sie zuckt mit den Schultern.

Walter schiebt sich die langen Haare hinters Ohr und sie macht es ihm nach. Tiefblaue Augen leuchten ihn an.

„Wolltest du nicht weg von hier?"

Wieder zuckt sie mit den Schultern.

Er atmet tief durch, bedeutet ihr, mit nach unten zu kommen und nimmt sie vorerst mit auf die Terrasse. Dort ruft er Frau Pippinger an.

Eine halbe Stunde später steht Pippi mit dem Umzugsauto vor der Tür und Susi lässt sich bereitwillig auf den Beifahrersitz schieben.

„Sorry für die Umstände", sagt sie, verzieht das Gesicht und tritt ein paar Schritte vom Auto weg auf ihn zu. „Manchmal ist das nicht so einfach mit ihr. Ein zartes Seelchen. Ich denke, es fällt ihr schwer, ihr Zuhause zu verlassen."

Er nickt. „Ist ja auch nicht einfach."

„So ist es. Aber wir werden das schon schaukeln. Und ..." Sie schaut ihm in die Augen. „Wir haben ja jetzt Helden, die uns retten."

Walter lächelt.

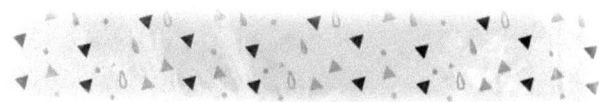

Zitat

Alina, 22 Jahre alt

„Meinereiner soll hier wohnen? Wann kommt denn der Zimmerservice? Ich bräuchte dringend jemanden, der meine Schuhe putzt."

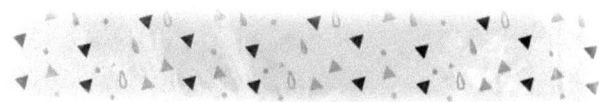

Erwachen

Was hat er sich nur dabei gedacht? Sie ist doch sein eigen Fleisch und Blut! Und nun sitzt sie hier in diesem jämmerlichen Taxi und ist auf dem Weg in die Trostlosigkeit der hart schuftenden Normalos. Ihr ist zum Heulen, wenn sie an die Gepäckstücke im Kofferraum des Wagens denkt. Gerade mal zwei Koffer hat er ihr zugestanden. Das reicht doch nicht einmal für eine Woche. Wie soll sie sechs Monate damit überstehen? Ob es hier Bedienstete gibt, die sich um die Wäsche kümmern? Sie befürchtet, dass ihre Hoffnung vergebens ist.

„Ich erwarte, dass du weder mich noch sonst jemanden aus deinem bisherigen Leben kontaktierst. Erfahre ich,

dass du einer Freundin auch nur eine E-Mail geschrieben hast, sitzt du im nächsten Flieger nach Südostasien!", klingt es in ihrem Kopf nach. Dann hatte Vater sie in den Arm genommen und ihr einen Kuss auf die Stirn gedrückt. „Glaub mir, das ist zu deinem Besten. Mach mich stolz, mein Engel."

Wie kann es zu ihrem Besten sein, wenn sie wochenlang nicht zur Maniküre kann … Wenn sie nicht wenigstens zwölf Stunden Schönheitsschlaf täglich bekommt … Wenn es niemanden gibt, der ihr die Wünsche von den Lippen abliest? Sehnsüchtig denkt sie an die starken Hände von Juan, ihrem Masseur.

Das Taxi fährt durch eine heruntergekommene Gegend. Hier gibt es keine Villen, zumindest keine aus dem aktuellen Jahrtausend. Und diese mickrigen Autos, die hier herumstehen. Erbärmlich. Jetzt hält der Wagen vor einem schäbigen alten Bau mit großem Grundstück.

„Wir sind da! Das macht vierzehn Euro fünfzig", sagt der Fahrer.

Alina reicht ihm einen Zwanziger und will schon „Stimmt so" sagen, als sie sich daran erinnert, dass Vater ihr nur diesen einzigen Schein für die Taxifahrt mitgegeben hat. Abgesehen davon ist sie völlig mittellos. Mit einem Kloß im Hals lässt sie sich das Wechselgeld geben und hört beim Aussteigen, wie der Fahrer etwas von „geizig" nuschelt. Immerhin ist er so hilfsbereit und holt die Gepäckstücke aus dem Kofferraum.

Ein paar Sekunden später ist er weg. Alina steht allein auf der Straße und betrachtet das große alte Haus. Das muss es sein, das Kinderheim, das in den nächsten Monaten ihr zu Hause sein wird. Villa Pappenburg … nach Adel sieht hier jedoch gar nichts aus. Schließlich gibt sie sich einen Ruck und stolziert auf ihren Edel-Chucks zum Gebäude, wobei sie mehrfach flucht, weil sich die Koffer verkanten und sie fortwährend aus dem Tritt bringen.

Endlich steht sie vor der Haustüre, sie klingelt. Kein Ton, ob die Klingel defekt ist? Also klopft sie fest gegen das Holz. Mit schwerem Herzen harrt sie der Dinge, die gleich auf sie einströmen werden, aber nichts geschieht. Verwünschungen vor sich hin murmelnd schnappt sie die Rollkoffer und umrundet das Gebäude. Alles ist ruhig, auch hier scheint niemand zu sein. Doch dann sieht sie auf der Terrasse einen alten Herrn mit einer Pfeife sitzen. Der Mann bemerkt sie und kommt ihr entgegen.

„Guten Abend, schöne Frau. Kann ich Ihnen behilflich sein? Mein Name ist Sir Henry. Stets zu Diensten."

Das ist aber ein netter Empfang. Und dazu noch jemand aus dem Adel, ein echter Sir. Alina ist begeistert. „Guten Abend, mein Herr. Meinereiner ist Alina. Ich werde erwartet. Ich soll hier ein soziales Projekt unterstützen."

„Sehr erfreut! Dann bist du also das letzte Stück unseres Kleeblatts. Unsere beiden anderen Mitstreiter und

Herr Brommberg vom Kinderheim bringen gerade die letzten Umzugskisten in die Interims-Wohnstatt der Heimkinder. Wenn es genehm ist, werde ich dich in der Zwischenzeit zu deiner Unterkunft geleiten. Gerne nehme ich dir auch eines deiner rosafarbenen Gepäckstücke ab." Sir Henry grinst.

Alina freut sich, mit einem so gebildeten und vornehm artikulierenden Herrn arbeiten zu dürfen. Wohlwollend nickt sie ihm zu und reicht ihm den Griff des größeren Koffers. „Es ist mir eine Freude."

Das Entzücken währt allerdings nur kurz. Als sie das Gärtnerhäuschen erblickt, schaut sie ihn entsetzt an. „Das ist nicht dein Ernst, oder? Darin soll meinereiner schlafen?"

„Oh ja, zusammen mit mir und unseren beiden Teampartnern Walter und Kitty, die jeden Augenblick zurück sein sollten."

Alina ist fassungslos, es ist eine Demütigung! Das wird sie ihrem Vater niemals verzeihen. Am liebsten würde sie schreiend zusammenbrechen. Ihr Blick fällt auf Sir Henry, der sie erwartungsvoll angrinst.

„Darf ich Euch hineingeleiten und Euch Euren Teil des Schlosses zeigen, werte Prinzessin?"

Zitat

Alina, 22 Jahre alt

„Den nächsten, der das Wort Philippinen ausspricht,
verklage ich!"

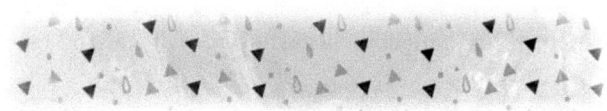

Realität

„Da bleibt doch meinereiner die Spucke weg!" Alina steht im einzigen Zimmer des Gartenhauses und ist wie paralysiert. Sir Henry hält neben ihr Wache wie ein Ritter, um sie aufzufangen, falls sie in Ohnmacht fällt. Es kommt ihr wie ein Alptraum vor. Wo ist sie hier gelandet? Wie ist das ohne Ankleideraum auszuhalten? Nirgends Platz für ihre Koffer, außer im Bett! Noch nie hat sie jemand gezwungen, sich in einer Jugendherberge aufzuhalten. So stellt sie es sich dort vor. Aneinandergequetschte Schlafplätze, die kaum Raum lassen, um zwischen ihnen durchzugehen, keinerlei Privatsphäre und Mitbewohner, die einem unangenehm auf die Pelle rücken, weil kein Platz vorhanden ist. Selbst wenn Zuhause kein anderes adäquates Möbelstück in ihrer Esslounge vorhanden wäre, hätte sie sich geweigert an diesem Holztisch zu

essen. Seufzend tröstet sie sich mit dem Gedanken an eine ärmliche Unterkunft auf den Philippinen. Ganz zu schweigen, dass es dort Schlangen gibt und ähnliches Kriechgetier. Eine Schule bauen, in einem fremden Land mit einer Sprache, die niemand versteht, und Tieren, die nicht einschätzbar sind. So wie es scheint, hat ihr Papa bestens vorgesorgt. Die Androhung sitzt tief. Dann lieber dieses Massenlager. Ein Schauer läuft ihr über den Rücken.

„Ich weiß, Sie sind besseres gewohnt", sagt eine leise Stimme hinter ihr. Aus den Gedanken gerissen wirbelt sie herum. Sir Henry ist im Begriff, sie aufzufangen. Doch sie hat nicht vor, ohnmächtig auf den Boden zu sinken. So simpel lässt sie sich nicht von ihrem Vater in die Knie zwingen.

„Bruno Brommberg. Ich bin Vorsitzender der Stiftung. Geht es Ihnen gut?"

Er scheint ihr blasses Gesicht wahrgenommen zu haben. Alina bläst die Luft aus und zwingt sich zu einem Lächeln. „Es ist nur alles so ..." Sie sucht nach Worten.

„Real?", hilft ihr Bruno auf die Sprünge.

„Vermutlich." Es fällt ihr schwer, den Blick von den windschiefen Wänden abzuwenden. „Wo ist denn das Badezimmer?"

Sir Henry hält die Luft an und der Hausherr beißt die Zähne zusammen. „Also, wenn Sie zur Toilette müssen ...

die ist dort." Er öffnet die Tür zu einem dürftigen Zimmerchen mit Dusche, Waschbecken und WC.

Sie starrt auf den kaputten Toilettendeckel und hat vor zu fragen, wo denn das eigentliche Badezimmer ist. Als sie jedoch den zerknirschten Gesichtsausdruck ihres Gegenübers sieht, bremst sie sich und nickt seufzend. „Ist wohl das, was mein Herr Vater das echte Leben nennt."

Er macht einen Schritt auf sie zu und legt ihr eine Hand auf die Schulter. „Sie werden sich schnell daran gewöhnen. Vielleicht ziehen Sie sich erst einmal um und kommen mit zu uns hinüber in die Villa. Dort kommen Sie schnell auf andere Gedanken."

„Umziehen?" Sie schaut ihn mit geweiteten Augen an.

Bruno lacht. „Ich denke, Ihre elegante Hose können Sie dort drüben nur ruinieren. Sicher haben Sie eine Jeans dabei. Die taugt besser."

Sie nickt und öffnet ihren Koffer auf dem Bett.

„Wir sind sehr froh, dass Sie uns helfen. Vier sind besser als drei. Die Arbeit wird uns ganz schön fordern, bis die Kinder zurückkommen."

Sie schaut von ihren Klamotten auf, die sie alle fein säuberlich über das Laken verteilt. „Kinder?"

„Ja natürlich. Wegen ihnen sind Sie doch hier. Es gibt nichts Schöneres als strahlende Kinderaugen. Und die gibt es definitiv als Lohn obendrein, wenn wir es schaffen, die Villa instand zu setzen."

Sie hält ihm eine Designer-Jeans mit aufgestickten Perlen entgegen.

Bruno ringt sich ein Lächeln ab. „Fürs Erste wird es die tun."

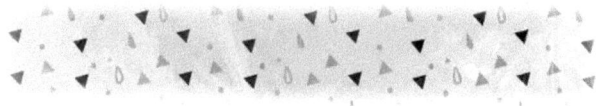

Zitat

Kitty, 19 Jahre alt

„Fresse halten, sonst koche ich!"

(Kitty zu Alina, die übers Essen nörgelt)

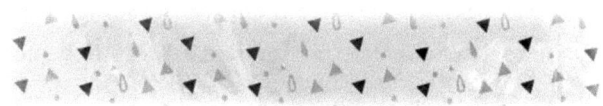

Kampfgeist

Obwohl sie die erste Nacht seit langem wieder in einem Bett und nicht auf der Straße geschlafen hat, wälzt sich Kitty grummelig aus ihrer Decke heraus. Sie fühlt sich, als hätte ein beschissener Sattelschlepper über ihr Rangieren geübt. Zuerst war sie nicht müde gewesen, zu aufgedreht vom vergangenen Tag. Als ihr schließlich die Augen zufielen, hat Henry den Urwald von Madagaskar abgesägt. Als zu guter Letzt eine dieser bekackten Stechmücken auftauchte und ihr dauernd am Ohr vorbei gesummt war, begann es draußen schon zu dämmern. Aber anscheinend ist sie doch noch für ein paar Minuten eingeschlafen. Heilige Scheiße, Gott sei Dank. Trotzdem fühlt sie sich zerknautscht wie ein chinesischer Faltenhund.

„Guten Morgen, holde Maid!", flötet Henry.

Sie antwortet mit einem für andere unverständlichen Geknurre. Erst mal duschen. Vielleicht hilft kaltes Wasser, um die Lebensgeister zu wecken. Schlaftrunken tappt sie zum Bad. Scheiße! Abgeschlossen.

„Das kann noch dauern. Da beschäftigt sich unsere Prinzessin seit einer halben Stunde mit ihrem Beautyprogramm." Henry lacht.

Kitty findet das nicht witzig. Ohne Dusche ist sie aufgeschmissen. Außerdem muss sie mal für kleine Straßengören. Mit der Faust donnert sie gegen die Tür. „Du warst jetzt lange genug im Bad. Andere wollen auch mal."

„Tut mir leid", erschallt es fröhlich aus dem Bad. „Meinereiner rasiert sich gerade die Beine. Um meine Nägel muss meinereiner sich auch noch kümmern. Gedulde dich noch ein klitzekleines Momentchen."

„Deine Nägel reiß ich dir gleich raus und steck sie dir sonst wohin", schimpft Kitty vor sich hin. „Dann muss es wohl erst einmal ein Kaffee tun."

Henry scheint sich blendend zu amüsieren. „Der Kaffee ist leider ebenfalls im Bad."

„Was soll denn dieser Blödsinn? Jetzt reicht es." Wieder hämmert sie gegen die Badezimmertür. „Hey, du blöde Kuh! Was soll denn der Scheiß mit dem Kaffee im Bad? Ich will frühstücken!"

„Für die Haare gibt es nichts Besseres als eine Spülung aus Kaffee und Mineralwasser. Solltest du auch mal probieren, das würde deinem grünen Schopf sehr guttun."

Kitty spürt, wie ihr das Blut in den Kopf schießt. Was bildet sich diese arrogante Schnepfe bloß ein. „Mach jetzt sofort die Tür auf, du blöde Schlampe, sonst komm ich rein und zerre dich an deinem Latte-Macchiato-Zopf aus dem Bad!"

„Ich war zuerst und du musst warten!", kommt es aus dem Badezimmer.

„Walter!", brüllt Kitty. „Wo ist der Hammer? Ich schlag jetzt die Tür ein. Und dann trete ich der Ziege in ihren rasierten und frisch geschminkten Arsch."

Zehn Sekunden später steht Alina mit in den Hüften gestemmten Händen vor ihr, ebenso rot im Gesicht wie Kitty. „Du bist ein unmöglicher Mensch! Glaubst du, meinereiner ist froh, sich hier in diesem Drecksloch aufhalten zu müssen? Glaubst du, meinereiner macht es Spaß, sich mit Gesindel wie dir abgeben zu müssen? Ich bin solche Zustände nicht gewöhnt und versuche irgendwie, ein bisschen Normalität für mich hier reinzubringen. Aber du gönnst mir nicht mal diese kleinen Momente. Geh doch in dein blödes Bad. Am besten kommst du nie wieder dort heraus!"

„Jetzt hör mir mal zu, du Millionengörchen. Ich gehe jetzt dort hinein, weil ich pissen muss wie ein Brauereipferd. Wenn ich wieder zurückkomme, hast du

100

dich hoffentlich verkrümelt. Ansonsten klatscht es hier nämlich gleich, aber keinen Beifall! Dein hoheitliches Getue geht mir nämlich sowas von auf den Sack, dass ich Pickel kriege, wenn ich dich hier nur herumstolzieren sehe."

Henry stemmt sich aus seinem Stuhl und stellt sich zwischen die beiden Streithennen. Bedächtig legt er die Hand auf ihre beiden Schultern. „Ich glaube, ihr habt euch genug angegiftet. Ich gebe zu, dass die letzten Minuten viel amüsanter waren als ein ganzer Monat Seniorenheim, aber jetzt reicht es."

Ernst schaut er Kitty an und blickt dann auch Alina in die Augen. „Wir sitzen hier alle im selben Boot und werden noch ein paar Monate miteinander auskommen müssen. Wie wäre es, wenn ihr zumindest versucht, miteinander klarzukommen? Nicht für euch, sondern für die Kinder."

Kitty reckt ihr Kinn trotzig Alina entgegen, die nicht gerade den Eindruck macht, als wolle sie augenblicklich das Kriegsbeil begraben.

„Möglicherweise werde ich mir ein klein wenig Mühe geben. Aber nur, wenn diese Wohlstands-Trulla nicht mehr den halben Tag das Bad blockiert." Sie verschränkt die Arme.

„Und meinereiner wird gegebenenfalls ein wenig Zurückhaltung üben, sofern das Straßengör ihren überdimensionalen Kassettenrekorder zukünftig etwas

leiser stellt und auf diese unsagbare Lärmbelästigung verzichtet."

Kitty ist kurz davor zu explodieren, als sie Henrys Blick bemerkt. Beinahe unmerklich schüttelt er den Kopf und flüstert ein „Bitte".

Sie schluckt ihre Antwort hinunter, dreht sich um und verschwindet wortlos im Bad.

Zitat

Henry, 80 Jahre alt

„Das Essen im Grufftizentrum ist eines edlen Ritters
nicht würdig."

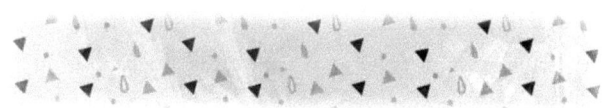

Frühstücksfreuden

Nachdem sie gestern ihr erstes Erfolgserlebnis eingefahren und zwei Zimmer von den alten Teppichen befreit haben, setzt sich Sir Henry trotz Muskelkater mit einem breiten Grinsen an den Frühstückstisch.

„Kein Grießbrei!" jubelt er. „Was für ein Fest!" Nur dafür könnte er sie alle küssen. Breit grinsend fischt er eine Rosine nach der anderen aus den Haferflocken heraus und freut sich über jede Walnuss, die er findet. In der Seniorenresidenz gibt es nie Nüsse. Zu hart für die Zähne, sagt die Leiterin. Dieser Drachen. Ja und? Was soll's? Dann schmeißt man nach dem Essen die Dritten eben erneut in ein Wasserbad. Die Beißerchen halten das zähe Fleisch vom Gourmetkoch aus der Altenheimküche aus. Warum nicht auch Mandeln?

Kitty setzt sich mit ihrer Schüssel zu ihm an den wackeligen Tisch und grinst ähnlich breit wie er.

„Oh Mann, wann habe ich zuletzt frische Milch zum Frühstück gehabt? Nur immer diese olle Dosenmilch, was für eine Pampe." Sie schaufelt in sich hinein, als hätte sie tagelang nichts gegessen.

„Magst du einen Apfel von mir?" Er hält ihr einen Rotbackigen entgegen. „Mir sind die Bananen lieber."

Sie strahlt. „Frisches Obst, wow, was'n Luxus. Ab und zu fällt was bei der Tafel ab, aber die Äpfel sehen meist aus, als hätten sie schon die ein oder andere Demo als Wurfgeschosse hinter sich gebracht."

„Wie hast du denn geschlafen?", fragt er sie und gibt ihr das Obst.

Sie grinst und zieht dabei die Schultern hoch. „Sorry, wenn ich Sie geweckt habe ..."

Henry räuspert sich.

„Tschuldigung, ... du. Okay, okay, ich werd's hinbekommen. Also mir war das Bett zu weich, das ist eher was für Prinzesschen. Deshalb bin ich aufgestanden und hab mein Lager auf dem Boden eingerichtet."

„Nu mach mal keine Staatskrise draus. Bin in der Nacht ständig wach. Hab ja auch gegeistert und mich auf die Toilette verdrückt. Wir werden uns schon alle aneinander gewöhnen."

Kitty verzieht das Gesicht, lehnt sich zu Henry und flüstert. „Was ist denn mit dem Wolf? Der stinkt ja

105

bestialisch. Ganz ehrlich, da krieg ich echt das Kotzen. Der ist ja schlimmer als der Kes, wenn er wieder alles, was er zwischen die Finger bekommt, gesoffen hat."

„Wertes Fräulein von der Freiheitsliebe, das ist Knoblauch. Meine Nase hat es auch vernommen. Weiß nicht, vielleicht war der Indianer unterwegs bei den Wölfen und hat sich gegen die Vampire verteidigt." Er lacht heiser, verstummt jedoch abrupt, als Walter sich mit seiner Müslischüssel und einem Teller voll frisch gezupfter Johannisbeeren zu ihnen gesellt. Er stellt ihn in die Mitte und bedeutet allen, sich zu bedienen.

Sir Henry räuspert sich. „Wo hast du denn die her?"

Walter deutet in Richtung Garten. „Wachsen hinterm Haus."

„Kann man das essen?" Kitty beäugt die Beeren und zögert.

„Aber sicher mein Fräulein. Schmeckt köstlich." Er greift nach einer Staude und schmatzt genüsslich. „Sowas gibt's nicht im Gruftischuppen, das kommt bei der Heimleiterin nicht auf den Tisch. Verkantet sich unter den Zähnen. Wie würden Sie sagen?"

„Scheiß drauf?"

„Genau das." Er lacht, wie er es lange nicht mehr getan hat, und fühlt sich pudelwohl wie in den Tagen, als er mitten im Leben stand.

„Ihhh", unterbricht sie ein Schrei. Es schallt aus dem Badezimmer. Alle recken gleichzeitig die Köpfe. Hysterisches Gekreische folgt und die Tür fliegt auf. Alina japst völlig außer Atem. Ihr Gesicht sieht aus, als hätte sie ein Gespenst gesehen. „Da ist ne Spinne hinterm Klo", jault sie. „Meinereiner kann da nicht ... ihr wisst schon."

Walter deutet Richtung Ende des Gartens, wo der Wald anfängt.

„Nicht dein Ernst. Meinereiner geht doch nicht in die Büsche, um ... na ihr wisst schon was." Sie schaut ihn mit entgeistertem Ausdruck an.

Alina blickt hilfesuchend zu Henry, der mit den Schultern zuckt.

Da steht Kitty auf, rückt den Stuhl beiseite, schiebt sich an ihr vorbei und trottet ins Badezimmer. Kurz darauf positioniert sie sich vor ihr, das Krabbeltier in den Händen und wedelt damit vor Alinas Gesicht herum. „Sag' hallo zu der Süßen!"

Alina kreischt wie am Spieß. „Nimm sie weg!"

Kitty lacht und entlässt die Spinne durch das Fenster ins Freie. „Musst du der so einen Schreck einjagen?", sagt sie nebenbei. „Die will doch auch nur leben. War in der Nacht bestimmt scheiße kalt da draußen. Wahrscheinlich war sie auf der Suche nach einem warmen Plätzchen, so wie wir."

Alina atmet heftig. „Du hast sie wohl nicht mehr alle. Ich weiß gar nicht, warum die Erde diese fiesen Kreaturen nicht schon lange ausgerottet hat."

Kitty kommt zum Tisch zurück und isst weiter ihr Müsli.

„Du willst dir nicht einmal die Hände waschen? Ihhh. Hast du denn gar keinen Anstand? Habt ihr das gesehen?", sagt sie Beifall heischend zu den Herren.

Die Spinnenretterin schießt vom Hocker hoch, dreht sich zu ihr und schaut sie durchdringend an. „Überleg mal, was die täten, wenn sie so groß wären wie wir. Die würden so ein Püppchen wie dich vielleicht auch ausrotten wollen."

Zitat

Walter, 38 Jahre alt

„Mhm…"

(Über all die Dinge, zu denen er nichts zu sagen hat)

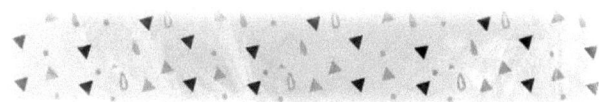

Ausräumaktion

Walter ist dabei, den Teppichboden in Jonas Zimmer herauszureißen, in dem er den schäbigen Schrank bereits abgebaut und die Einzelteile auf den Gang gestellt hat. Am liebsten hätte er jetzt einen Dauerglimmstängel im Mundwinkel. Der alte Lederfußball kullert ihm ständig vor die Füße. Mit jedem Zupfen und Reißen an den verklebten Fetzen hat er ihn erneut vor sich liegen. Genervt kickt er ihn aus dem Raum in den Flur. Die muskulösen Arme lassen sich nicht von hartnäckigen Kleberresten aufhalten. Jeglicher Zentimeter Holzboden, der unter den Teppichfetzen erscheint, spornt ihn an, kräftiger an den Teilen zu ziehen. Eine dicke Staubwolke umhüllt ihn, doch das ist ihm egal. Es passt zur Wut, die er in sich trägt. Die Kündigung, die Pleite, der Verlust. Kein Tag vergeht, an dem er nicht an seine Tochter denkt.

Im Chaos des momentanen Lebens wittert er eine neue Chance. Dieses soziale Projekt ist womöglich sein Neuanfang. Das hat ihm die Sozialarbeiterin vom Jugendamt gesagt. Beweisen Sie Verantwortungsbewusstsein, hat sie geflötet. Gegebenenfalls hätte sie vor, sich für ein Besuchsrecht des Kindes einzusetzen. Durch den Wahnsinn in seiner Ehe hat man ihm die elterliche Fürsorge entzogen. Wütend klatscht er einen Teppichfetzen auf den Haufen im Gang und wirft einen weiteren hinterher. Von seiner Stirn tropft der Schweiß. Ihm ist nicht klar, ob er wütender auf sich selbst ist oder auf die Behörden.

Jonas, sinniert er. Ein wohlklingender Name. Hätte ihm für einen Jungen auch gefallen, aber der hat sich damals leider nach dem fünften Monat verabschiedet.

„Heilige Scheiße", tönt es hinter ihm. „Du hast ja Kraft wie ein Bär vom Yukon."

Er hält inne in seinem Wahn, dreht sich um und schaut Kitty an. Tief durchatmend deutet er auf die Tapete, die in der Ecke von der Wand hängt.

„Alles klar, Indianer." Sie krempelt die Ärmel hoch und steigt über den Teppichberg.

„Kacke, wie das staubt. Ich mach mich mal an die fucking Tapete."

Mit Schwung reißt sie die Fetzen ab und scheint Spaß daran zu haben, die großflächigen Stücke zu entsorgen. „Wo soll das hin?", fragt sie ihn, als das Grobe ab ist.

Walter deutet durch die Tür hinaus.

„Klaro, der Container." Suchend schaut sie sich um. „Schubkarre gibt's wohl nicht, oder?"

Er schüttelt den Kopf.

„Oki doki, ich geh mal was besorgen."

Nachdem sie verschwunden ist, streckt Henry den Kopf zur Tür herein. „Na, wie ist die Lage auf dem sinkenden Schiff? Wird hier Hilfe gebraucht?" Er fuchtelt entschuldigend mit den Händen. „Die Elektrik lässt noch auf sich warten. Der Bauleiter will sie mit mir zusammen anschauen. Hab mir aber schon vorab einen Eindruck gemacht." Er zwinkert. „Will doch wissen, was Sache ist."

Walter hält inne, ein weiteres Teppichstück in der Hand, und schaut ihn an.

„Ja, ist wohl so, dass wir das komplett neu verkabeln müssen. Das Alte zu lassen, ist keine gute Idee. Dann passt nix zusammen und in einem Jahr können sie erneut anfangen, Teile davon auszutauschen. Wenn, dann gleich richtig." Er guckt im Raum umher. „Soll ich bei den Tapeten mit anpacken?"

„Das ist mein Job", scherzt Kitty, die mit einem gewaltigen Umzugskarton bewaffnet zurück ist.

„Hallo Ritterin der Kartonage, sei mir gegrüßt. Dann werde ich mal im Zimmer nebenan den Schrank abbauen. Hat jemand Alina gesehen? Allein packen meine morschen Knochen das nicht."

„Die reiche Tussi hat sich im Bad verschanzt. Wird wohl erst ihre Fingernägel neu lackieren, bevor sie sich herablässt, die doofe Kuh."

„Du bist aber nicht gut zu sprechen auf unsere Waldfee."

„Ist doch wahr. Perlenkackerin."

Henry verzieht das Gesicht. „Ich geh mal nach ihr sehen. Haltet ihr hier die Stellung. Ich komme mit Verstärkung siegreich zurück."

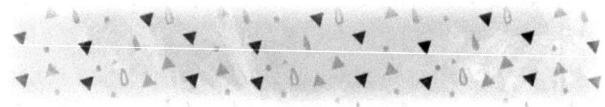

Zitat

Kitty, 19 Jahre alt

„Welche Hohlfrucht hat diese verfickte
Hühnerscheiße fabriziert?"

(Kitty über Farbflecken, auf den Fußböden)
"Fuck…das war ich ja selbst"

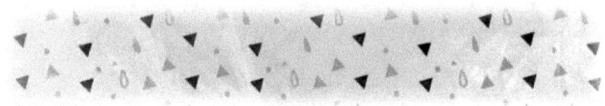

Bauleiter

Kitty wippt auf ihrem Stuhl und schaut genervt zu Henry, dessen Finger in einem immer schneller werdenden Rhythmus auf der Tischplatte tanzen. Alina ist im Bad verschwunden. Nur Walter macht einen ruhigen Eindruck. Heute ist der große Tag. Gleich werden sie den Bauleiter treffen und erfahren, wie es weitergeht. Beinahe zwei Wochen lang haben sie Zimmer für Zimmer in eine Art Rohzustand versetzt. Alte und vom Wasser beschädigte Möbel sind entsorgt, Teppich- und Laminatböden herausgerissen und jedes kleine Fitzelchen von gefühlt mehreren Quadratkilometern fucking Tapete abgerissen. Grinsend denkt Kitty an Alinas wundervolle Performance, als Walter sie gebeten hat, bei den Bodenbelägen zu helfen. „Seid ihr verrückt? Dabei ruiniert sich meinereiner doch die Fingernägel!"

Kitty hatte ihr daraufhin gehässig geantwortet, sie könne auch den Dachboden von den Spinnen befreien, worauf sie mit einem verängstigten Schrei begonnen hatte, Laminatstücke aus dem Zimmer zu werfen.

Alina taucht aus dem Bad auf, und Walter treibt sie zum Aufbruch an, während er sich eine Zigarette anzündet.

Kitty hält die Luft an. „Is jetzt nich dein Ernst, Indianer! Hier im Gartenhaus ist stinkfreie Zone. Schreib dir das hinter die Löffel!", schimpft sie, ist aber froh, dass er dem Püppchen in den edlen Hintern tritt, ansonsten wäre wohl der nächste Streit vorprogrammiert.

Walter deutet nach draußen und stellt sich zum Rauchen vor die Hütte. Geduldig lehnt Kitty am Türrahmen und wartet auf die anderen. Jeder hat hier seine Macken. Mit der Zeit lernt man, sie zu tolerieren. An Alinas abendliches Milchfußbad in der einzigen vorhandenen Salatschüssel wird sie sich jedoch nicht gewöhnen. Wie kann man nur Essen als Wellnessoase benutzen? Dagegen ist Walters Katzenwäsche und dass er der kalten Füße wegen mit dreckigen Socken ins Bett steigt, direkt human.

Sir Henry stellt sich neben sie: „Alles paletti für den Staatsempfang?", fragt er. Kitty grinst. Mit ihm versteht sie sich am besten. Dieser erscheint ihr zwar uralt, aber auf eine charmante Art und Weise ziemlich cool und witzig.

Auf der Terrasse der Villa erwartet sie ein streng dreinschauender Mann mit Dreitagebart und einem braunen Cowboyhut auf dem Kopf. Das wird ja immer besser, denkt Kitty, jetzt haben wir einen Cowboy, einen Indianer und eine Barbie. Wenn sie geahnt hätte, dass das hier ein Cosplay-Festival wird, hätte sie sich als Hulk verkleidet.

Er durchbohrt sie mit seinem Blick. Braungebrannt und mit beigen Cargohosen steht er da wie ein Großwildjäger. Unnachgiebig und ohne Gnade, immer sein Ziel im Visier.

Seine Augen wandern von einem zum anderen, bleiben aber erneut besonders lange auf ihr kleben. Ein Schnaufen und dann sagt er mit leiser Stimme. „Ihr seid also mein Team für dieses Bauprojekt. Na, herzlichen Glückwunsch. Mein Name ist Gunnar Falkenburg. Ich bin als Bauleiter bestellt und habe hier das Kommando. Ich werde die Aufgaben verteilen und ihr werdet alles mit mir abstimmen. Ab morgen kommt übrigens die Firma, die sich um die alten Wasserleitungen kümmert. Versucht, den Leuten nicht im Weg zu stehen, das sind schließlich Profis."

Er schaut zu Walter und Kitty atmet auf. „Du bist der Schreiner?"

Dieser nickt, wie immer wortlos.

„Da wir noch kein Material für die Böden haben, wirst du dich als erstes um die morschen Geländer kümmern."

Sein Blick wandert zu Sir Henry. „Wir zwei schauen uns gleich gemeinsam die Elektrik an und planen das weitere Vorgehen."

Er fixiert erst Kitty, dann Alina mit seinem stechenden Blick. „Dann seid ihr zwei wohl meine beiden Sozialfälle."

Kitty sieht, wie sich Alinas Augen weiten. Anscheinend ist sie sprachlos. Kitty kann sich ihre Empörung vorstellen. Sozialfall!

„Wenn wir mit dem verfickten Beleidigungs-Scheiß durch sind, könnten wir uns vielleicht an die Arbeit machen." Kitty baut sich herausfordernd vor ihm auf.

„Dann musst du die ohne Wohnsitz sein. Hätte ich mir denken können." Bei seinem angewiderten Gesichtsausdruck fröstelt Kitty.

Er wendet sich erneut an Alina. „Du kannst rauf gehen und dir eines der Schlafzimmer aussuchen. Ich ernenne dich hiermit zu unserer Malerin."

Alinas Kiefer klappt nach unten. Mit geweiteten Augen starrt sie ihn an, dann nickt sie und betritt wortlos die Villa.

„Und was haben Sie mir für eine Rolle zugedacht? Schlosser, Fliesenleger, Maurer? Oder soll ich mich um die Innenarchitektur kümmern?" Ihr ist zum Kotzen, wenn sie in das selbstgefällige Gesicht dieses Möchtegern-John-Waynes schaut.

„Du bist nur die Hilfskraft! Zuerst schaffst du die Farbeimer und Malerrollen nach oben und dann wirst du

penibel für die anderen aufräumen, damit sie in Ruhe arbeiten können."

Kitty ist stinksauer. Was bildet sich dieses Arschloch nur ein? „Du kannst mich mal, du Pisser! Ich bin nicht deine Putzsklavin."

Falkenburg kommt auf sie zu, immer näher, bis er sie beinahe berührt. Sein warmer Atem lässt sie erschaudern und seine zu einem fiesen Flüstern erstorbene Stimme verpasst ihr eine Gänsehaut.

„Ich habe mir nicht ausgesucht, dass ihr hier mitmischt. Ich brauche euch nicht. Gib mir einen Grund, dann bist du schneller im Knast als du ‚Bewährungshelfer' sagen kannst. Und jetzt solltest du schleunigst zusehen, dass die Malerin ihre Farben bekommt."

Als er mit Henry weggeht, flüstert sie in Walters Richtung. „Ich könnte ihn umbringen und im Keller einbetonieren! Was bildet sich dieses Riesenarschloch bloß ein?" Kitty ist auf hundertachtzig.

Am Abend ist sie völlig ausgelaugt. Mit bleischweren Füßen schleicht sie zusammen mit den anderen zum Gartenhaus hinüber. Den ganzen Tag hat Falkenburg sie von einem Hilfsjob zum nächsten gescheucht. Hier etwas aufräumen, da etwas festhalten, dort ein paar Dinge schleppen. Sie hasst es, nicht ernst genommen zu werden. Der Wichser von Bauleiter hat ihr mehr als deutlich gezeigt, dass er sie nicht ausstehen kann.

Alina stapft missmutig neben ihr her. „Meinereiner ist ganz deiner Meinung, dass wir mit diesem Bauleiter keinen guten Fang gemacht haben."

Sie ist von Kopf bis Fuß mit weißer Farbe eingesaut. „Warum muss meinereiner diese Arbeit machen? Ich kann es einfach nicht. Schaut mich doch an. Werde wohl die nächste Stunde in der Dusche verbringen, um die Farbe abzuwaschen. Und meine geliebte Jeans kann ich wegschmeißen."

Kitty hat Walter kaum gesehen, weil er die meiste Zeit in seiner Werkstatt verbracht hat, um die einzelnen Teile für die Geländer vorzubereiten. Sir Henry macht als Einziger einen zufriedenen Eindruck. Zusammen mit Falkenburg hat er sich die gesamte Elektrik angeschaut und ist mit ihm einer Meinung, dass alles neu verkabelt werden muss.

Er wedelt mit den Händen geschäftig vor ihrer Nase herum. „Ich werde morgen früh mit Falkenburg ein paar Stunden unterwegs sein, um Material zu besorgen. Vielleicht kannst du Alina ja ein wenig unterstützen."

Na klar, das fehlt noch. Mit Sicherheit spielt sie hier nicht die Hilfsarbeiterin für die völlig untalentierte Luxustante. Die kann allein zusehen, wie sie klarkommt.

Zitat

Kitty, 19 Jahre alt

„Arschloch … äh, ich meine Armleuchter mit Loch
im Kabel und einem Kurzschluss in der Schaltzentrale."

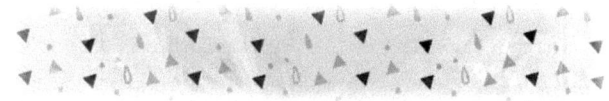

Malerarbeiten

Kitty tun die Hände weh. Den ganzen Tag hat sie
Schlitze für neue Stromleitungen geklopft. Mit
schmerzverzerrtem Ausdruck reibt sie über die Finger, die
sich vom Meißel halten verkrampft haben. Anfangs war
das eine Arbeit, die ihr Spaß machte. Sämtliche Wut auf
das fucking Leben und die Arschgeigen, die meinen, sie
seien etwas Besseres, wie dieser schleimige Kotzbrocken
von Bauleiter, hat sie sich von der Seele gehämmert.
Inzwischen ist sogar der Ärger von heute Morgen über
Miss „Hilfe, da könnte ja mein Fingernagel abreißen"
verflogen. Ihr Gehabe um den schmutzigen Boden im
Gartenhaus beinahe vergessen. Das Gejammer wegen der
harten Matratze aus dem Gedächtnis ausgeixt. Erst knetet
sie ihre Hände und knibbelt dann an der Blase herum.

Bald ergießt sich der Inhalt durch ein hineingebissenes Loch. Besser!

Sir Henry streckt den Kopf zur Tür herein. „Liebes Fräulein von der Freiheitsliebe, würdest du so freundlich sein und mir helfen, die neuen Kabel von oben zu holen? Mein Gestell packt die schweren Trommeln nicht allein."

„Lass stecken Opi, ich hol die für dich", trällert sie, heilfroh den Meißel für einen Moment aus den Händen zu legen.

„Lass dich mal drücken. Bist so eine fleißige Biene."

Ehe sie sich versieht, hat er sie an sich herangezogen und erstickt ihren Widerstand in einer dicken Umarmung. War ihr jemand schon mal so nahe, und das ganz ohne Schutzzone, ohne Sicherheitsabstand und doppelten Boden? Erst fröstelt es sie. Dann lässt ihr emotionales System die Wahrnehmung von Wärme zu. Henry strahlt Schutz aus. Gibt es so etwas? Langsam schwindet ihre Schockstarre und ihr Körper lässt die Geborgenheit zu.

„Bist ein klasse Mädel", flüstert er ihr ins Ohr.

Sie drängt sich, etwas zu sagen, bringt aber kein Wort heraus. Die Zunge klebt am Gaumen und ihr Kopf ist wie leergefegt.

Als er sie aus seiner Umarmung entlässt, fällt ihr nichts Besseres ein, als nach oben zu deuten. „Ich ... ich ... geh dann mal. Die ... Kabel holen."

Er nickt mit einem breiten Lächeln. „Danke."

Obwohl Henrys Umarmung längst vorüber ist, fühlt sie sich völlig gefangen von der Wärme, die weiter durch ihren Körper strömt. Gedankenverloren tappt sie die Treppen nach oben und am Zimmer vorbei, wo Alina die Wände streicht. Wäre sie nicht so von ihren Gefühlen gefesselt, dann hätte sie schon früher ein Schluchzen gehört. Es dringt erst zu ihr durch, als sie bereits an der Tür vorbei ist. Moment mal! Ist das Alina, die High-Society-Tussi? Unschlüssig dreht sie sich um, dann der anderen Richtung zu, geht zwei Schritte, bremst und läuft zurück. Verstohlen schaut sie durch den offenen Türspalt in den Raum. In der Mitte steht ein Topf Farbe, jede Menge großflächige Lachen um ihn herum. Für einen Moment hat sie das Gefühl, dass mehr auf der Folie am Boden ist als im Eimer und an der Decke. Dort gibt es vereinzelte weiße Streifen, die kreuz und quer verteilt sind. An einigen Stellen schaut der Putz raus, dafür sind andere so fett eingekleistert, dass sich die Farbe bereits in dicken Blasen sammelt. Alina steht mit dem Rücken zu ihr. Vom Pinsel tropft es. Erneut dringt das Schluchzen zu ihr durch.

„Hey Lina, was ist passiert?", fragt sie in vorsichtigem Tonfall.

Sie schießt herum, wischt sich unwirsch mit dem Ärmel die Tränen aus dem Gesicht. Dies hinterlässt einen Farbschmierer auf ihrer Backe. „Ja, lach mich nur aus. Bin ja nur eine Großstadtgöre, die nix kann", schreit sie. Kitty

ist verdattert. Diese Seite hat sie noch nicht kennengelernt. Normal hätte ein blöder Satz gereicht, um ihr gehörig übers Maul zu fahren, aber irgendetwas bewegt sie dazu, es nicht zu tun. Ob Sir Henry ihr den Kopf verdreht hat? Sie macht einen Schritt auf Alina zu. „Warte kurz, ich bring unserem Opa schnell seine Kabel, dann helfe ich dir. Bin gleich wieder da." Sie kostet ihre Verblüffung aus. Danach eilt sie zwei Räume weiter und schleppt alles nach unten ins Erdgeschoss.

Eine Minute später steht sie im Zimmer neben Alina, die inzwischen auf dem Boden kauert, den Pinsel umklammert und ihren Körper hin und her wiegt. Behutsam zieht sie ihr das tropfende Ding aus der Hand und legt es beiseite. Dann schnappt sie sich ein Tuch von der Küchenrolle und hält es ihr hin.

Sie nimmt es und schnäuzt. „Dieser blöde Bauleiter. Der weiß doch genau, dass ich das nicht kann", jammert sie. „Ich hab doch noch nie einen Pinsel oder eine Rolle in der Hand gehalten. Malen habe ich schon in der Schule gehasst. Der will mich doch nur fertig machen."

Kitty schmunzelt. „Ich denke, der hat eher mich auf dem Kieker und wollte dir die schöneren Arbeiten überlassen."

„Schöner?", quiekt sie.

„Was hältst du davon, wenn ich das mache?"

Alina schaut sie ungläubig an. „Warum solltest du? Meinereiner kannst du doch nicht abhaben."

„Seh es als kurzzeitigen Waffenstillstand und Verbrüderung gegen den gemeinsamen Feind." Kitty zwinkert. „Los geh schon, hilf du Henry mit den Kabeln. Musst ja keine Schlitze klopfen, der ist froh, wenn ihm jemand beisteht, sein Chaos zu sortieren. Und ich bin viel besser bei den Farben aufgehoben."

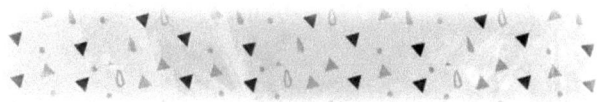

Zitat

Henry, 80 Jahre alt

„Je chaotischer der Kabel-Wust, desto genialer der Elektriker!"

(Beim Blick auf das Kabel-Durcheinander)

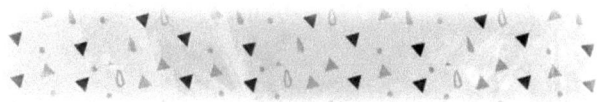

Kabelsalat

Mit skeptischem Blick schaut Sir Henry auf seine Kladde. Säuberlich hat er alles notiert, was Falkenburg und ihm beim Rundgang aufgefallen ist. Zuerst haben sie den Abschnitt des Hauses untersucht, der dem Wasserschaden zum Opfer gefallen war. Dort ist nichts mehr zu retten. Glücklicherweise konnten sie zumindest die nicht betroffenen Räume wieder mit Strom versorgen. So ist es inzwischen möglich, mit Hilfe von Verlängerungen und Kabelrollen in jedem Zimmer Elektrizität abzuzapfen. Das ist insbesondere für Walter wichtig, der häufig schleifen oder sägen muss.

Leider stellte sich auch das restliche Kabelwerk als sehr marode heraus, so dass sie beschlossen, im gesamten

Haus neue Leitungen zu verlegen, um für die Zukunft gerüstet zu sein. Zusammen mit Alina und Kitty hatte er bereits Schlitze geklopft und dort Leerrohre verlegt. Einen Großteil der alten, nicht mehr verwendbaren Kabel hat er aus den Wänden gezogen und bei dieser Gelegenheit gleich neue verlegt.

Jetzt steht er vor dem jungfräulichen Stromkasten, den Falkenburg besorgt hat, und versucht, diese Leitungen dort anzuschließen.

„Verflixt und zugenäht!", schimpft Henry vor sich hin. „Waren die Kabel und Anschlüsse schon immer so winzig?" Abwechselnd schaut er durch die Lesebrille und über sie hinweg. Früher hatte er solche Probleme nicht.

Er denkt an seine Anfangszeit als Elektriker zurück. Schon als kleiner Bub war er von Strom und dem, was er bewirkt, fasziniert. Daher bestand niemals ein Zweifel, welchen Beruf er erlernen würde. Selbständigkeit war nie in seinem Sinn. Ihm war es wichtig, mit den Händen zu arbeiten, auf irgendwelchen Verwaltungskram hatte er hingegen keine Lust. Kostenvoranschläge, Buchhaltung und bürokratische Schreibereien waren ihm zuwider. So war er viele Jahre auf den Baustellen des Landes unterwegs. Als ihm das zu stressig wurde, wechselte er zu einer großen Firma, die Bauteile für Autos herstellte. In den zahlreichen Werkhallen gab es immer Abwechslung. Als er viele Jahre später schließlich in Rente ging, hörte er nicht auf zu arbeiten. Sein Leben spielte sich in einem

Dorf ab, wo jeder jeden kannte. Da war es logisch, dass jeder wusste, welche Talente der andere besaß. Hatte man ein Problem mit der Elektrik, meldete man sich bei Henry und er half stets gerne.

Als seine Frau starb, wollte er für Klarheit sorgen und verhindern, dass es später zu irgendwelchen Erbstreitigkeiten käme. Das Ende vom Lied war, dass seinem Sohn und dessen Gattin das Haus gehörte und sie ihn kurzerhand in ein Altenheim verfrachteten. Von einem Tag auf den anderen war er nicht mehr Henry, der Elektriker, sondern Henry, der alte Mann. Aufgrund der Entfernung gab es keine Gelegenheit, bei irgendwelchen Bekannten zu helfen, und die despotische Heimleiterin untersagte ihm jegliche Elektroarbeiten in der Seniorenresidenz. Nicht einmal eine Glühbirne durfte er auswechseln.

Als er jetzt vor den unzähligen Kabeln sitzt, die aus der Wand in den Kasten führen, fühlt er sich auf einmal unsicher und überfordert. Ihm scheint in den letzten Jahren jegliches Selbstvertrauen abhandengekommen zu sein. Welches dieser Kabel kommt aus Lisa-Maries Zimmer? Er hätte sie deutlicher markieren müssen. Hoffentlich enttäuscht er die anderen nicht, sie vertrauen ihm und seinem Sachverstand. Insbesondere Brunos Glaube in seine Fähigkeiten erscheint ihm unumstößlich.

Lächelnd erinnert er sich an den Besuch seines Freundes im Altenheim, um ihn abzuholen. Es war zu

einer monumentalen Auseinandersetzung mit der Heim-Diktatorin gekommen, die nicht erlauben wollte, dass Henry die Obhut seines Zuhauses verließ. Er bringe sich und andere in Gefahr und wäre in der Sicherheit der Residenz besser aufgehoben, sagte sie. Bruno hatte ihr daraufhin deutlich erklärt, dass Henry ein freier Mann sei und nicht Gefangener ihrer Majestät. Als sie kurz darauf vom Hof fuhren, fühlte er sich so jung wie seit Jahren nicht mehr.

Leider ist dieses Gefühl inzwischen verflogen. Vielleicht ist er tatsächlich zu alt und sollte sich wieder in sein kleines Zimmer im Senioren-Gefängnis zurückziehen. Doch schon der Gedanke daran sorgt für Bauchschmerzen. Die Tage hier im Kinderheim waren für ihn die mit Abstand schönsten der letzten Jahre. Jede Sekunde mit seinem Team ist für ihn ein großer Genuss. Vor allem Alina und Kitty sind ihm in der kurzen Zeit ans Herz gewachsen. Beide sind wie die Enkel, die er nie hatte. Seine eigenen Kinder waren immer nur mit ihren Karrieren beschäftigt. Nachwuchs passte nicht in den Lebensplan. Wie sehr hat er sich Enkelkinder gewünscht. Jetzt hat er diese beiden völlig unterschiedlichen Mädels, die ihm jede auf ihre besondere Art täglich Freude bereiten.

Kitty ist ihm recht ähnlich. Praktisch veranlagt und sagt, was sie denkt. Wobei sie in ihren Formulierungen etwas direkter ist als er. Außerdem genießt sie, genau wie er, den bescheidenen Luxus, der ihnen hier geboten wird.

Alina ist ganz anders. Für sie ist es eine neue Welt, sie braucht seine Erfahrung und Weisheit. In ihr steckt viel mehr, als sie glaubt. Da ist er sich sicher.

Mit Walter sitzt er stundenlang nur da und schaut sich die Umgebung an. Die Ruhe des Großen Wolfes tut ihm gut.

Und dann sind da natürlich die Kinder, für die sie das hier alles tun. Alle unterschiedlich und alle liebenswert. Keine zehn Minuten nachdem er die Villa betreten hatte, war er bereits Opa Henry und gehörte wie selbstverständlich zur Familie. Und um ihretwillen darf er nicht scheitern! Es muss doch möglich sein, diese vermaledeiten Kabel auseinanderzuhalten und anzuschließen!

„Ist alles okay bei dir, Opa?", fragt Kitty und reißt ihn aus seinen Gedanken.

„Ich bin mir nicht sicher, mein Kind", er seufzt und zeigt auf das Kabelchaos. „Es ist lange her, dass ich so etwas gemacht habe und ich weiß nicht, ob ich das hinkriege. Ich bin mir sicher, dass ich die Kabel aus Lisa-Maries Zimmer mit einem Kreis markiert habe, doch jetzt finde ich sie nicht mehr. Wie soll das werden, wenn die restlichen Räume dazukommen?"

Kitty setzt sich neben ihn und schaut ihm tief in die Augen. „Du bist nur ein bisschen eingerostet. Das ist

doch völlig normal. Ich weiß, dass du das hinkriegst." Sie greift in den Wust aus Kabeln und zieht ein paar heraus, auf denen ein kleiner Kreis zu sehen ist. "Gemeinsam schaffen wir das!"

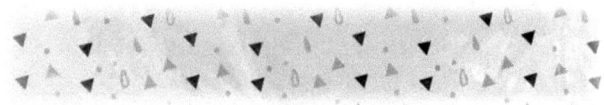

Zitat

Alina, 22 Jahre alt

„Auf einer Baustelle zu arbeiten, bedeutet nicht, dass
man nicht gut aussehen darf."
(Daher werden Designer-Jeans auch bei Bauarbeitern
immer beliebter)

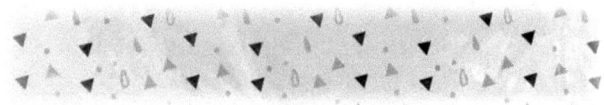

Verzweiflung

Alina sitzt auf den Stufen zur Terrasse der alten Villa. Die Hände vor dem Gesicht und ihr Kopf liegt auf den Beinen. In sich zusammengesunken ist sie mit ihren Gedanken bei den letzten Wochen.

Sie fühlt sich fehl am Platze. Nichts gelingt ihr und anstatt zu helfen, steht sie den anderen oft im Weg. Langsam wird ihr bewusst, dass sie zwar fähig ist, zu feiern, zu schlafen und sich chic anzuziehen, jegliche praktische Arbeit ihr jedoch fremd ist. Ihr Vater hat recht. Durch das Leben im Wohlstand hat sie sich zu einem nutzlosen Geschöpf ohne jegliche Begabung entwickelt. Seine Hoffnung ist, dass sich das während des Projektes ändert ... ihre jedoch hat sie verloren. Hier wird sie wohl

 135

niemals etwas Sinnvolles beitragen. Was soll sie nur tun? Aufgeben? Wäre dies das Beste? Sie ist hier niemandem eine Hilfe und an der nächsten Lektion kommt sie sowieso nicht vorbei. Die Philippinen! Alles, nur nicht das. Hier, außerhalb ihres bisherigen Lebens, fällt es ihr bereits schwer, klarzukommen. Es hat lange gedauert, bis sie sich an die merkwürdigen Eigenheiten der Menschen um sie herum gewöhnt hatte. Die Schlaf- und Wohnsituation ist kaum zu ertragen. Wie soll das erst in Südostasien werden? Fremde Sprache, fremde Kultur, alles fremd.

Sie hört, dass jemand auf sie zukommt und sich dann neben sie setzt. Eine Hand berührt sie sanft an der Schulter. „Was ist los, Mädchen? Was bedrückt dich?"

Es ist Sir Henry. Üblicherweise hat er einen albernen Spruch auf den Lippen. Alina hat das Gefühl, dass er die Umstände hier genießt und bis ins Letzte auskostet. Doch im Moment klingt seine Stimme warmherzig und mitfühlend.

Wie soll sie sich verhalten? Sie ist nicht der Mensch, der Probleme mit jemandem teilt. Na ja, bislang hatte sie ja nie welche. Ein zur Neige gegangener Lippenstift war keine Katastrophe. Zumindest empfindet sie das aus heutiger Sicht so. Noch vor vier Wochen war das anders.

„Es geht schon. Alles in Ordnung." Alina kämpft plötzlich mit den Tränen. Dann bricht es aus ihr heraus.

„Nein, nichts ist in Ordnung. Ich weiß nicht mehr weiter! Ich kann nicht mehr. Ich halte das nicht mehr aus. Ich fühle mich hier wie das fünfte Rad am Wagen, vollkommen nutzlos. Ihr habt alle so wertvolle Talente. Walter zaubert die wundervollsten Dinge aus Holz, Kitty muss man nur einen Pinsel und Farbe in die Hände drücken und schon entsteht etwas ganz Wunderbares. Und du bist ein toller Elektriker. Außerdem hast du die Gabe, alle Menschen aufzumuntern und Freude zu verbreiten. Nur ich kann nichts. Ich habe zwei linke Hände und stehe nur im Weg. Was soll ich hier? Ich bin für euch nur eine Belastung."

Tränen tropfen auf die Stufe.

Sir Henry streicht ihr über den Kopf. „Ach Mädchen, was redest du da? Als du vor ein paar Wochen mit deinen rosafarbenen Köfferchen hier angekommen bist, kamst du aus einer völlig fremden Welt. Ich dachte mir, dass du keine zwei Tage durchhältst. Ich sah ein Barbie-Püppchen, das von ihren Eltern maßlos verzogen wurde."

Ein erneuter Heulkrampf erschüttert Alina. „Mit meinem Vater hat es mir nie an etwas gefehlt. Kann schon sein, dass er versucht hat, es besonders gut zu machen, weil meine Mutter gestorben ist, als ich fünf war. Ich denke, er wollte sie für mich ersetzen. Dass er mich liebt, das weiß ich."

„Eltern meinen es immer gut. Aber darum geht es nicht. Zwei Tage sind vergangen, inzwischen mehrere

Wochen und du bist immer noch hier. Nach und nach hast du dich durchgebissen und meiner Meinung nach von uns allen die größte Entwicklung hingelegt. Dein Barbie-Kostüm ist Geschichte und die wahre Alina ist immer mehr zum Vorschein gekommen. Vielleicht merkst du im Moment noch nicht, wo dein Talent liegt, aber ich bin mir sicher, du wirst es bald entdecken. Bei dir ist es wie beim Wein. Die teuersten Weine entstehen aus den Trauben, die am längsten an den Reben bleiben. Es gibt viele Wege, dieses Projekt voranzubringen. Handwerkliches Geschick ist nur einer davon. Du wirst deinen finden und wir werden dir dabei helfen."

Wieder fließen die Tränen, diesmal nicht aus Verzweiflung und Angst, sondern aus Dankbarkeit und Rührung. Dann umarmt sie ihn. „Danke!", flüstert sie.

Als sie sich von ihm löst, lächelt er. „Wie kannst du behaupten, keine Talente zu besitzen? Gerade hast du einen alten Mann sehr glücklich gemacht." Er zwinkert ihr zu.

„Vielleicht solltest du dir einfach mal in Ruhe überlegen, was dir Spaß macht und was dir leichtgefallen ist. Und damit meine ich nicht Schminken und Nägel lackieren! Nimm dir Zeit und denk mal drüber nach."

Sir Henry steht auf, hebt seine Hand an die Schläfe und verabschiedet sich auf diese für ihn typische Art.

Alina schaut ihm hinterher. Betagte Menschen hat sie immer für sonderbar und komisch gehalten, ihn aber hat

sie in ihr Herz geschlossen. Scheinbar bringt das Alter doch die viel besungene Weisheit.

Sie steht auf und schlendert über das Gelände. Diese Ruhe nach Feierabend ist ein Genuss. Wenn Falkenburg verschwunden ist und der Druck abfällt, ist es hier friedlich. Der idyllische Garten ist natürlicher als der akkurat gestutzte in der Villa ihres Vaters. Dort ist alles makellos angeordnet, hier jedoch stört sich niemand an einem Löwenzahn oder einem krumm gewachsenen Busch.

Sie sinniert über die letzten Jahre nach. Was hatte sie bislang geleistet? Woran hatte sie Freude? Sie schüttelt den Kopf, als sie an die regelmäßigen Besuche im Beautysalon und ihr tägliches Wellness-Programm denkt. Wie hatte ihr Vater gesagt? ‚Das wahre Leben kennenlernen'. Wie recht er hatte. Bisher existierte für sie eine Welt aus Partys und Kopfschmerzen am folgenden Morgen. Ein Umfeld wie Walters, in dem Menschen tagtäglich körperliche Arbeit verrichten und jeden Abend sehen, was sie erschaffen haben, ist ihr fremd. Was bleibt nach einer durchgefeierten Nacht? Ein dröhnender Schädel. Das kann es doch nicht sein, oder? Sie besitzt irgendein Talent, das hat zumindest Sir Henry gesagt. Was ist es? Sie erinnert sich an ein pompöses Fest, das ihr Papa vor ein paar Monaten gegeben hat. Es war ein Partyplaner engagiert, von dem Alina enorm angetan war, so dass sie tagelang nicht von seiner Seite wich. Als er erkrankte,

drohte die Veranstaltung zu platzen. In dem Moment hatte sie die Zügel übernommen und alles organisiert. Die Feierlichkeiten waren optimal geplant und sie hatte zum ersten Mal das Gefühl, Großes geleistet zu haben.

Ist das die Lösung? Liegt ihr Talent nicht im Machen, sondern im Planen? Aber das ist Falkenburgs Job. Trotzdem … Sie hat seit Tagen ein komisches Gefühl, wenn sie an den Bauleiter und seine Arbeit denkt. Hat sie nicht schon länger das Verlangen, ihm sein Notizbuch aus der Hand zu reißen und die Initiative zu ergreifen? Es kommt ihr manchmal vor, als würde Falkenburg die anderen ausbremsen, anstatt das Optimum aus ihnen herauszuholen. Mit einem zaghaften Lächeln nimmt sie sich vor, in den nächsten Tagen die Abläufe von Walter, Kitty und Henry zu studieren, um sie effektiver zu unterstützen.

Ja, sie wird ihren Weg finden!

Zitat

Walter, 38 Jahre alt

„Ich liebe Holz - es ist warm, freundlich und quasselt mich nicht voll.“

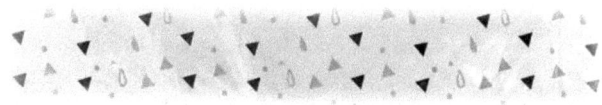

Materialknappheit

Walter schaut auf den Rest Holz. Für die letzten Meter Geländer reicht es nicht mehr. Wo nur die Lieferung bleibt, die Falkenburg geordert hat? Ob der Herr Bauleiter die Sanitärfirma mit ihren Installationen der Leitungen bevorzugt behandelt? Ständig diese Verzögerungen und der Unterton, dass die Jungs wichtiger sind als ihre Anliegen. Längst könnten sie beim nächsten Abschnitt sein. Ihm leuchtet ein, dass es sinnvoll ist, zwischendurch den anderen zu helfen und erst einmal dafür zu sorgen, dass sie wieder fließendes Wasser im Haus haben, aber die Treppe ist nicht so bedeutungslos, wie der Baufritze ihn spüren lässt. Wenn die nicht bald steht, hängt er mit den Böden hinterher. Das Verlegen braucht seine Zeit und es macht wenig Sinn, vorzeitig damit zu beginnen, solange Wände und der Aufgang nicht fertiggestellt sind.

Außerdem steht auch die Lieferung von Laminat und Teppichböden noch aus.

Genervt hetzt er in den Keller zu Henry. Dann würde er heute eben ihm helfen.

„Hallo Wolf, wie ist die Lage?"

Walter macht eine wegwerfende Handbewegung.

Henrys Stirn legt sich in Falten. „Kein Material mehr?"

Er schüttelt den Kopf. „Hab nur noch ein paar alte Bretter, damit kann ich nichts fertigmachen. Ich helf dir. Vielleicht kommt das Zeug ja Morgen."

„Da gibt es nicht viel zu helfen." Er deutet in die Ecke, wo eine leere Kabelrolle liegt. „Wir können noch die paar Schlitze in der Küche schlagen. Aber das war es dann auch schon. Für letzte Woche hat Falkenburg den Nachschub versprochen. Ich weiß ja nicht, wo er das Material bestellt, aber ich hatte zu meiner Zeit am nächsten Tag die Dinge, wenn es gebrannt hat und ich auf der Baustelle dringend was brauchte. Vielleicht sollte der mal einen Kurs als Sekretärin machen." Er lacht kehlig. „Ob ich was im Baumarkt besorgen sollte? Dass wir zumindest überbrücken können, bis das Organisationsgenie was aufgetrieben hat."

Walter verzieht das Gesicht.

„Hast ja recht. Mit was sollen wir das bezahlen? Der Cowboy in Pippis Büro hat schon letzte Woche gesagt, dass wir bald Notstand haben. Aber wollte der nicht noch mal mit der Stiftung reden?" Er zupft an seiner Lippe.

„Dann fahre ich zu meiner Garage. Da habe ich noch einen Rest eigenes Holz. Damit komme ich zwar nicht weit, aber ich kann wenigstens die Stelle von gestern noch fertig machen. Willst du mit? Mir Tragen helfen?"

Sir Henry reibt über seine Handgelenke. „Die sind nicht mehr fit genug für einen Krafteinsatz. Nimm doch Alina mit. Die ist heilfroh, wenn sie mal wegkommt vom Tapetenkleben."

Walter steuert sein Lieferauto auf die schmale Garage zu. Er zieht an der Zigarette, als stünde er unter Entzug.

Alina weitet die Augen. „Das war deine Werkstatt? In der hast du dich ja kaum umdrehen können. War dir das nicht zu klein?"

Schulterzuckend bläst er den Rauch aus. „Hatte nicht das Geld, um etwas Großes zu mieten."

„Oh", sagt sie und steigt aus.

Offenbar hat sie mit dem Gedanken zu kämpfen, dass jemand mit geringen Möglichkeiten effektiv arbeitet, das sieht er ihr an. Sich einen Ruck gebend erklärt er: „Viel kann auch belastend sein. Wenig ist manchmal die bessere Wahl." Diesen Samen lässt er bei ihr in die Erde fallen, öffnet das Tor und schaut auf die Holzreste, die in der Ecke neben den Maschinen stehen.

„Warum dauert das denn so lange, bis das Material kommt? Farben haben wir auch nur noch zwei Eimer, und

mit den letzten vorhandenen Tapetenrollen wird Kitty bestimmt heute noch fertig."

Er schnappt sich eine Hand voll Latten und trägt sie zum Lieferwagen. Alina greift ebenfalls zu.

„Unser Cowboy scheint kein Organisationstalent zu sein", sagt sie beiläufig. „Kann man denn da nichts machen?"

Walter legt die Stirn in Falten, bleibt stehen und schaut sie an. „Wir bräuchten jemanden, der dem Herrn ein wenig Pfeffer unter den Hintern streut."

„Opa Brombeere vielleicht?"

Er schiebt ein Brett auf die Ladefläche.

„Wir könnten auf alle Fälle mal mit ihm reden."

Auf dem Nachhauseweg dreht er das Fenster herunter und hält die frisch angezündete Zigarette zum Fenster hinaus.

Alina reibt sich schlotternd über die Oberarme. „Ganz ehrlich Wolf. Bis wir bei der Villa sind, bin ich erfroren."

Brummend wirft er den Glimmstängel hinaus und dreht die Scheibe hoch.

„Und bitte jetzt nicht wieder Knoblauch essen. Glaub mir, der Tabakgeruch ist weit besser zu ertragen, als wenn du versuchst, ihn mit dem Lutschen dieser seltsamen Zehen zu vertuschen." Sie reicht ihm ein Bonbon rüber. „Probier es doch mal hiermit. Zitrone, ohne Zucker!"

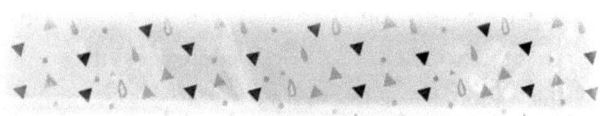

Zitat

Susi, 13 Jahre alt

„Ich mag keine Männer, die im Haus
herumschleichen."

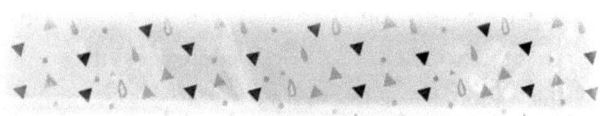

Nachtwanderung

Mitten in der Nacht setzt Kitty sich auf. Bisher hat sie kein Auge zugetan. Unwirsch schält sie sich aus dem Schlafsack, zerrt ihn vom Bett und schleicht mit der Penntüte über der Schulter im Dunkeln zur Tür. Nicht eine Sekunde länger würde sie es neben Walter aushalten. Der riecht dermaßen nach Knoblauch, dass ihr übel ist. Lieber schläft sie unter freiem Himmel.

Draußen an der frischen Luft atmet sie tief durch. Der Vollmond beleuchtet den Garten. Ein Blick zum Himmel über der Villa zeigt ihr jedoch finstere Wolken, die schnell näherkommen. Vielleicht doch besser ein Dach über dem Kopf, als im Regenschauer zu erfrieren, darum steuert sie die Villa an. Und wenn sie in der Speisekammer schläft, ist das immer noch behaglicher als zu ersticken. Umsichtig schleicht sie durch den Eingang und knipst ihre

Taschenlampe an. Es ist wie der Lauf durch ein Labyrinth. Überall liegt Handwerkszeug herum, das Alina hätte wegräumen sollen. Die Folie auf dem Boden knistert. Heilfroh die Treppe ohne Blessuren erreicht zu haben, scannt sie weiter den Boden ab. Gleich um die Ecke ist ihr Schlafplatz.

„Shit", presst sie hervor. Die Kammer ist zwar nicht in Arbeit, jedoch mit leeren Farbeimern vollgestellt. Die Luft ausblasend wägt sie ab. Ist oben ein Zimmer fertig? Sie steigt die Stufen hoch, bleibt im ersten Stock stehen, leuchtet mit der Lampe die Türen entlang. Der frische Teppichboden riecht gruselig nach Klebemittel. Ihr Magen rebelliert erneut und sie hält sich den Pulliärmel über den Mund. Der Lichtkegel ihrer Taschenlampe fällt auf eine weitere Treppe. Dort war sie bisher nie. Führt der Weg zu einem Speicher? Sie hat sofort den Geruch von altem Holz in der Nase. Das entspannt ihren Bauch und sie steigt auf den ausgetretenen Stufen einer Tür entgegen. Als sie die öffnet und einen Blick hineinwirft, ist ihr klar, dass dies ihr Nachtlager ist. Mit Feuereifer begutachtet sie die dicken Balken. Im Schein der Lampe sucht sie nach einer behaglichen Nische und tritt auf alte Kartons, die vermutlich die Sanitärfirma hier abgestellt hat. Genial für einen tiefen Schlaf, freut sie sich und leg ihren Schlafsack darauf. Just stolpert sie über einen harten Gegenstand und japst. Ihr Knöchel schmerzt und sie sinkt in die Knie. Mit der einen Hand reibt sie die schmerzende Stelle und die andere leuchtet mit der Lampe auf den Boden. Dort steht eine Kiste, mehr eine Schatulle. Aufmerksam huscht ihr Blick an allen Seiten entlang. Ob sie von der alten Gräfin ist, der die Villa vor ihrem Ableben gehört hat? Sie vergisst den Schmerz, setzt sich auf die Holzdielen und sucht nach einem Verschluss. Darin ist gewiss jede Menge Schmuck aufbewahrt. In den schönsten Farben malt sie sich aus, was sie gleich anblinken wird. Den könnte sie Giovanni verticken. Dafür würde sie ein hübsches Sümmchen bekommen. Das Bild von einer eigenen Wohnung, in der sie lebt, blitzt vor ihrem inneren Auge auf. Gedanklich sieht sie sich mit einer sündhaft teuren Perlenkette und ein paar Brillanten von hier abhauen. Alina, Wolf und Henry sind genug für das Projekt. Wenn sie es geschickt anstellt, ist sie längst über alle Berge, bis die Richterin das mitbekommt.

Der Druck auf einen Metallknopf lässt die Schnalle aufschnappen. Der Deckel springt auf, und ihr Strahlen erstirbt. Papier! Sie durchwühlt die losen Zettel und sucht den Untergrund nach einem Geheimfach ab. Immer hektischer wühlt sie. Dann schließt sie fiebrig die Schatulle, scannt jeden Millimeter mit geschultem Blick ab. Die Tränen stehen ihr in den Augen. Hier eröffnet sich kein bisher unentdecktes Fach.

„Fuck, verdammte Scheiße", schreit sie aufgebracht, springt vom Boden auf, kickt die Kiste mit dem Fuß weg und bricht weinend auf dem Schlafsack zusammen.

Warum ist das Leben so ungerecht zu ihr? Ein Hauch von Glück und sie hätte eine Wohnung, wie alle anderen Normalos, Geld in den Taschen, ohne Angst, dass es ihr jemand klaut, eine trockene Bleibe für ihren Hund. Unwirsch wischt sie sich über die verheulten Wangen.

Zitat

Kitty, 19 Jahre alt

„Rasko such! Wir brauchen jede Menge Klunker und Goldbarren."

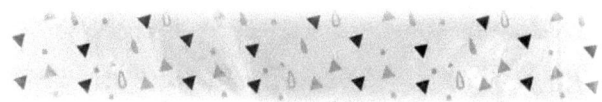

Geldnot

In sich gekehrt sitzen die vier vor ihrem Gärtnerhaus. Die letzte Abendsonne taucht den Garten in einen schmeichelhaft gelben Farbton. Henry schmaucht seine Pfeife und Walter pafft bereits die dritte Zigarette. Alina starrt stumm vor sich hin, während Kittys Kaugummi in Rekordgeschwindigkeit durch ihren Mund rotiert.

Alle haben gehört, wie Falkenburg heute Nachmittag mit Brommberg telefoniert hat. „Die Sanitärfirma hat ihren Job erledigt. Das Wasser fließt jetzt wieder durch die Leitungen und nicht durch Wände und über Fußböden. Es gab keine Komplikationen und alles konnte in der geplanten Zeit und im erwarteten Budget erledigt werden.

Leider gab es aber keine Möglichkeit, Geld einzusparen. Oder anders formuliert: Wir sind so gut wie pleite!"

„Das ist doch eine verfickte Hühnerscheiße!", platzt es aus Kitty heraus. „Warum das alles, wenn uns bereits jetzt das Geld ausgeht? Ich habe mich wirklich nicht um diesen Job gerissen, aber die Arbeit macht mir inzwischen Spaß. Mir gefällt es, wie sich das Gebäude langsam entwickelt. Euch ist schon klar … wenn wir pleite sind und das Projekt nicht weiterführen können, muss ich in den Knast!"

Tränen sammeln sich in ihren Augen. Mit weinerlicher Stimme fährt sie fort. „Ich glaube, ich bin kein Weichei, aber der Gedanke ans Gefängnis macht mir eine Scheißangst. Ich will da nicht hin."

Alina verzieht den Mund. „Wenn ich dieses Projekt nicht erfolgreich bis zum Ende bringe, schickt mich mein Vater auf die Philippinen. Meinereiner kommt hier schon nicht zurecht. In Asien werde ich sterben."

Kitty hat nicht einmal Lust, eine weitere blödsinnige Bemerkung über ‚meinereiner' zu machen. Ihr ist klar, dass sie beide im gleichen Boot sitzen. Alina ergeht es im Prinzip nicht anders als ihr. Die Philippinen sind Alinas Gefängnis. Jede wurde gezwungen, hier mitzumachen, und die Alternative ist für Madam Seidenröckchen ähnlich krass wie für sie. Hätte sie doch nur einen Topf voll Gold. Dann könnte sie Villa und Knast den Rücken zukehren und in ein neues Leben verschwinden.

Walter räuspert sich. Ob er etwas sagen will? Kitty entsinnt sich nicht, dass er je freiwillig und ohne unbedingte Notwendigkeit gesprochen hat.

„Ich darf meine Tochter nicht sehen, meine Firma ist pleite und ich habe kein Dach über dem Kopf. Dieses Projekt ist meine einzige Chance zu beweisen, dass ich mein Leben in den Griff kriege. Wir alle haben einen guten Grund, diese Sache zu einem erfolgreichen Ende zu bringen."

Er deutet auf Henry. „Du hast mir erzählt, wie sehr du es hasst, deine Tage im Altenheim zu verbringen, dich zu langweilen und nicht gebraucht zu werden. Ich sehe jeden Tag, mit welcher Freude du bei der Sache bist. Niemand von uns hat ein Interesse, so früh zu scheitern. Und denkt vor allem an die Kinder. Wir sind für diese Situation mehr oder weniger selbst verantwortlich. Die Kinder jedoch können nichts dafür. Für sie ist das Kinderheim ihre Familie. Wenn es geschlossen und verkauft wird, werden sie getrennt und in irgendwelche anderen Heime gesteckt. Das müssen wir verhindern!"

Kitty schaut mit offenem Mund zu Walter. Nach dem ausführlichen Monolog des schweigsamen Indianers hätte sie beinahe „Howgh, der Große Wolf hat gesprochen" gesagt. Aber natürlich hat er mit jeder Aussage recht. Alle haben einen verdammt triftigen Grund, erfolgreich zu sein. Und dazu kommen dann noch die Kinder. Bei dem

Gedanken, dass Matze von seiner geliebten Lisa-Marie getrennt wird, füllen sich ihre Augen mit Tränen.

„Also! Was können wir tun?"

Sir Henry schaut in die Runde. „Egal wie man es auch dreht und wendet, am Ende ist es immer das Geld, das fehlt. Ohne die nötige finanzielle Unterstützung kommen wir nicht weiter. Wir brauchen schon jetzt Farbe, Kabel, Tapeten, Kleister, Bodenbeläge und viele Kleinigkeiten. Auf Falkenburgs Unterstützung ist nicht zu hoffen. Ich habe das Gefühl, dass er nicht mit dem Herzen dabei ist oder die Hoffnung schon aufgegeben hat. Uns bleibt wohl nichts anderes übrig, als das Problem selbst in die Hand zu nehmen. Irgendwelche Ideen?" Er zieht an seiner Pfeife und bläst Rauchkringel in die Luft.

Darüber hat Kitty sich ebenfalls den Kopf zerbrochen. Wieder würde der Topf mit Gold alle Probleme lösen.

„Meinereiner könnte mal bei meinem Vater fragen. Geld hat er genug, allerdings fürchte ich, dass er von mir erwartet, andere Lösungen zu finden. Und er hat mir verboten, mich bei ihm zu melden. Ich weiß nicht, welche Folgen das für mich hat." Alina wirkt konsterniert. Mit finsterer Miene kaut sie an ihren manikürten Fingernägeln.

Für Kitty ist es nachvollziehbar, in welcher Zwickmühle sie steckt. „Nein, lass mal. Vielleicht ist das eine Art Prüfung für uns. Einen leichten Weg scheint es nicht zu geben, also müssen wir uns eben unsere

verdammten Ärsche aufreißen! Ich habe früher regelmäßig in der Fußgängerzone Straßenbilder gemalt. Da kamen meistens ein paar Euro zusammen. Vielleicht reicht es für einen Topf Farbe. Wie heißt es so schön – Mühsam ernährt sich das Eichhörnchen."

Alinas Augen leuchten auf. „Was haltet ihr von einem Sommerfest, das wir in der Jugendherberge zusammen mit den Kindern veranstalten? Nächste Woche ist der Feiertag und bei dem schönen Wetter wird die Jugendherberge ausgebucht sein. Wir können Getränke verkaufen und die Kinder irgendwelche Basteleien anbieten."

Kitty sieht, wie sich ein Grinsen in Sir Henrys Gesicht stiehlt. Alina zublinzelnd nickt er und sie lächelt zurück.

„Ich finde die Idee großartig", sagt Walter und drückt seine Zigarette aus. „Dort sind bestimmt viele Kinder. Ich kann mit ihnen für eine Spende kleine Pfeifen basteln oder Pfeil und Bogen bauen."

„Was denkst du, Kitty?" Alina schaut sie hoffnungsvoll an.

Kitty zieht die Augenbrauen hoch. Bislang sind sie beide nicht besonders gut miteinander ausgekommen. Regelmäßig kracht es, weil sie zu gegensätzlich sind. Trotzdem fragt Alina sie nach ihrer Meinung und ihrer Zustimmung für ihren Vorschlag? Das berührt sie.

„Die Idee ist super! Ich bin dabei! Und einen Einfall für ein weiteres Highlight auf unserem Fest habe ich auch!"

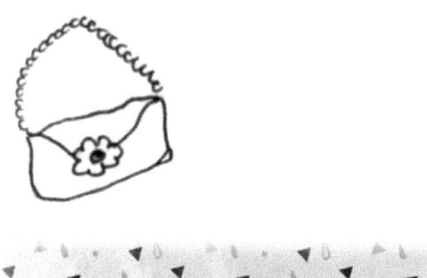

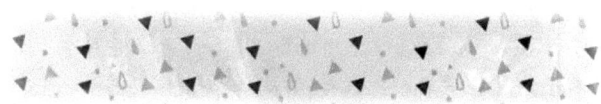

Zitat

Alina, 22 Jahre alt

„Meinereiner ist nicht geeignet für dieses Farben-Zeugs!"
(Alina über ihr Talent beim Decke streichen)

 157

Partyplanung

„Herzlichen Dank, Frau Mühlenhardt. Sie sind ein Engel!", trällert Alina ins Telefon und freut sich über die Nachricht der Jugendherbergs-Leiterin.

Sie legt auf und steckt ihr Handy in die Hosentasche ihrer weiß gesprenkelten Designerjeans. Die vermutlich teuerste Arbeitshose der Welt trägt sie inzwischen täglich. Einerseits hat sie Angst, weitere Edel-Klamotten zu zerstören, andererseits gefällt ihr dieses besondere Design, das sie im Schweiße ihres Angesichts, wenn auch unfreiwillig, selbst erzeugt hat.

Sie grinst in die Runde. Es ist Wochenende und ihr Team sitzt um die Feuerstelle, die Walter ihnen gebaut hat. Auf dem Grill, den er im Gartenhäuschen gefunden hat, brutzeln ein paar Würstchen. Dazu gibt es Brot und eine große Schüssel Nudelsalat, die Pippi vorbeigebracht hat.

Das ist zwar keine Haute Cuisine, aber inzwischen hat sich Alinas Magen an dieses gutbürgerliche Essen gewöhnt. Wenn sie ehrlich ist, schmeckt es meist sogar viel besser als irgendwelche Gänseleberpasteten oder Schnecken.

„Gute Nachrichten!", verkündet sie mit geschwellter Brust. „Frau Mühlenhardt stellt uns zum einen den Garten zur Verfügung, zum anderen wird sie sich ums Essen kümmern. Alles, was beim Verkauf an Gewinn rausspringt, bekommen wir. Mit Opa Brummbär und Pippi habe ich bereits heute Morgen gesprochen. Beide finden die Idee großartig und unterstützen uns gerne. Sofern ich noch jemanden erreiche, unterhalte ich mich gleich mit dem Getränkelieferanten und versuche, einen guten Preis auszuhandeln."

Alina fühlt sich gut wie lange nicht mehr. Zum ersten Mal seit sie hier ist, hat sie das Gefühl, etwas zum Großen und Ganzen beizutragen. Endlich ist sie nicht mehr nutzlos.

Sir Henry zwinkert ihr zu. „Siehst du, Mädchen, manchmal dauert es ein wenig, bis man seine Bestimmung findet." Er hebt sein mit Traubensaft gefülltes Glas und ruft „Auf Alina, unser teaminternes Organisations-Genie!"

Alle prosten ihr zu. Selbst Kitty, die sonst immer nur bissige Kommentare und rollende Augen für sie übrighat, schenkt ihr ein wohlwollendes Lächeln.

„Ist eurereiner mal aufgefallen, dass ihrereiner nicht einmal meinereiner gesagt hat, während ihrereiner sich so motiviert und begeistert um die Planung gekümmert hat?", fragt Kitty grinsend in die Runde.

„Deinereiner sollte nicht so frech sein, sonst tritt meinereiner deinereiner mit meinen besten Designerschuhen in den Hintern!"

Alle lachen. Während Walter die verführerisch duftenden Würste verteilt, genießt Alina das wohlig warme Gefühl, endlich angekommen zu sein und dazuzugehören.

Nach dem Essen holt Kitty die Kiste hervor, die sie auf dem Dachboden gefunden hat. „Habt ihr die schon gesehen?", fragt sie in die Runde. „Die stand auf dem Speicher."

Walter betrachtet sie, als erinnere er sich an etwas.

Henry streckt neugierig den Kopf zu ihr herüber und lugt auf das obenliegende Blatt. Die Zeichnung darauf zeigt ein Mädchenzimmer. Mit spitzen Fingern fischt er es heraus und liest. „Lisa-Marie, 6 Jahre. Mein Zimmer. Die sind ja von unseren Schützlingen." Er lächelt versonnen. „Da dürfen wir uns aber mächtig ins Zeug legen, wenn wir all die Wünsche erfüllen wollen." Seine Finger klopfen auf das Kunstwerk. „Sie wünscht sich ein Sternenzimmer." Sich den Kopf kratzend schaut er in die Runde. „Jemand eine Idee, wie wir das hinbekommen?"

Alina schmunzelt. „Na klar. Das ist ganz einfach. Kitty malt einen Sternenhimmel. Außerdem besorgen wir ein paar fluoreszierende Klebepunkte. "

Henry lächelt selig in die Runde. „Wir sind schon ein toller Haufen."

Alle strahlen um die Wette. Nur Walter scheint gedanklich woanders zu sein. „Susi", sagt er urplötzlich.

„Was ist mit ihr?" Alina schaut ihn mit hochgezogenen Brauen an, überrumpelt von diesem Wortausbruch.

„Sind da nur Bilder, wie sie sich die Zimmer vorstellen, oder auch andere?"

Kitty sucht den Stapel durch. „Das sind ganz unterschiedliche. Da ..." Sie zeigt eines in die Runde. „Ich denke, das ist die Heimfamilie."

Walter hält sich die Hand vor die Augen und erinnert just an einen Schamanen, der in sich versunken auf innere Bilder schaut, die sonst keiner sieht. Dann lässt er sie fallen. „Susi hat die auf dem Dachboden versteckt." Er legt die Stirn in Falten. „Ich frag mich warum?"

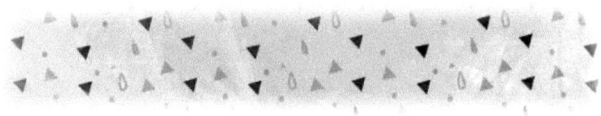

Zitat

Jonas, 9 Jahre alt

„Beim Fußball ist es egal, mit welchem Fuß ich
schieße."
(Beim verzweifelten Versuch, rechts und links
auseinander zu halten)

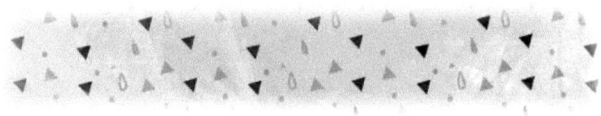

Tanzeinlage

„Mann Jonas, rechts, nicht links. Der andere rechte Fuß. Da wo die Türe ist, ist rechts."

Im Gemeinschaftsraum der Jugendherberge steht Kitty vor den Kids und zeigt ihnen die Schritte für den Tanz, den sie für das Fest einstudieren.

„Noch mal ab der Drehung. Eins, zwei, drei, vier ..."

Alle setzen ein, nur Matze schaut Lisa-Marie mit seinen Kulleraugen an. Tollpatschig versucht er, ihre Hand zu erwischen, schafft es aber nicht, weil sie ihre Bewegungen exakt im Takt ausführt. Zeitverzögert stolpert er hinter ihr her. Schrilles Schreien ertönt und die Figuren der Kids frieren ein. „Mia sten bleiben!", schreit der Kurze lauthals. „Mia!" Er holt tief Luft. „Sten blei – ben!"

Kitty schaut gen Himmel. „So geht das nicht. Ich bring den Zwerg zu Pippi. Sonst werden wir nie fertig."

„Nein, ich mach das schon, die Hände kann ich ja." Lisa-Marie hebt ihn auf den Arm und wartet auf ihren Einsatz.

„Gut, dann nochmal ab dem Seitkick. Dreht da mehr den Fuß raus, sonst sieht das echt gruftimäßig aus. Ja Fritz, saugut, genauso. Rafaela kannst du noch den Kopf ein bisserl mehr drehen? Ja so, granatenmäßig!"

Matze gräbt sein Gesicht in Mias Halskuhle und sie macht ihren Kick zusammen mit ihm auf dem Arm. Carsta hängt hinterher, hat den zweiten Tippschritt vergessen, versucht erneut reinzukommen und ist bei der Schlusspose die Erste, die steht.

„Ich finde, so können wir das lassen. Versuchen wir es mit Musik." Sie dreht ihren Ghettoblaster an und der Hip-Hop-Song „I get the fire" erklingt. Kurz darauf macht sie wieder aus. „Hey du Traumtänzer, wo ist denn deine Anfangsposition?" Jonas wuselt zu Rafaela und stellt sich vor sie, die Hände gekreuzt.

„Genauso will ich das haben. Die Leute finden das fucking cool. Glaubt mir das."

Sie schaltet die Musik an und zählt ihnen den Einsatz vor.

Der Tanz läuft durch, ohne einen einzigen Hänger, sogar Lisa-Marie hält mit, obwohl Matze wie ein Klammeraffe an ihrem Hals hängt.

Kitty klatscht in die Hände und deutet mit dem Finger auf die Tänzer. „Genauso machen wir das beim Fest. Die werden euch mordsmäßig abfeiern und dann rollt der Rubel."

Alina kommt ihr mit hochroten Wangen und dem Klemmbrett von Henry entgegengelaufen. „Hast du schon die Zusage von deinem Kumpel?" Sie stemmt die Hände in die Hüften.

„Was hältst du von mir?", sagt sie verschnupft. „Na klar doch! Und er bringt Raskoit! Oh Mann, ich freue mich schon so auf ihn. Vermiss ihn tierisch."

Alina kritzelt auf ihrem Zettel herum. „Dann haben wir das schon mal fix. Was macht die Tanzeinlage?"

„Steht."

Wieder schreibt sie. „Die Zeichnungen?"

„Ich habe sie mit den Kids gestern Abend fertig gemalt. Ist eine super Collage geworden. Aber ob wir die verkaufen können? Wer kauft das schon? Wenn ich auf der Straße ein paar Cent für meine Bilder bekomme, dann nimmt kein Mensch das mit nach Hause und hängt es sich ins Wohnzimmer. Das bleibt eine Weile auf der Straße und beim nächsten Regenschauer ist es eben weg. Bei der Collage ist das was anderes. Ich weiß nicht, ob sich das jemand an die Wand nagelt."

Alina steckt den Bleistift mit gewichtiger Miene hinter ihr Ohr, so wie sie das bei Walter gesehen hat. „Lass mal überlegen ... Wir brauchen eine gute Idee dazu ... Ich

finde, wir sollten es versteigern. Da kommt manchmal mehr zusammen als bei einem fixen Verkauf. Ich habe mal auf einer Party meine Gucci-Tasche versteigert. Das war der pure Wahnsinn. Am Ende hatte ich dreimal so viel, wie mein Dad dafür bezahlt hatte, nur weil ich gesagt habe, dass Lady Gaga genau dieselbe hat."

Kitty betrachtet Alina und reibt sich über die Schläfen. „Na, dann lass dir was einfallen."

Sie hebt die Hand und legt sie an die Stirn, wie es Sir Henry immer macht. „Aye, aye, Sir. Wird gemacht." Sie grinst und spurtet los zur Herbergs-Leiterin.

Zitat

Fritz, 8 Jahre alt

„Wir Piraten halten zusammen. Zur Not nehmen wir
auch einen Indianer bei uns auf. Aber niemals nicht
Cowboys."
(Beim Spielen im Baumhaus.)

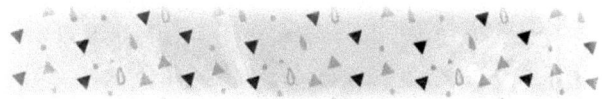

Verdacht

Tief in Gedanken versunken kommt Alina aus dem Gärtnerhäuschen und setzt sich zu den anderen um das abendliche Lagerfeuer. In den letzten Tagen beschäftigt sie sich in jeder freien Minute mit dem Sommerfest. Wie praktisch, dass sie ihr iPad dabeihat, auf dem sich inzwischen unzählige Tabellen und Dokumente zur bevorstehenden Party befinden. Seit sie sich um die Organisation kümmert, fühlt sie sich wohler und weniger fehl am Platz. Auch die anderen scheinen jetzt viel besser auf sie zu sprechen zu sein.

Dreimal war sie wegen der Vorbereitungen in der Jugendherberge und hat ein paar der Kinder kennengelernt. Insbesondere mit den großen Mädels

Carsta und Rafaela versteht sie sich blendend. Ihnen hat sie Schminktipps gegeben und die Nägel lackiert. Die beiden sind froh, jemanden zu haben, mit dem es Spaß macht, sich über Modefragen zu unterhalten. Auch Pippi ist ihr inzwischen ans Herz gewachsen. Mit ihr hatte sie ein paar Anlaufschwierigkeiten, da sie für Alinas Geschmack etwas zu bodenständig ist. Das gemeinsame Ziel hat sie einander nähergebracht und die liebevolle Art, mit der sie die Kinder umsorgt, berührt Alina.

Trotz all dieser Tätigkeiten, denen sie neben der Arbeit auf der Baustelle nachgeht, gibt es eine Sache, die ihr seit Tagen durch den Kopf schwirrt. An allen Ecken und Enden fehlt es an Material. Sie wissen, dass sie so gut wie pleite sind, aber es ist doch auffällig, dass selbst das Zeug, das noch gezahlt wurde, extrem lange auf sich warten lässt.

„Was ist los, Kind?", fragt Sir Henry und reißt sie damit aus ihren Gedanken.

Ihre Mitstreiter schauen sie an und Alina erwidert nacheinander jeden Blick.

„Ihr habt mir in den letzten Tagen alle erzählt, dass die Materiallieferungen ausgeblieben sind oder viel zu lange brauchen. Ihr schimpft über Falkenburgs mangelndes Organisationstalent. Ich habe im Internet gesurft und ein paar Auflistungen von unseren benötigten Artikeln, günstigen Schnäppchen und den entsprechenden Lieferzeiten angefertigt. Auf welchem Portal ich auch

geschaut habe, alles war sofort lieferbar. Ganz egal, ob teuer im Fachmarkt oder bei den günstigsten Angeboten."

Sie legt eine bedeutungsschwere Pause ein, um ihre Worte wirken zu lassen.

„Ich will ja niemanden verdächtigen, aber entweder ist Falkenburg gänzlich ungeeignet für diesen Job oder er hält absichtlich Dinge zurück, um uns hinzuhalten und das Projekt zu sabotieren."

Walter schüttelt den Kopf. „Warum sollte er das tun? Es fällt doch am Ende auf ihn zurück, wenn er es nicht schafft, das Bauvorhaben zeitgerecht zu beenden."

Auch Henry schaut sie voller Zweifel an. Kitty jedoch wirkt nachdenklich. Plötzlich springt sie auf und läuft ins Haus. Wenige Augenblicke später kehrt sie mit der Kiste zurück, die sie auf dem Speicher entdeckt hat.

Ernst blickt sie Walter in die Augen. „Du hast dich doch gefragt, warum Susi die Kiste dort versteckt hat."

Der große Wolf scheint an den Moment zu denken, als er Susi auf dem Dachboden gefunden hat. „Ich erinnere mich, dass sie etwas von einem bösen Menschen gesagt hat. Ich habe aber keine Ahnung, was das mit den Bildern zu tun hat."

Kitty öffnet die Kiste, zieht ein einzelnes zusammengefaltetes Blatt heraus, reicht es Walter und sagt: „Das habe ich ganz unten in der Kiste gefunden. Ich habe das Gefühl, dass hier etwas ganz Widerwärtiges im Gange ist."

„Zeig mal her", Alina nimmt Walter, der tief in Gedanken versunken auf das Gemälde starrt, das Bild aus der Hand und betrachtet es neugierig. Es zeigt im Hintergrund ein paar Rohre, aus denen Wasser herausläuft. Vorne, ganz groß, sieht man einen Mann, der einen riesigen Schraubenschlüssel in der Hand hält und aus dem Raum mit den Leitungen tritt. Scharf saugt sie die Luft ein und reicht es weiter an Sir Henry.

„Der Typ auf dem Bild trägt einen Cowboyhut!"

Sommerfest

Alina wuselt zwischen den Besuchern hin und her. Der Vorplatz der Jugendherberge ist voller Menschen, die das Sommerfest genießen. Sie rennt auf Kitty zu. „Weißt du, wo Pippi ist?", fragt sie atemlos. „Sie muss doch alle begrüßen. Und wo ist dein Dudelsack-Kollege? Ach ja, die Schnittchen brauchen wir dann auch gleich."

Kitty lächelt. „Alles gut. Pippi ist in der Küche bei den Schnittchen und den Dudelsack wirst du gleich hören. Übrigens Walter hat dort drüben an der Eiche schon seinen Pfeifenstand aufgebaut, und Henry sitzt bei den Kindern und lässt sich das mit dem Zöpfe einflechten zeigen. Okay, er hat es mir nicht ganz geglaubt, dass es wie Kabel einziehen funktioniert. Aber Rafaela und Carsta bringen es ihm schon bei. Dann kann er sich heute bei sämtlichen Mädels austoben." Sie zeigt ihr einen Daumen

 173

nach oben, um ihr damit zu sagen, dass alles bestens abläuft und sie das genial organisiert hat.

Alina nickt und wuselt Richtung Küche.

„Hey Mann, lang nicht mehr gesehen." Ein Kerl mit Dudelsack in der Hand fällt ihr um den Hals und Rasko springt an ihr hoch.

Sie atmet tief durch, um nicht in Tränen auszubrechen. „Ich habe euch auch so vermisst", flüstert sie mit erstickter Stimme in die Umarmung von Cliff hinein. Wenn sie auch dringend wissen möchte, wie es ohne sie auf der Straße ist, sie kommt nicht dazu zu fragen. Jemand zupft an ihrem Ärmel. Zwei angsterfüllte Lisa-Marie-Augen schauen sie an. Die Kleine trippelt von einem Bein aufs andere. „Du ..." Sie verzieht das Gesicht. „Ich weiß nicht mehr was nach dem Kick kommt. Der Tip oder der Seitschritt." Pure Verzweiflung spricht aus ihr. „Die Hände ... ich hab alles vergessen. Und der Fritz weiß es auch nicht mehr." Ihre Stimme klingt gequält.

Kitty dreht sich zu ihr und sinkt auf die Knie. „Hör zu, kurz bevor der Tanz dran ist, gehen wir alles nochmal durch. Wir bekommen das hin. Ihr werdet spitze sein."

Die Kleine schaut sie ungläubig an.

„Ich komm gleich zu euch. Ihr könnt euch ja schon mal aufstellen. Aber geht wirklich ganz hinters Haus. Die Leute sollen euch noch nicht sehen. Habt ihr die Klamotten bereit?"

„Klar, Alina hat alles in den Schuppen gelegt. Auf die Hose hat sie mir extra Glitzer gemacht." Sie strahlt und die Verzweiflung ist wie weggeblasen. Rasko schleckt ihr über die Hand. „Hey, das kitzelt." Sie hüpft kichernd zu den anderen zurück.

Kitty zeigt ihrem Kumpel den Platz, wo er mit dem Dudelsack spielen soll. Hinterher übt sie mit den Kids ein letztes Mal den Tanz. Mit dem Zeigefinger auf dem Mund versucht sie, die ungestüm durcheinanderschnatternde Menge zu beruhigen. „Leise, sonst hören wir Pippi nicht. Die macht gerade die Begrüßung. Danach sind wir dran. Wir gehen schon mal vor bis zum Hauseck, dann kann ich sie sehen. Aber ..." Sie hebt flehend die Hände. „Bitte seid leise. Sonst ist die ganze Überraschung im Eimer."

Die Kids wuseln wie auf einem Ameisenhaufen, dennoch pressen sie alle die Lippen aufeinander.

„Einsatz!" Kitty winkt sie zu sich und sie rennen mit lautstarkem Gejohle auf Pippi zu, die für sie Platz macht und ihnen die Tanzfläche überlässt.

Die Besucher recken die Hälse und man hört ein Oh und Ah, als sie sich in Position stellen. Ihr Kumpel stellt den Ghettoblaster an und sie zählt ein. Die Nervosität erstirbt und die Kids tauchen ab in ihren Hip-Hop, der sie aussehen lässt wie blutjunge Profis. Die Menschenmenge feuert sie an und klatscht im Refrain mit. Über das Gejohle vergisst Jonas, wo rechts ist, aber er hat sich flink gefangen und macht einen gelungenen Extrasprung. Kitty versinkt in Leidenschaft, ist beinahe beseelt. Es ist ein gigantisches Hochgefühl, die Kids alle voller Elan zu sehen. Das hat sie geschafft. Mit ein paar Soloschritten bedankt sie sich bei ihnen. Vor Stolz auf die Kinder und wohl ebenso auf sich selbst springt sie ihre Abschlusspose höher denn je.

Nachdem die Besucher mit selbstgebackenem Kuchen versorgt sind – sie hatte tierischen Spaß daran, mit den Kurzen zu backen – setzt sich Kitty zu Wolf, der mit zwei Jungs am Schnitzen ist. Die Dudelsackmusik begleitet sie.

„Soll ich dir mit den Pfeifen helfen?"

Walter schaut zu ihr auf und deutet in Richtung Henry, der übers ganze Gesicht strahlt und dabei ist, einem Mädchen Zöpfe zu flechten. Seine dicken Finger verheddern sich in den Fransen.

„Ich seh schon", lacht sie. „Dann gehe ich ihm zur Hand, solange Alina noch beim Schminken der jungen Damen ist."

Zwei Stunden später häufen sich die Kinder und vereinzelt ein paar Erwachsene, die mit Glitzer und Farbe im Gesicht herumlaufen. Alina und Kitty haben jeden in eine Elfe, einen Drachen, oder eine Blumenfee verwandelt.

Alina legt die Schminkstifte weg. „Ich denk, es ist jetzt soweit." Mit zitternden Fingern wischt sie die schwitzigen Handflächen an ihrer Hose ab.

Kitty nickt ihr zu. „Du wirst prima sein! Ich komme mit." Rasko erhebt sich und tapst neben ihnen her. Der Dudelsack bläst einen Tusch und das Reden der Menschen verstummt. Alina steht auf der einstigen Tanzfläche und schaut in die Menge.

„Somit nähern wir uns einem weiteren Highlight des Festes. Die Kinder haben zusammen mit Kitty eine Collage angefertigt. Diese ist etwas ganz Besonderes, weil die Sehnsucht jedes einzelnen Heimkindes darin steckt. Sie ist in einer Zeit entstanden, in der alle voller Hoffnung darauf schauten, was aus ihrem Zuhause wird. Auch unsere ganze Kraft und unser Einsatz stecken symbolisch darin. Wir haben bereits viel geschafft und wir werden durchhalten, unser letztes Tröpfchen Schweiß dafür einsetzen. Aber wir können das nur, wenn Sie uns mit Ihrem Einsatz helfen. Wir werden diese einmalige Collage jetzt versteigern. Das ist das, was Sie tun können. Steigern Sie mit. Mit jedem einzelnen Cent, den wir heute einnehmen, werden wir weiterarbeiten. Geben Sie uns die Chance, den tanzenden Kindern ihre Heimat zu erhalten."

Es ist mucksmäuschenstill. Die Besucher recken die Köpfe, als Alina nach hinten verschwindet, um die Collage zu holen. Die Kids warten bereits auf sie und tragen alle gemeinsam das Werk zu ihr.

Kitty hat in die Mitte die Villa Kunterbunt von Pippi Langstrumpf gemalt, die Kinder das Pferd, das Äffchen,

die Freunde und den Garten. Jeder hat sich verewigt, sogar Matze hat „taaanz viiiel Tras demalt".

Sie halten das Bild der Menge entgegen.

„Wir machen das so. Derjenige, der bietet, legt fünf Euro in die Kasse. Mister Dudelsack geht mit dem Hut von Sir Henry herum und sammelt das ein. Leider bekommt das gigantische Stück nur der, der am Ende noch einmal die Gesamtsumme drauflegt, die sich bis dahin angesammelt hat. Also passen Sie auf, was Sie tun", sagt sie scherzhaft. „Beginnen wir mit einem Grundstock von zehn Euro. Die hat uns der Herr mit dem weißen Hemd schon spendiert. Wer möchte mehr dafür bieten?"

Sofort schießen Finger in die Luft. Viele Kinder zeigen auf. Die Eltern heben eher zögerlich die Hände. Als aber der erste Papa für seinen Kleinen fünf Euro drauflegt, stacheln andere Zwerge ebenfalls die Großen an. Bei jedem weiteren Einsatz ertönt der Dudelsack und Rasko bellt lautstark mit.

Am Ende wandert das gute Stück in den Besitz des Vaters von einem Kind, das im Rollstuhl sitzt und sich freut, als hätte ihm der Papa das schönste Geschenk der Welt gemacht. Mit einem überschwänglichen Lachen legt er die letzten 5 Euro in Sir Henrys Hut und versichert vor versammelter Mannschaft, dass er die Gesamtsumme von 350 Euro morgen überweist.

Alina jubelt gemeinsam mit den Besuchern.

Als sie mit Kitty außer Hörweite ist, bricht sie weinend vor Glück in ihren Armen zusammen.

Zitat

Lisa-Marie, 6 Jahre alt

„Stockbrot-Bäcker könnte auch ein Beruf für mich sein!"

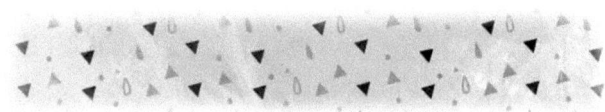

Lagerfeuer

Sir Henry lässt sich erschöpft, jedoch mit einem breiten Lächeln auf den Lippen, neben Bruno auf die Bank an der Feuerstelle fallen. Rasko setzt sich vor ihn und drückt den massigen Körper an sein Bein. Gedankenverloren tätschelt er den Kopf des Hundes und schaut versonnen in die Runde. Das Lagerfeuer knistert in der Mitte des heimeligen Sitzkreises. Die Heimkinder halten angespitzte Stecken in die Flammen, die mit Stockbrot umwickelt sind. Die Gäste haben sich verabschiedet und die meisten Gesichter strahlen Zufriedenheit aus. Lediglich Matze liegt auf dem Schoß von Lisa-Marie und schläft. Für ihn war der Tag einfach zu viel an Abenteuer. Kitty und ihr Kumpel Cliff schauen gebannt ins Feuer, Susi hat sich neben Walter gesetzt. Den ganzen Tag über ist sie ihm kaum von der Seite gewichen.

„Von wegen, das ist wie Kabel zusammenbinden", brummt Henry.

Bruno lacht. „Hast es doch klasse hinbekommen. Solche Zöpfe haben die Mädels bestimmt noch nie gehabt."

„Bestimmt nicht."

„Das wird der neueste Mode-Trend. Davon kannst du ausgehen. Morgen stehen sie Schlange vor deiner Tür, um hip zu sein."

Henry seufzt. Nie hätte er sich vorgestellt, solch einen Tag zu erleben. Wie weit ist das alles weg von der Tristesse im Seniorenheim.

Er sieht, wie Frau Gudenauvom Sozialamt mit Walter spricht. Manchmal würde er gerne wissen, was in seinem Innenleben abgeht. Bisher hat er es nicht geschafft, ihn zu knacken. Aber offensichtlich hat er was mit der Dame zu besprechen. Bei ihm scheint Ausnahmezustand zu sein, was das Reden betrifft.

Pippi setzt sich zu ihm und wischt sich die Haare aus der Stirn. Lächelnd späht sie zu Walter hinüber und er erwidert dies. „Ich hab den Einsatz voll vermasselt", jammert Jonas. „War ständig hinterhergehängt. Aber ab da, wo der Sänger so jault, da hab ich es voll drauf gehabt."

„Mir ist ständig die Hose gerutscht." Rafaela macht eine wegwerfende Handbewegung.

Carsta zupft an ihrer herum. „Hat doch krass cool ausgesehen. Unsere waren eh viel zu eng. Schaut viel besser aus, wenn die nur auf der Hüfte sitzt."

„Leute, Kassensturz", übertönt Alina die Runde und Sir Henry lächelt. Wie berauschend es ist, sie voll in ihrem Element zu erleben. Es würde ihn nicht wundern, wenn Walter sie am Abend ins Bett tragen müsste, so sehr hat sie sich verausgabt.

Sie setzt sich zu ihnen ans Feuer und scheppert vorwitzig mit der Geldkiste.

Frau Gudenau hebt ihre Hand und bremst sie. „Ich möchte vorher noch etwas sagen. Das, was ich heute gesehen habe, war wirklich großes Kino. Solch ein Engagement habe ich noch nicht erlebt. Egal, was genau an Geld zusammengekommen ist, ihr dürft euch alle jetzt schon beglückwünschen. Ich danke euch für euren Mut und jeden einzelnen Einsatz."

Henry grinst, schaut auf seine eingerosteten Hände und freut sich über das, was sie am heutigen Tag zustande gebracht haben. Nicht nur Geld haben sie eingenommen, sondern auch Beziehungen geknüpft. Was für ein Geschenk.

„Ich öffne jetzt feierlich die Kiste", tönt Alina. Bruno rempelt Cliff in die Seite. Eine Dudelsackfanfare erklingt und sie hebt den Deckel. Bitte, lieber Gott, lasse es viel sein, fleht Henry innerlich und spielt unruhig mit seiner Pfeife.

Alina angelt einen Zettel heraus. „Also, der Getränkeverkauf hat 455,50 Euro gebracht. Wow, damit hätte ich nicht gerechnet."

„Die Leute hatten Durst", lacht Pippi. „Ich bin mit dem Ausschenken kaum nachgekommen."

Die Kids johlen und Henry beißt sich auf die Lippen.

Sie holt einen neuen Zettel heraus. „Kaffee, Kuchen und Schnittchen. 338,45 Euro. Wo kommen den die krummen Zahlen her?"

„Alles Spenden", lacht Kitty. „Ich habe das Trinkgeld nicht extra getan."

Ein weiteres Stück Papier. „10,33 Euro im Hut für die Tanzeinlage."

Jonas jammert. „Das ist viel zu wenig. Wir waren gut!"

Kitty beruhigt ihn. „Ihr wart nicht gut, ihr wart spitze. Da haben nur nicht viele was reingeworfen, weil sie schon beim Essen was gegeben haben."

Sie holt das nächste Blatt heraus. „Schminken 11,05 Euro, Pfeifen basteln 9,78 Euro, Zöpfe flechten 8,73 Euro und die Musik 15,54 Euro, Kleinkram noch von 30,11 Euro was so den Tag über im aufgestellten Hut zusammengekommen ist."

Sie hebt den letzten Zettel hoch und wedelt damit durch die Luft. „Und unsere Versteigerung. 350 Euro, die wir schon haben, und mit der Überweisung kommt noch einmal dieselbe Summe dazu."

Alina atmet aus. „So schnell kann ich nicht zusammenzählen."

„Knapp 1600 Euro", sagt Sir Henry und alle starren ihn an. „Na ja, war doch einfach zu rechnen."

Auf dem Nachhauseweg zu ihrem Gartenhaus begleitet Cliff die Vier, weil Rasko winselt, als ob er große Schmerzen hätte. Immer wenn er versucht, sich zu verabschieden, setzt das Geheule ein. Das Resultat ist, dass sie am Abend nicht mehr zu viert in ihrem Lager schlummern. Es gibt ein weiteres Seelchen, das schnarcht. Rasko hat sich neben Kitty eingekuschelt, und das nicht nur zu ihrer Freude. Ihre Mitstreiter scheinen durch seine Anwesenheit ebenfalls besser zu schlafen. Jeder schlummert tief und zufrieden.

Zitat

Walter, 38 Jahre alt

„Nicht jeder, der schweigt, ist von angenehmer
Natur."

(Walter über Falkenburg)

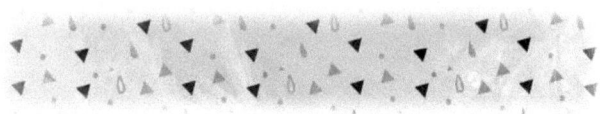

Verrat

Alina kommt die Treppe hinaufgeflitzt. „Brauchst du Hilfe, Wolf?" Mit leuchtenden Augen lächelt sie ihn an. „Ich bin heute so unglaublich motiviert! Ich könnte Bäume ausreißen!"

„Danke, aber ich komme ganz gut klar. Bin gleich fertig mit dem Geländer. Vielleicht kannst du Henry unterstützen."

Grinsend schaut Walter ihr hinterher. Alle sind gut drauf und voller Tatendrang. Kitty grölt irgendwelche Hits aus ihrem Ghettoblaster mit, und Henry hat er vorhin tanzend im Keller arbeiten sehen. Das wundervolle und erfolgreiche Sommerfest hat ihnen gutgetan und wirkt nach wie ein Aufputschmittel. Auch er fühlt sich

derart beflügelt, dass er seit dem gestrigen Abend nicht eine einzige Zigarette gebraucht hat. Guter Dinge, dass es jetzt ohne Hindernisse weitergehen wird, packt er an.

Die Arbeit pusht ihn ebenfalls. Pfeifend zieht er die letzte Schraube an. Walter betrachtet das neue Geländer und ein Lächeln breitet sich in seinem Gesicht aus. Perfekt! Ja, er liebt es, mit Holz zu hantieren, und auf das Ergebnis zu schauen, erfüllt ihn jedes Mal mit unbeschreiblicher Freude und Stolz. Jetzt ist auch die Treppe zum Dachboden gesichert, die Angst, durch ein paar morsche Bretter ins tiefere Stockwerk zu fallen und sich dabei das Genick zu brechen, hat ein Ende

Zufrieden streicht er mit der Hand über das lackierte Geländer und macht sich auf den Weg ins Erdgeschoss zu Falkenburg. Dieser hat sich im Büro von Pippi einquartiert und dort seine Kommandozentrale aufgebaut. Den Kontakt mit dem Bauleiter vermeidet er, wo es ihm möglich ist. Anfangs dachte er, in dem schweigsamen Mann eine Art Seelenverwandten gefunden zu haben, doch schnell hat er gemerkt, dass es kaum Gemeinsamkeiten zwischen ihnen gibt. Falkenburg ist hart und zeigt wenig Respekt vor seinen Freunden aus dem Team. Insbesondere die beiden Mädels scheint er zu verachten. Walter dagegen wird zwar von anderen als still und zurückgezogen beschrieben, hält sich aber für einen hilfsbereiten und freundlichen Menschen.

Grundsätzlich hat Walter keine Vorurteile ihm gegenüber, glaubt er doch eigentlich an das Gute im Menschen. Daher gibt er auch nicht viel auf die Verdächtigungen seiner Freunde. Warum sollte Falkenburg die Bestellungen oder Lieferungen verzögern? Was hätte er davon? Auch die Verschwörungstheorie mit dem Bild von Susi überzeugt ihn nicht. Falkenburg soll den Wasserschaden selbst herbeigeführt haben, als er mit diesem van den Wie-auch-immer im Kinderheim zur Besichtigung war?

Er lacht leise in sich hinein und mutmaßt, dass es einen ganz anderen Grund geben könnte, warum er die Gesellschaft von Falkenburg meidet. Sein Cowboyhut! Cowboys und Indianer – das ist selten gut gegangen.

Die Tür zum Büro steht einen Spalt offen. Walter ist im Begriff zu klopfen, als drinnen ein Klingeln ertönt. Mit erhobener Hand hält er inne und wartet ab. Zum einen möchte er nicht stören, zum anderen fühlt er sich unwohl, wenn er nutzlos vor dem Schreibtisch herumsteht, während der Bauleiter telefoniert.

„Falkenburg", meldet sich der Cowboy am Telefon. „Ach, Sie sind es. Ja, hier bei uns läuft alles nach Plan. – Nein, keine Sorge, ich habe das alles im Griff. – Der Trick mit dem Wasserschaden war perfekt. Zwar hat die Sanitärfirma alles repariert und auf den neuesten Stand gebracht, aber dabei ist nahezu das gesamte Geld der Stiftung draufgegangen. Jetzt sind wir praktisch pleite.

Also alles bestens. – Ja, ich weiß. Aber die paar Euro vom Sommerfest sind nur ein Tropfen auf den heißen Stein. Damit überstehen wir nicht einmal eine Woche. Außerdem habe ich dafür gesorgt, dass sich die Lieferungen verzögern. Gehen Sie einfach davon aus, dass das Projekt in spätestens drei Wochen eingestellt wird. Dieses Kinderheim wird nie wieder öffnen. – Ja, das können Sie auch dem Herrn Stadtrat so übermitteln. – Alles klar, ich melde mich!"

Beim großen Manitu! Walter fasst es nicht. All die Verdächtigungen von Kitty und Alina sind wahr. Ihm wird heiß. Was soll er nur tun? Plötzlich hört er Geräusche aus dem Büro, es rumpelt und dumpfe Schritte erschallen. Lautlos, wie es nur ein Indianer kann, macht er sich auf den Rückzug. Hinter einer Ecke verborgen sieht er, wie Falkenburg zur Toilette trottet. Diesen Moment nutzt er und sprintet die Treppe hinauf zu den anderen.

Erschüttert von der Entdeckung geht er bei Kitty vorbei, die gerade eine Tapetenbahn an die Wand klebt.

„Ich habe Neuigkeiten", sagt er leise zu ihr. „Komm bitte mit zu Henry und Alina."

Kitty schaut ihn skeptisch an, begutachtet kurz die Tapete und folgt ihm zu den beiden anderen.

„Ihr habt recht!", platzt es gleich aus ihm heraus. „Ich habe alles belauscht. Falkenburg hat mit dem Wasserschaden zu tun. Außerdem versucht er, alles zu blockieren und die Lieferung der Materialien zu

 190

verzögern. Ich habe keine Ahnung, mit wem er gesprochen hat, aber vom Stadtrat scheint auch jemand dahinter zu stecken."

Während er alles ganz genau berichtet, starren ihn die anderen an.

„Was sollen wir jetzt unternehmen?"

Er sieht, wie Kitty sich verkrampft. Jetzt kann sie auch als Rothaut durchgehen, denkt er im Stillen.

„Dieses verfickte Verräterschwein! Ich sag euch, was wir machen! Wir gehen jetzt da runter und ich sag ihm, was für ein Riesenarschloch er ist! Und dann werfe ich ihm irgendwas an den Kopf oder hetze Rasko auf ihn. Ich … ich … ich könnte platzen! Ich bin so unbeschreiblich wütend, dass ich gleich Amok laufe. Wie kann man das den Kindern nur antun?"

„Langsam, Mädchen, langsam!", Sir Henry legt ihr den Arm auf die Schulter. „Wir dürfen nichts übereilen. Ich denke, es ist das Beste, erst einmal Bruno zu informieren."

In diesem Moment hören sie, wie jemand hektisch die Treppe hinunterläuft.

„Verdammt! Der hinterhältige Wichser hat alles gehört." Und schon rennt Kitty hinter ihm her.

Eilig folgen die anderen, doch als Walter unten ankommt, hört er, wie ein Motor gestartet wird und ein Auto mit durchdrehenden Reifen das Gelände verlässt.

„Scheiße", Kitty steht keuchend vor der Tür. „Zu spät. Er ist Hals über Kopf geflohen. Lasst uns Opa Brummbär anrufen."

Bereits zehn Minuten später ist Bruno bei ihnen. Walter berichtet ausführlich von Falkenburgs Telefonat, das er belauscht hat. Alina erzählt von ihrem Verdacht, dass der Bauleiter dringend notwendige Lieferungen verzögert habe. Zu guter Letzt präsentiert Kitty ihm Susis Zeichnung.

Brommberg schüttelt unentwegt den Kopf. Niedergeschlagen sitzt er in sich zusammengesunken auf einem Stuhl. Der alte Mann tut Walter leid. Der Eifer, mit dem er sich für die Kinder einsetzt, ist bewundernswert. Davon ist jetzt nichts mehr zu sehen.

Walter spürt, wie sich Enttäuschung und Frust ausbreiten. Jetzt fehlt nicht nur Geld, sondern ist ihnen zusätzlich ihr Planer und Organisator abhandengekommen.

„Und nun?", fragt Bruno. „Ich werde gleich bei van den Gradig anrufen und ihm von Falkenburg berichten. Allerdings habe ich die Vermutung, dass er uns keinen Ersatz anbieten wird." Er seufzt und zum ersten Mal sieht man ihm sein Alter an. „Ist jetzt alles verloren?"

„Nichts ist verloren!", entrüstet sich Kitty. „Wir finden eine Lösung! Ganz bestimmt!"

Kampflustig blickt sie in die Runde. In diesem Moment klingelt Alinas Handy.

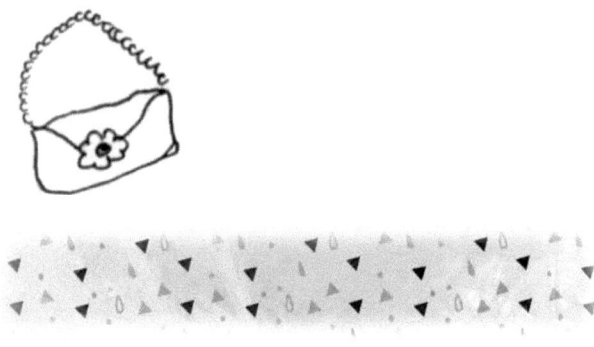

Zitat

Alina, 22 Jahre alt

„Am liebsten würde ich diesen feinen Herrn in meine Handtasche stecken und an den Meistbietenden versteigern."

(Alina über Falkenburg)

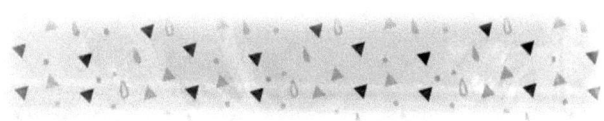

Seelenbalsam

Alina schaut verwirrt um sich, registriert gar nicht, dass es ihr Handy ist, das da klingelt. Seit Wochen hat sie niemand mehr angerufen. Eine der strengen Regeln ihres Vaters ist, dass es keinen Kontakt in ihr altes Leben geben darf. Ihren Freundinnen verbot er, bei ihr anzurufen, darüber hinaus würde sie sich sowieso nicht trauen, ranzugehen – über den Einzelverbindungsnachweis würde er es herausfinden.

„Alina, deine Hose bimmelt!", ruft Kitty genervt.

Endlich holt sie ihr Telefon hervor und betrachtet neugierig das Display. ‚Büro Papa' steht dort. Schnell verschwindet sie nach draußen.

„Hallo! Ist irgendwas Schlimmes passiert?", fragt sie von einem Bein aufs andere tapsend.

„Nein, mein Kind", dröhnt die Stimme ihres Vaters aus dem Lautsprecher. „Ganz im Gegenteil! Ich habe gerade von eurer Idee mit dem Sommerfest und deiner Rolle bei der Organisation erfahren."

Er macht eine bedeutungsschwere Pause, bevor er sich räuspert und fortfährt. „Das war eine großartige Idee und ich möchte dir sagen, dass ich sehr stolz auf dich bin."

Alina schluckt, sucht nach Worten und kämpft mit den Tränen. Sie kann sich nicht erinnern, wann er zum letzten Mal so liebevoll mit ihr gesprochen hat. Üblicherweise bekommt sie zu hören, dass er enttäuscht von ihr ist. Die Gründe dafür waren vielfältig – zu lange geschlafen, zu viel Geld verplempert, zu viel gesoffen, zu wenig Respekt. Ihr war jedoch bis dato nicht in den Sinn gekommen, was falsch daran war. Bis vor wenigen Wochen hat sie nur diese Art von Leben gekannt und es in vollen Zügen genossen.

Inzwischen denkt sie anders darüber. Die Wochen hier im Kinderheim mit normalen Menschen, die sie in ihrem Partyleben niemals eingeladen hätte, haben ihr die Augen geöffnet. Schmunzelnd überlegt sie. „Normale Menschen" – das klingt so durchschnittlich und herabwertend. Wirklich normal ist hier niemand, alle sind etwas ganz Besonderes und sie ist unbeschreiblich dankbar, die Zeit mit diesen Leuten verbringen zu dürfen.

Nach einer langen Schweigepause räuspert sie sich. „Es tut mir so leid, Papa!", antwortet sie bedröppelt. „Ich habe mich die letzten Jahre wirklich unmöglich benommen. Bitte entschuldige, dass ich bei unserem Abschied so wütend zu dir war."

Als sie ihr Zuhause verließ, war sie stinksauer und weigerte sich deshalb, ihren Vater zu umarmen. Stattdessen warf sie ihm an den Kopf, dass er sie nicht liebhätte. „Ich hasse dich!", waren ihre letzten Worte. Mittlerweile bereut sie diesen unrühmlichen Abschied zutiefst.

„Ich weiß ja, dass du mich liebhast", fährt sie mit zitternder Stimme fort. „Auch habe ich endlich begriffen, dass es zu meinem Besten war. Ich war wirklich eine dumme und arrogante Kuh."

„Ich weiß, meine Liebe", antwortet er sanftmütig. „Das war im Eifer des Gefechts. Aber danke. Ich nehme deine Entschuldigung gerne an.

Mir hat dein Einsatz sehr gut gefallen. Daher möchte ich dir auch etwas Gutes tun. Ich habe für Freitagabend in zwei Wochen zu einem kleinen Gartenfest in unsere Villa eingeladen, um deinen Geburtstag zu feiern. Bring bitte deine neuen Freunde mit. Was wünschst du dir von mir? Auch deine Gäste freuen sich bestimmt über ein paar gute Geschenkideen."

Ihr Geburtstag? Vor lauter Arbeit hat sie ihn völlig vergessen. In der Vergangenheit war dieser Tag immer ein großes Ereignis. Diesmal erscheint er ihr so unbedeutend.

„Ach Papa, ich habe keine besonderen Wünsche, lass mich gerne über..." Sie bricht ab. „Aber nein, warte ..." Ihr kommt eine andere Idee in den Sinn, von der sie ihrem Vater mit sich überschlagender Stimme berichtet.

„Das gefällt mir", antwortet er wohlwollend. „Ich bin wirklich sehr stolz auf dich. Hab dich lieb, Alina!"

Seine Worte sind wie Balsam für ihre Seele. Schluckend verdrückt sie sich ein Tränchen.

„Ich dich auch!"

Als sie sich umdreht, steht Kitty vor ihr. „Ist alles okay bei dir?", fragt sie mit besorgter Miene.

„Ja, alles okay! Sogar viel besser als okay! Danke!" Und in einem Gefühlsüberschwang umarmt sie das grünhaarige Mädchen und drückt sie fest.

Als sie sich wieder voneinander lösen, grinst Kitty. „Das wird jetzt aber hoffentlich nicht zur Gewohnheit!"

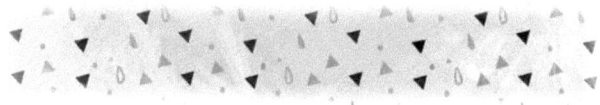

Zitat

Kitty, 19 Jahre alt

„Ich brauche starke Männer und keine
Krawallerbsen!"

(Kitty zu Fritz und Jonas, die sich beim Umzug um
eine Kiste prügeln)

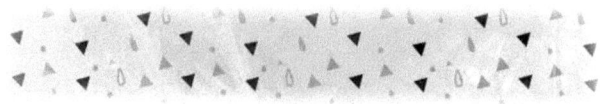

Scheideweg

Kitty sitzt mit Cliff auf einer Parkbank und betrachtet gedankenversunken den Sonnenuntergang. Rasko liegt zwischen den beiden und genießt die Streicheleinheiten.

„Alles okay mit dir?", fragt Cliff.

„Ja, ich denke schon." Kitty weiß selbst nicht, was mit ihr los ist. Solch melancholische Stimmungen kennt sie eigentlich nicht. Die letzten Tage haben sie extrem aufgewühlt. Aus dem erzwungenen Sozialprojekt ist für sie eine Herzenssache geworden. Das ist eine neue Erfahrung. Trotzdem musste sie mal raus in eine andere Umgebung, etwas Abstand gewinnen.

„Wie läuft es mit deinen Kollegen?", bohrt ihr Freund nach, weil sie wieder in ein tiefes Schweigen verfallen ist.

Kitty schaut weiter starr in die Ferne. „Ich mag sie, sogar sehr. Wer hätte das gedacht?" Sie lacht verlegen. „Weißt du, früher hatte ich schon Schwierigkeiten, euch zu mögen. Ich habe nicht vergessen, wie ihr mich aufgenommen habt. Ihr wart die Rettung. Damals hatte mich die Gang von der Burgruine auf dem Kieker. Dachte, mein bissiges Mundwerk würde ausreichen und sie auf Abstand halten. Aber die waren eine Nummer zu groß. Haben mich öfter verprügelt, weil ich in der Stadt auf ihrem Platz gemalt habe. Wenn ihr nicht gewesen wärt, dann hätten die meine Knochen poliert."

„Lass doch den alten Käse stecken. Du hast eben zu uns gepasst, und je mehr wir sind, umso besser die Verteidigung gegen diese Vollidioten. Es war also purer Eigennutz."

„War es nicht. Ihr habt viel riskiert, um mich zu beschützen."

Cliff macht eine abwertende Handbewegung. „Schätzelchen, wir haben dich einfach gebraucht."

„Habt ihr nicht. Versteh doch. Ohne euch wäre ich gnadenlos untergegangen. Niemand hat jemals so etwas für mich getan. Seitdem wollte ich auch niemand anderen mehr an mich heranlassen. Mit meinem losen Schandmaul habe ich mir alle vom Leib gehalten. Und jetzt?"

Er schaut sie mit geweiteten Augen an.

„Hab gedacht, dass das mit den Leuten vom Projekt auch funktioniert."

 201

Sie fährt sich wüst durch die Haare.

„Und, hat es geklappt?", fragt Cliff, ohne zu wissen, auf was sie hinauswill.

„Scheiße, nein. Das ist es ja. Ich mag sie. Verstehst du? Ich will sie mir gar nicht mehr vom Leib halten."

„Okay, und wo liegt das Problem? Ist doch schön, wenn es dir mit ihnen gutgeht." Er mustert sie.

„Ich weiß nicht, wie ich es erklären soll. Ihr seid meine Familie. Seit Jahren gehen wir durch Dick und Dünn. Und jetzt sind da andere, die mir ebenfalls so viel bedeuten. Auch sie sind für mich inzwischen wie eine Familie und ich fühle mich unbeschreiblich wohl bei ihnen." Sie spielt mit einer Haarsträhne.

Cliff lacht. „Und jetzt weißt du nicht, wie es mit dir weitergehen soll." Es ist eher eine Feststellung als eine Frage.

„Die Richterin hat gesagt, dass ich an einem Scheideweg stehe. Damals habe ich nur darüber gelacht. Mittlerweile denke ich, sie hat recht." Endlich dreht sie sich und schaut ihn direkt an. „Ich möchte wieder ein normales Leben führen. Ich möchte ein Dach über dem Kopf und immer genug zu essen haben. Ich möchte arbeiten und Geld verdienen. Ich weiß nicht, ob ich das schaffe, aber das Projekt ist möglicherweise meine große Chance."

Sie nagt an der Unterlippe. „Aber euch möchte ich nicht enttäuschen. Wir haben so viel gemeinsam

durchgestanden, haben eine so aufregende Zeit miteinander erlebt. Ich komme mir vor wie eine Verräterin, weil ich solche Überlegungen anstelle."

Ihr Freund grinst sie an. „Ach Kitty Cat, du machst dir einfach viel zu viele unnötige Gedanken. So schön und frei das Leben auf der Straße ist, ich glaube, dass jeder von uns hin und wieder die Sehnsucht nach einem geregelten Leben hat. Hör auf dein Herz. Du hast gerade die einmalige Gelegenheit, von der Straße wegzukommen. Nutze sie. Eines verspreche ich dir. Ganz egal, ob du in einer schicken Penthouse Wohnung mit Köchin und Chauffeur oder in der Gosse lebst, wir werden immer für dich da sein, Schwester."

Kittys Blick wandert wieder in die Ferne, doch jetzt lächelt sie. „Danke, Cliff!"

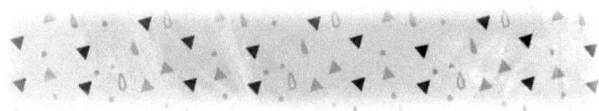

Zitat

Carsta, 15 Jahre alt

„Die Fliesenfarbe ist mir schnuppe – Hauptsache ich
bekomme einen großen Spiegel."

(Zur Ausstattung des neuen Bades)

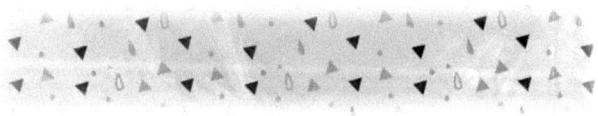

Badeinsatz

Sir Henry sitzt im Gang auf einem Hocker und starrt trübselig die Wand an.

Er seufzt. „Ich weiß, was das bedeutet. Die Baustelle steht. Kein Bauleiter, keine Kabel, kein Holz, wir beide haben keine Arbeit mehr. Die Mädels können die letzten Eimer Farbe verstreichen. Jetzt haben wir Geld, aber an unser bestelltes Material kommen wir trotzdem nicht."

Walter hält ihm die Hand zum Einschlagen hin.

Henry legt die Stirn in Falten und schaut ihn an. „Wir haben nichts zu tun, warum soll ich mich freuen?"

Der Große Wolf grinst breit. „Dann ist es jetzt eben soweit ..."

„Oh nein, du meinst nicht das Bad?"

Walter packt seine Hand. „Komm, alter Rechenmeister, schwing dein Hinterteil. Jetzt haben wir uns lange genug darum gedrückt, es anzugehen. Bisher haben wir immer etwas anderes gefunden, um uns nicht einzugestehen, dass wir keine Ahnung vom Sanitären haben."

Henry lässt sich hochhieven, aber windet sich. Der Gedanke an das Bevorstehende sorgt für Bauchschmerzen.

„Lass dich nicht hängen. Ich bin in der Materie genauso blank wie du. Aber jetzt ist der Moment, wo wir es anpacken müssen." Walter ignoriert seine bedröppelte Miene, zieht ihn mit sich, holt einen Meißel, drückt ihn Henry in die Hand und schiebt ihn ins Badezimmer.

Der Sir atmet schwer, tappt auf die lindgrünen Fliesen zu. Dort macht er sich an den Stellen zu schaffen, wo die Sanitärfirma einen Teil der Platten bereits abgeschlagen hat, um an die Rohre heranzukommen, die ihr geschätzter Herr Bauleiter mutwillig sabotiert hat. Was für ein Zirkus und ausgemachter Schwindel! Ihn packt die Wut und er drischt dermaßen auf die Fliesen ein, dass ein Stück in Walters Richtung wegspringt.

„Hey alter Ritter, du sollst nicht deine eigenen Leute vernichten."

„Ich hab den Feind im Auge. Wir werden das auch ohne diesen Verräter hinbekommen. Sanitär, was ist das? Wie würde Kitty sagen? Scheiß egal. Solange am Ende die

Kids nicht in der Toilette duschen müssen, weil wir die Leitungen falsch angeschlossen haben, ist alles gut."

Walter lacht lauthals. „So gefällst du mir. Rohre anschließen ist nichts anderes, als Kabel zu verdrahten. Außerdem hat die Firma bereits alles vorbereitet. Und ich rede mir ein, dass Fliesen anzukleben so ist wie Boden verlegen. Aber erst einmal runter mit diesem hässlichen grünen Zeug!"

Henry hatte keine Ahnung, was für enorme Kräfte in ihm lauern. Bisher war er der Meinung, dass sich mit dem tagtäglich im Sessel Herumsitzen, seine Muskeln verabschiedet haben. Offensichtlich braucht er lediglich genügend Wut im Bauch, um die Fliesen zu vernichten. Und so zertrümmert er die nächsten mit Gedanken an all die blöden Bemerkungen der Seniorenheimleiterin über seinen senilen Zustand. Die darauffolgenden sind für seine Kinder, die ihn als lästig empfanden. Die Ecke an der Toilette widmet er seiner verstorbenen Gemahlin, die ihn mir nichts dir nichts in dieser Welt zurückgelassen hat. Elegant hat sie sich aus dem Staub gemacht, um im Himmel ihre Ruhe zu haben. Die an der Badewanne sprengt er liebend gerne für die olle Tussi im Altenheim, die ihn den ganzen Tag mit ihrer adeligen Geschichte genervt hat. Auch die letzten klopft er in Rage ab und erinnert sich dabei an den tatterigen Oberst a.D., der der Ansicht war, ihn tagein tagaus mit seiner Herumkommandiererei zu beeindrucken.

Als der Schlussbrösel fällt, schaut Walter ihn mit einem Schmunzeln an. „Hat gutgetan?"

„Ja", sagt Henry und fühlt sich befreit, wie wenn nach Jahren der Dunkelheit plötzlich wieder das Licht angeht.

„Mir auch", setzt Walter eines drauf.

Der Sir reibt sich genüsslich die Hände. „Sag mal, was hatte die Frau Gudenau denn so Wichtiges mit dir zu besprechen? Die ist dir beim Sommerfest keinen Meter von den Fersen gewichen."

Walter legt den Meißel beiseite und holt die Schaufel.

„Man könnte ja glattweg meinen, sie sucht einen Indianer als Mann?"

Er ist dabei den Schutt in einen Eimer zu schaufeln und stoppt. „Die Gudenau?" Er lacht. „Nein, die nicht."

Henry wittert ein Techtelmechtel und bohrt weiter. „Wenn nicht sie, wer denn dann?"

Walter leert die Schaufel aus und schiebt einen Haufen zusammen, sagt aber nichts.

„Du bist noch viel zu jung, um alleine zu bleiben. Das ist bei mir etwas anderes."

Walter hält inne, schaut ihn von der Seite an, schmunzelt und kehrt wortlos um die letzten Scherben herum, bevor er mitsamt der Schubkarre nach draußen verschwindet.

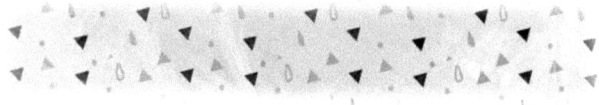

Zitat

Kitty, 19 Jahre alt

"Beförder mal dein Hinterteil hier her. Ich brauch
Funkeln an der Decke."

(Kitty zur Verkäuferin auf der Suche nach Glitzer für
Lisa-Maries Sternenhimmel)

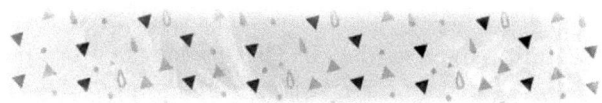

Bewährungsprobe

„Ich bin mal unterwegs", schreit Kitty ins Haus.

Alina schaut die Treppe herunter. „Hast du das Geld dabei?"

Sie zeigt ihr die Kiste. „Ich klau nix mehr. Versprochen."

„Hey, nicht das ganze Geld mitnehmen! Das ist schneller weg, als du dich umsiehst. Nimm nur raus, was du brauchst und steck es in den Geldbeutel."

„Was weiß denn ich, was ich brauche. Und ich hab nix zum Einstecken."

Henry kommt aus dem Bad heraus und lehnt sich über das Geländer. „Nimm hundert Euro mit. Das reicht für die Besonderheiten in den Kinderzimmern. Und da ..." Er wirft ihr seinen Geldbeutel herunter. „Nimm meinen."

Kitty fängt ihn geschickt auf und schluckt. Er vertraut ihr seinen an. Früher wäre sie damit nicht mehr zurückgekommen. Es dauert einen Moment, aber dann atmet sie tief durch und macht sich auf den Weg in den Baumarkt.

Farbe, wo ist die? Sie sucht sich durch die Regale und hält vor Glitzer und kleineren Farbtuben inne. Die Zeichnungen der Kinder fest im Kopf, sucht sie nach etwas Passendem. In den Zimmern, die bereits gestrichen sind, stehen ihr alle Türen offen, sich zu verwirklichen, bis sie wissen, wo das bestellte Material geblieben ist. Aufgeben ist nicht. Wäre gelacht, wenn sich aus den Scheinchen nicht genügend herausholen ließe. In dem Moment, in dem sie die Preise liest, bläst sie die Luft aus und rechnet im Kopf zusammen, wie weit sie mit den hundert Euro kommt. Nur die wichtigsten übersteigen bereits das Limit.

„Shit", entfährt es ihr. Die Moneten sind aufgebraucht, ohne den Glitzer für Lisa-Marie mitzunehmen. Der ist unverzichtbar. Das funktioniert sonst nicht mit dem Sternenhimmel. Ob sie Orange weglässt? Das mixt sich aus Gelb und Rot zusammen. Erneut rechnet sie alles zusammen. Das reicht immer noch nicht. Grün zusätzlich weglassen? Sie kratzt sich am Kopf. Das mischt sich ebenfalls. Wenn sie den weißen Kübel nicht mitnehmen würde? Nein, in der Villa steht nichts mehr davon herum. Ohne schaut es düster aus mit dem Mischen. Sie stellt die

Farben auf den Boden, betrachtet sie, schiebt eine nach der anderen wieder in das Regal, holt den Glitzer, dreht ihn grübelnd in der Hand hin und her. Tief durchatmend guckt sie sich um, macht einen Schritt Richtung Gang und lugt um die Ecke. Kein Mensch zu sehen. Wenn sie ... die Flasche ... um Lisa-Marie ihr Prinzessinnen-Zimmer zu malen. Es ist niemand hier, es würde unbemerkt bleiben. Sie quetscht das Fläschchen so fest, dass ihre Knöchel weiß werden.

In der Villa zurück, stehen die anderen drei um sie herum und begutachten die Einkäufe.

„Hier. Es sind noch neun Euro übrig.“ Sie drückt Alina das Geld und den Einkaufsbon in die Hand und Henry gibt sie den Geldbeutel. „Danke, er hat mir geholfen.“ Seine Augen treffen sie. Für den Moment fühlt sie sich durchbohrt und bis auf die Unterhose ausgezogen.

Alina liest die Liste vor.

Als sie am Ende angekommen ist, reibt sich Henry über die Stirnfalten. „Auf dem Zettel fehlt doch was. Nach meiner Rechnung hast du nur 81,75 Euro ausgegeben.“

Kitty sieht ihm an, dass er denkt, sie hätte die Differenz in ihre eigene Tasche gesteckt. Das Kinn hebend lächelt sie. „Stimmt, der Rest ging für den Glitzer drauf. Da ist der Bon.“

Seine Miene hellt sich auf. „Das hast du gut gemacht.“

Ihr ist klar, dass er damit nicht den Einkauf meint, sondern, dass sie nicht geklaut hat. In diesem Moment ist sie mächtig stolz auf sich.

Am Abend macht sie eine Führung für die anderen. Der Sternenhimmel für Lisa-Marie ist fertig und die fluoreszierenden Punkte von Alina leuchten im Dunkeln von der Decke. Mit der weißen Farbe hat sie einen Mond und zusätzlich die Planeten in die Ecke gemalt. Das ging ihr flotter von der Hand, als sie dachte, sodass sie sogar noch Zeit für Jonas Fußballplatz hatte. An einer Wand hat sie ein Tor mit Netz aufgemalt und einen Spieler daneben, der auf den Ball eindrischt.

„Da musst du noch Leisten hinmachen", sagt sie zu Walter. „Dort, wo die Farbe fehlt, damit das aussieht, wie ein echtes Tor."

Wenn sie es nicht besser wüsste und ihn als jemanden kennengelernt hätte, der keine Emotionen zeigt, würde sie sagen, er hat Pippi in den Augen.

„Hast du morgen noch genug Farbe?", reißt sie Alina aus ihren Gedanken.

„Für die Prinzessin reicht es noch, für Matze könnte es knapp werden."

„Ich habe auch gute Neuigkeiten ..." Alina fuchtelt gewichtig mit den Händen in der Luft herum. „Ich habe mich heute durch den ganzen Wust an Unterlagen gewühlt, den dieser korrupte Fachidiot hinterlassen hat. Da ist nie was bestellt worden. Ich hab solch einen Hals.

Uns vertröstet er täglich und hintenherum da ... Ich könnte gerade ausflippen. Das Geld von der Stiftung ist nie eingesetzt worden. Ich hab mit Opa Brummbär gesprochen. Der hat mir einen Zugang für die Menge geschaffen, die unser feine Herr Cowboy hätte ausgeben sollen. Und jetzt kommt's ..." Sie macht eine theatralische Pause. „Schon morgen bekommen wir eine Lieferung mit dem Nötigsten. Jede Menge Kabel, die fehlenden Böden für die Kinderzimmer, Tapete und Farbe für die restlichen Räume. Was sagt ihr jetzt?"

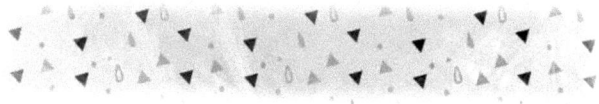

Zitat

Kitty, 19 Jahre alt

„Ach du Heilige Scheiße, was für ein Nobelfummel."

(Kitty beim Anblick eines Diamantencollier im
Ausschnitt einer alten Dame mit Hochsteckfrisur)

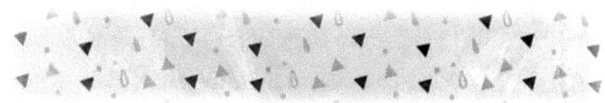

Geburtstagsparty

Dichtgedrängt sitzt Kitty zusammen mit Alina und Walter auf der Rückbank von Opa Brummbärs altem Opel. Henry hat es sich auf dem Beifahrersitz gemütlich gemacht und strahlt vor Vorfreude auf das außergewöhnliche Ereignis. Heute ist Alinas großer Tag.

Walters Miene ist wie üblich für sie nicht zu deuten, aber Alina macht einen nervösen Eindruck. Kitty hat erwartet, dass sie mit Begeisterung in ihr Zuhause zurückkehrt, doch das, was neben ihr sitzt, sieht wie ein Häufchen Elend aus.

Sie legt ihre Hand auf Alinas Oberschenkel. „Was ist los, Lina?"

„Ich bin mir nicht sicher", Alina wirkt wie ein verängstigtes Kind. „Ich komme mir vor wie eine Aussätzige, die in die eingeschworene Gemeinschaft eindringt, aus der sie verbannt wurde. Als würde ich nicht mehr hierher passen. Ich fürchte, die Menschen fühlen sich fremd für mich an. Ich weiß gar nicht, was ich mit denen reden soll."

Kitty lächelt sie aufmunternd an. „Mach dir keine Sorgen. Du wirst das wunderbar meistern. Die ganzen Leute kennst du seit Jahren. Du hast dich verändert, aber sie werden dich deswegen nicht links liegen lassen. Ich denke eher, dass sie begeistert sind von der neuen Alina."

Sie fahren durch ein gewaltiges schmiedeeisernes Tor und rollen auf eine eindrucksvolle Villa zu.

„Ja, kotz die Wand an! Heilige Scheiße! In diesem Palast wohnst du? Da passt das Kinderheim ja fünfmal rein."

Kitty kann den Prunk, den sie da sieht, nicht begreifen und kommt sich vor wie in Hollywood. Bestimmt wird gleich der rote Teppich ausgerollt und eine Horde Paparazzi fällt über sie her.

Stattdessen steht neben der gigantischen Treppe, vor der das Auto hält, ein junger Mann in Uniform, öffnet ihnen die Türen und nimmt Brunos Schlüssel entgegen.

„So was habe ich mal im Kino gesehen. Kneif mich einer, ich glaube ich träume."

Kurze Zeit später betreten sie die Villa und Alinas Vater begrüßt sie. Kitty weiß nicht, wo sie zuerst

hinschauen soll. Wundervolle Gemälde, antike Vasen, Tische voller erlesener Speisen, Menschen in eleganten Anzügen und Kleidern. Ihr Blick wandert über ihre schwarze Jeans und die abgewetzte Lederjacke. Augenblicklich kommt sie sich schäbig darin vor.

„Und das ist meine liebe Freundin Kitty", dringen Alinas Worte dumpf zu ihr durch. Dann stößt ihr jemand einen Ellenbogen in die Seite.

„Oh entschuldigen Sie, ich bin ein wenig geflasht von dieser opulenten Location. So etwas sehe ich nicht gerade täglich", endlich schaut sie dem vergnügt auf sie herabblickenden Mann in die Augen. „Freut mich, Sie kennenzulernen. Herzlichen Dank für die krasse Einladung in diesen Nobelschuppen!"

Alinas Vater hat einen festen Händedruck und lächelt sie an. Ihre Vergangenheit und ihr Aussehen scheinen ihn nicht zu stören, erwähnt er doch weder das eine noch das andere.

„Die Freude ist ganz auf meiner Seite. Sie müssen die künstlerisch begabte junge Dame sein, von der Frau Gudenau in den höchsten Tönen geschwärmt hat."

Kitty ist sprachlos. Jemand hat in ‚höchsten Tönen' von ihr geschwärmt? Sie hat diese Dame doch erst einmal gesehen.

Nach der Begrüßung mischt sie sich gemeinsam mit den anderen unters Volk. Sir Henry ist in seinem Element. Charmant wie immer schwebt er im beigefarbenen Cord-

Anzug durch den Saal und scheint sich mit jedem blendend zu verstehen. Ganz anders Walter, der sich wie ein scheues Reh in eine Ecke verzogen hat. Kitty sieht ihm an, dass er viel lieber vor dem Gärtnerhäuschen sitzen und eine Pfeife schnitzen würde. Sie dagegen ist hin- und hergerissen. Die Straßengöre kommt sich vor wie in einem Märchen, weiß aber gleichzeitig, dass sie hier nicht hingehört. Die Menschen sind freundlich, ihr gegenüber jedoch eher reserviert. Auch das Essen ist ihr nicht geheuer. So viele Dinge, die sie nicht kennt und von denen sie nicht einmal weiß, wie man sie isst. Daher hält sie sich an die Speisen, die ihr bekannt vorkommen. Die schmecken besser als alles, was sie bisher gegessen hat.

Kitty schaut zu Alina. Anscheinend hat sie ihre Unsicherheit abgelegt. Jeder gratuliert ihr zum Geburtstag und plaudert mit ihr. Nachdem sie von ein paar älteren Damen mit aufwendigen Hochsteckfrisuren umarmt und geküsst wurde, besteigt sie die Bühne, auf der eine Jazzband mit dezenten Klängen die Leute unterhält. Souverän lächelt sie in die Runde und Kitty hat den Eindruck, dass Alina nie etwas anderes getan hat.

„Guten Abend, ihr Lieben! Ich freue mich riesig, dass ihr meinen Geburtstag mit mir feiert. Der heutige Tag ist für mich etwas ganz Besonderes. Wie ihr vermutlich wisst, unterstütze ich seit ein paar Wochen ein soziales Projekt, bei dem ein Kinderheim renoviert wird. In dieser Zeit habe ich interessante Erfahrungen gemacht und

wundervolle Menschen kennengelernt. Sie geben alles, um den Kindern ein angenehmes Leben bieten zu können. Ihr Einsatz und die Liebe, mit der sie sich um die Kleinen kümmern, berühren mich sehr.

Wie ihr richtig vermutet, bin ich in Sachen Hausbau nicht unbedingt mit talentierten Händen gesegnet. Außerdem ist mein inniges Verhältnis zu Designerklamotten und meinen manikürten Fingernägeln für andere manchmal schwer zu ertragen. Trotzdem haben diese Menschen, meine Freunde, mich liebevoll aufgenommen, mir meine Marotten durchgehen lassen und mir geholfen, meinen Weg zu finden."

Sie schaut zu ihrem Team und Bruno. „Dafür danke ich euch von ganzem Herzen!

Der Einsatz, den alle für das Kinderheim bringen, ist unendlich. Leider kann man das über die finanzielle Situation nicht sagen. Nach aktuellem Stand kann das Projekt nicht zu Ende geführt werden und die Kinder müssen auf Kinderheime in ganz Deutschland verteilt werden. Dadurch werden sie ihr zu Hause und ihre Familie verlieren."

Ihr Blick schweift durch den Saal. „Es gibt aber jemanden, der das verhindern kann. Und das seid ihr! Darum möchte ich euch bitten, mir, anstatt eines Geburtstagsgeschenks, eine Spende für unsere Villa Konfetti zukommen zu lassen. Seid großzügig und rettet das Zuhause der Kinder! Ich zähle auf euch! Vielen Dank!"

Kitty weiß nicht, was sie sagen soll. Fragend dreht sie sich zu ihren Mitstreitern um und blickt in ebenfalls staunende Augen. Gemeinsam fallen sie in den tosenden Applaus ein, der durch den Saal brandet.

Als Alina mit einem breiten Lächeln auf sie zukommt, läuft sie ihr entgegen und fällt ihr um den Hals. „Du bist unglaublich, du Wohlstands-Balg."

„Danke, meine liebe Straßengöre!", antwortet ihre Freundin. Beide kichern.

Kitty rollt mit den Augen. „Anscheinend muss ich mich doch an diese Umarmerei gewöhnen."

Erst spät in der Nacht sitzen sie im Wagen und fahren gemeinsam zurück zur Villa. Diesmal lenkt Walter, da sich Bruno nach den Ereignissen des Abends ein paar Gläser Sekt genehmigt hat. Der alte Mann sitzt neben Kitty und brabbelt leise vor sich hin. Vermutlich kann er immer noch nicht fassen, was da eben passiert ist.

Auch Kitty war aus dem Staunen nicht mehr herausgekommen, als die ganzen feinen Pinkel ihre Geldbörsen zogen und Scheine oder Umschläge in die vorbereitete Kiste warfen. Alle waren zu ihnen gekommen, um sie für ihren Einsatz und ihr Engagement zu loben. Eine aufgetakelte alte Dame in einem langen Ballkleid hatte Kitty beinahe zerdrückt, als sie ihr vor

Rührung weinend erklärte, welch wundervoller grünhaariger Mensch sie sei.

Die ganze Sache war teilweise skurril, aber als Alina ihnen mitteilte, dass fast dreißigtausend Euro gespendet wurden, waren die seltsamen Momente vergessen und die fünf tanzten jubelnd durch den Saal.

„So viel Geld", murmelt Bruno sichtlich ergriffen.

Die Mädels strahlen und umarmen ihren Opa Brummbär zum gefühlt hundertsten Mal. Jetzt sind alle Geldsorgen vergessen.

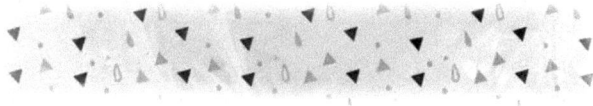

Zitat

Henry, 80 Jahre alt

„Ein Kabel hier, ein Kabel dort, machst du's falsch,
dann ist das Mord."

(Elektriker - Dichtkunst)

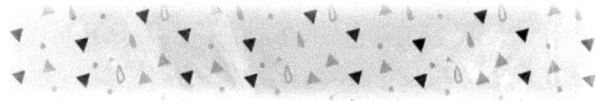

Überraschung

Alle sind wie berauscht vom gestrigen Spendensegen. Die Erleichterung, bis zum Ende des Projektes nicht mehr in Geldnot zu kommen, ist riesig und jeder grinst beseelt.

Das Wochenende steht vor der Tür. Diese freien Tage verbringen sie oft beim Grillen vor dem Gartenhaus, besuchen die Kinder oder erkunden die Umgebung. Bei schönem Wetter sind sie meist draußen, bei Regenwetter verziehen sie sich auch mal zum Arbeiten in die alte Villa. Heute ist es sonnig und warm. Trotzdem hat es Sir Henry auf die Baustelle getrieben. Alina ist auch dort und hat sich ins Büro zurückgezogen, um eine Liste der noch fehlenden Materialien zu erstellen und Preise zu checken. Der erfolgreiche Abend hat sie extrem angespornt. Sie

kann keine zehn Minuten stillsitzen, ohne erneut weitere Pläne zu schmieden.

Henry will die Ruhe im Haus nutzen, um sich mit der Verkabelung zu beschäftigen. Es hat gedauert, bis er die gewohnte Sicherheit wiedergefunden hat, aber inzwischen ist die Routine zurück und er hat vor, nächste Woche den neuen Stromkasten mitsamt den Leitungen in Betrieb zu nehmen. Durch die Einnahmen des Sommerfestes konnte Alina die dringend benötigten Kabel besorgen, die er in den letzten Tagen verlegt hat. Jetzt fehlen nur noch ein paar Steckdosen und Schalter. Und natürlich Lampen für sämtliche Zimmer. Auf deren Installation freut er sich schon, machen sie doch alles komplett. Damit werden die sensationellen Malerarbeiten von Kitty noch viel besser wirken. Vor dem Fest hatten sie bereits kostengünstige Einheitslampen ausgewählt, und selbst für diese hätte das Geld zu dem Zeitpunkt nicht gereicht. Durch die Spenden können sie jedem Kind die zum Zimmer passende Beleuchtung kaufen.

Kitty und Walter haben sich heute Morgen recht früh aus dem Staub gemacht. Der Große Wolf hatte verkündet, seine Werkstatt aufräumen zu müssen, und Kitty wollte den Tag mit ihren Kumpels abhängen.

Sir Henry schaut auf die Uhr. Kurz vor eins – die verabredete Zeit. Sich die Hände reibend steigt er die Kellertreppe hinauf und wartet vor der Bürotür. Pünktlich zur vollen Stunde klingelt Alinas Handy. Stürmisch

hechtet sie aus dem Zimmer und prallt beinahe mit ihm zusammen.

„Wohin so eilig, holde Maid?", fragt er scheinheilig.

„Bruno hat gerade angerufen. Er möchte ganz dringend in der Jugendherberge etwas mit mir besprechen. Bei der Gelegenheit soll ich ihm auch gleich sein Auto vorbeibringen, das Walter gestern hier abgestellt hat."

„Nimmst du mich mit? Ich war lange nicht mehr bei der Rasselbande und mein besonderer Freund Matze hat bestimmt Lust auf eine packende Partie Fußball mit mir."

Ein paar Minuten später parkt Alina den Wagen vor der Jugendherberge. Gemeinsam betreten sie das Gebäude, und suchen nach Bruno und den Kindern. Doch sie finden niemanden.

„Vielleicht sind sie bei dem schönen Wetter alle im Garten", bemerkt Henry und muss sich zwingen, ernst zu bleiben.

Er öffnet die Tür nach draußen, verbeugt sich elegant und sagt: „Ladies first!"

Als Alina den Garten betritt, erschallt ein lautes Getöse. Die Kinder jubeln lautstark und bewerfen sie mit Konfetti und Luftschlangen. Dann singen alle zusammen „Happy Birthday".

Sir Henry nimmt die völlig überwältigte Alina in den Arm und führt sie in den Garten hinaus. Dort werden sie

von den Kindern, Walter, Kitty, Pippi und Bruno umringt. Der kleine Matze stellt sich vor das Geburtstagskind.

„Liebe Lina, zu deinem Burzlfeste, wünschen wir dir allerbeste", reimt er wie ein junger Goethe und versucht, ihr eine selbstgebastelte Kette um den Hals zu hängen.

Das ist endgültig zu viel für sie und Tränen der Freude kullern über ihre Wangen.

„Niss weinen!", sagt Matze, doch Alina kann nicht anders. Lächelnd wischt sie die Tränen aus dem Gesicht.

Es gibt Limonade und Apfelsaft, leckeren Kuchen und die Kinder tanzen für sie ihren Hip-Hop vom Sommerfest. Den ganzen Nachmittag über wird gespielt, gesungen, gegessen und getanzt. Sogar Walter dreht eine Runde mit Pippi, was alle zum Staunen bringt. Und Alina kämpft bei jeder Kleinigkeit mit den Tränen.

Sir Henry stupst seinen Freund Bruno an. „Die Kleine ist ein völlig neuer Mensch geworden. Ich glaube, wir alle haben uns verändert, aber die Verwandlung, die Alina in den letzten Wochen vollführt hat, ist atemberaubend."

„Ja", antwortet dieser. „Wenn ich ehrlich bin, habe ich mich anfangs gefragt, was wir nur mit dieser reichen und arroganten Person anstellen sollen, damit sie niemandem im Weg steht. Und nun schau sie dir an. Liebevoll, freundlich, zuvorkommend. Und nebenbei hat sie uns alle gerettet."

Später am Abend sitzen nur noch die vier mit Bruno zusammen. Die Kinder sind müde und haben sich mit Pippi in die Jugendherberge zurückgezogen.

„Ich habe euch noch gar nicht von meinem Telefongespräch mit van den Gradig berichtet", beginnt Bruno. „Er war total entsetzt. So etwas hätte er ja im Leben nicht erwartet., sagte er. Falkenburg habe er immer für einen exzellenten Bauleiter gehalten, dem der Ruf der Firma und seiner Projekte über alles ging. Natürlich würde er ihn sofort wegen Vertrauensmissbrauch hinauswerfen. Die armen Kinder!"

Er schüttelt den Kopf. "Ich weiß nicht, was ich von diesem aalglatten Kerl halten soll. Es kam mir nicht so vor, als ob er besonders bestürzt wäre."

Henry sieht seinem Freund an, dass das noch nicht alles war.

„Zu guter Letzt sagte er, dass er leider keinen Ersatz für Falkenburg habe und wir das Chaos wohl selber in der kurzen Zeit beseitigen müssen. Ich habe ihm geantwortet, dass er seinen Arsch darauf verwetten könne, dass wir genau das tun."

„Da war wohl jemand zu lange mit Kitty zusammen", bemerkt Walter ernst und erntet dafür einen Klaps.

„Hey, du Hohlfrucht! Sei vorsichtig! Sonst gibt's Dresche! Oder ich jage meinen Hund auf dich!"

Rasko hebt den Kopf von Walters Schoß und gähnt herzhaft.

Henry lehnt sich genüsslich im Stuhl zurück und fühlt sich sehr wohl in seiner Haut. Das liebt er an seinen Mitstreitern – sie geben nicht auf und ziehen das Projekt bis zum Ende durch. Womit ihm auch für die nächsten Wochen das Seniorenheim erspart bleibt.

Zitat

Walter, 38 Jahre alt

„Indianer jagen Büffel. Beim großen Manitou. Dann werden wir doch wohl ein paar Fliesen zum Kleben bringen."

(Walter zu Sir Henry im Angesicht des Verderbens)

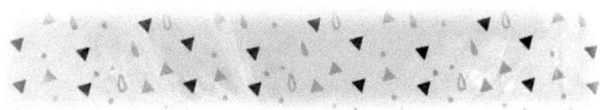

Fliesenmeister

„Was denkst du?" Mit gerunzelter Stirn schaut Walter zu Henry.

Dieser macht auch kein glückliches Gesicht. „Ich finde, dass das kleine Badezimmer in diesem Augenblick so groß wie eine Sporthalle wirkt. Wenn wir uns mit den Fliesen genauso blöd anstellen wie mit der Badewanne, werden wir noch viel Zeit in diesem Raum verbringen."

Walter lacht und rollt mit den Augen. Dabei ist ihm eigentlich gar nicht nach lachen. Die Aktion mit der Wanne hat sich tief in sein Gehirn eingebrannt. Wer war nur auf die Idee gekommen, das alte Ding gegen eine neue auszutauschen? Zu viert hatten sie über eine Stunde geschuftet, um das ausgediente Monster die Treppen hinunter und aus dem Haus zu bugsieren. Den Rest des Tages haben Henry und er damit verbracht, die neue

einzubauen. Glücklicherweise hatte Falkenburg die Duschen barrierefrei geplant, so dass hier keine Wannen installiert werden müssen.

„Na los, Wolf! Es wird nicht besser, wenn wir hier rumstehen und den Raum anstarren." Henry klatscht in die Hände.

„Ich weiß, aber der Gedanke, die unzähligen Pakete mit Fliesen hier heraufzuschleppen, ist nicht besonders motivierend. Insbesondere, weil meine Kollegen schwache Mädchen und alte Greise sind."

Henry lacht und zwinkert ihm zu. „Und ich dachte, du wärst besonders motiviert, weil sich Pippi so sehr auf das neue Bad freut."

Walter verzieht genervt die Mundwinkel. Anscheinend weiß hier inzwischen jeder, dass er Pippi gernhat. Sein Blick wandert durch den im Moment wenig einladenden Raum. Henry hat recht. Erst gestern hat sie ihm bei einem gemeinsamen Spaziergang gesagt, wie sehr sie sich darauf freue, endlich ein zweckmäßiges Bad für die Kinder zu haben.

„Macht mal Platz, ihr Badezimmer-Helden!", stöhnend drängen sich Kitty und Alina ins Bad, jede mit einer Packung Fliesen in den Händen. „Ihr habt jetzt ausreichend lange die Wände angestarrt. Ich weiß, dass ihr genug Eier in der Hose habt, um das hier zu schaffen! Also Ärmel hochkrempeln und los geht's!"

Alina zieht das iPad unter ihrem Pulli hervor. „Ich habe euch ein paar wunderbare Anleitungen zum Thema Fliesenlegen rausgesucht. Das sieht kinderleicht aus!"

„Falls euch das trotzdem zu kompliziert ist, ruft einfach bei Lisa-Marie und Matze an. Die übernehmen bestimmt gerne!" Kitty hebt grinsend die Hand und Alina gibt ihr ein High-Five.

„Mich dünkt, die Frauenzimmer verbünden sich gegen uns. Also los, Großer Wolf, lass uns in die Morgensonne reiten und den Damen zeigen, welch tollkühne Recken wir sind!"

Walter seufzt, klatscht in die Hände und macht sich auf den Weg zur Palette voller Kacheln, die vor der Villa steht.

Eine Stunde später türmt sich vor ihm ein hoher Berg mit Platten für die Wände im Bad. Schwitzend sitzt er vor dem iPad und schaut sich zum dritten Mal das Video an, während Henry den Kleber anrührt. Inzwischen ist er optimistisch, dass Fliesenlegen doch keine Raketenwissenschaft ist. Sein Blick wandert durch den Raum. Die Vorbereitungen sind abgeschlossen. Alles ist sauber und in der Mitte der Wand mit den Duschen ist ein Lot gefällt. Hier wird er beginnen.

Henry stellt ihm den Eimer mit dem fertigen Kleber vor die Füße. „Auf in die Schlacht, großer Indianer-Häuptling!"

Mit schweißnasser Stirn bringt Walter die ersten Fliesen an. Die Angst, dass sie nicht halten und auf den Boden

krachen, lässt seine Hände zittern. Es klappt aber alles genauso, wie im Video beschrieben, und nach und nach arbeitet er sich in eine meditative Stimmung. Seine Gedanken schweifen ab und er denkt an das Telefonat von gestern.

Er war dabei, die Lieferung der fehlenden Bodenbeläge zu überprüfen, als sein Handy klingelte und sich die zuständige Beamtin vom Jugendamt meldete. Wie immer, wenn es um seine Zukunft ging, begann er sofort zu schwitzen und die Angst kroch in ihm hoch. Die Dame hatte kürzlich ein Gespräch mit Frau Gudenau vom Sozialamt, die ihr sehr viel Gutes berichtet hatte, so sagte sie.

„Ich habe mir Ihre Akte genauer angeschaut und mir ist aufgefallen, dass wir sehr viele und genaue Aussagen Ihrer Frau haben, aber nur wenige von Ihnen. Was halten Sie davon, wenn Sie mir ganz in Ruhe Ihre Sicht der Dinge darlegen?"

Vor den Beamten und dem Richter hatte Walter damals kaum ein Wort herausgebracht. Seine Frau Dora dagegen redete wie ein Wasserfall und sagte jedem ihre Meinung, ob er sie hören wollte oder nicht. Sein Schweigen wurde als Schuldeingeständnis gewertet. Vielleicht hatten sie sogar gedacht, er sei in betrunkenem Zustand zur Verhandlung gekommen. Natürlich hatte er zu dieser Zeit ein Problem mit dem Alkohol. Die Firma lief schlecht und

mit Dora gab es jeden Tag Streit. Der Wodka half, die bösen Gedanken zu verdrängen.

Leider ahnte er nicht, was seine Frau im Hintergrund für Ränke schmiedete, und als er erkannte, dass sie nicht nur die Scheidung, sondern ihm auch seine geliebte Leni wegnehmen wollte, war es bereits zu spät. Er hatte damit gerechnet, zumindest ein Besuchsrecht für seine Tochter zu bekommen, doch die Gegenseite argumentierte sehr geschickt mit seiner Sucht, und da er sich nicht zu wehren wusste, stand er völlig auf verlorenem Posten.

„Seit dem Tag, an dem ich die Scheidungspapiere erhielt, habe ich keinen Tropfen Alkohol mehr angerührt. Aber zu dem Zeitpunkt war es leider zu spät. Leni war weg, für immer. Dann ging die Firma pleite, und ohne das geregelte Einkommen sind die Chancen geschwunden, meine Tochter jemals wiederzusehen. Dieses Projekt ist ein Neuanfang für mich. Ich wünsche mir nichts sehnlicher, als Leni wieder in den Armen halten zu dürfen. Ich liebe sie so sehr." Mit feuchten Augen schluchzte er ins Telefon.

„Frau Gudenau sagte mir, dass Sie alles andere als ein verantwortungsloser Trinker seien. Ganz im Gegenteil, sie beschrieb mir einen zuverlässigen und hilfsbereiten Menschen. Ich werde Sie und Ihr Projekt im Auge behalten. Wenn Sie Erfolg haben, sehe ich eine gute Chance, dass wir das mit dem Besuchsrecht hinbekommen werden."

„Mensch Walter! Du fliest ja besser als Bob der Baumeister!" Henrys Worte und eine Hand auf seiner Schulter reißen ihn aus seinen Gedanken.

Er schaut auf und blickt auf eine beinahe fertige Wand. An den Rändern müssen sie ein paar Kacheln zuschneiden, ansonsten sieht alles tip-top aus.

Die erfolgreiche Arbeit und die Aussicht, seine Tochter wiederzusehen, sorgen bei Walter für einen großen Motivationsschub.

„Komm Henry, lass uns ein paar Fliesen schneiden. Die Wand wird heute noch fertig!"

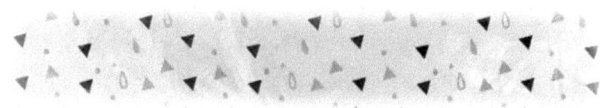

Zitat

Alina, 23 Jahre alt

„Hier fehlt es eindeutig an Glitzer"

(Bei der Besichtigung von Jonas neuem Zimmer)

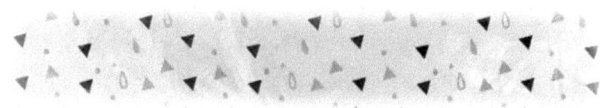

Baustopp

Alinas Herz rast. Kitty wedelt mit einem Zettel durch die Luft. Gemeinsam stürmen sie zu Walter und Henry ins Bad. „Jetzt schaut euch mal diese verfickten Arschlöcher an! Das darf doch alles nicht wahr sein." Sie fuchtelt mit dem Papier vor ihren Nasen herum.

Alina japst. „Der ... der ist gerade mit der Post gekommen."

„Henry, altes Haus, sag bitte, dass du diese Drecks-Lizenz für den ganzen Elektro-Scheiß nicht abgegeben hast."

Henrys Augen weiten sich. „Was habe ich?"

Walter entwendet Kitty den Zettel und liest vor: „Sehr geehrte Damen und Herrn, bla, bla, bla ... haben wir festgestellt, dass keine entsprechende Fachkraft für die Verbauung der Elektrik vorhanden ist und die benötigten

 238

Lizenzen fehlen ... Aus Sicherheitsgründen wird mit heutigem Datum die Baustelle eingestellt. Wir bitten Sie ... bla, bla, bla ...“ Er lässt den Brief sinken und schaut in die Runde.

„Das ist doch eine verdammte Scheiße. Wir reißen uns hier den Arsch auf, die machen null und nix, und dann kommen sie mit so einer shittigen Zulassung um die Ecke. Hast du gewusst, dass man sowas braucht?“

Henry kratzt sich an der Wange. „Ich bin Meister, weiß nicht, was das soll.“

Walter liest erneut. „Was soll das denn für eine Lizenz sein? Eine zum Schlitze schlagen?“ Sein sonst so friedlicher Gesichtsausdruck wechselt von Verwunderung zu Zorn. „Die haben sie doch nicht mehr alle.“

„Sag ich doch“, pflichtet Kitty ihm bei.

Abermals überfliegt er den Zettel. „Da steht nicht einmal was sie für eine Lizenz meinen. Also, ich bin Schreinermeister. Wenn man die Prüfung hat, dann darf man theoretisch alles. Gut, ich habe da mal noch so einen Kurs für das Bedienen eines Krans gemacht, den ich nie gebraucht habe. Das war es aber dann auch schon. Was für eine Lizenz meinen die?“

Alina zittert am ganzen Körper. „Henry, bitte, bitte, sag nicht, dass du für den Kasten im Keller irgendeine Sonderlizenz gebraucht hättest“, fleht sie ihn an. „Wir können einpacken, wenn die uns deswegen den Bau stoppen. Dann werden die Kids ihr Zuhause nie wieder

betreten. Unsere komplette Arbeit war umsonst. Morgen steht die Stadt vor der Tür und übernimmt alles, wofür wir uns eingesetzt haben. Wir haben die Arbeit gemacht und die kassieren das ein. Und ganz ehrlich, ich denke nicht, dass die unsere Kids hier weiter wohnen lassen. Ich kenn das ganze Nobelpack. Wenn es um Investitionen geht, dann machen die nichts, wo nicht ein Gewinn dabei herausspringt. Was für einer soll das sein, wenn sie ein paar Kinder unterstützen, damit sie nicht auseinandergerissen werden und die Ersatzfamilie verlieren? Ich kann mir nicht vorstellen, dass einer dieser Herren in so etwas investiert."

Henry sieht aus, als würde er jeden Moment zusammenbrechen. Walter schiebt ihm einen Stuhl hin und er sinkt darauf in sich zusammen.

„Ist das richtig, dass dir eine Zulassung fehlt?", fragt Alina mit zittriger Stimme. „Du musst uns die Wahrheit sagen. Bitte."

Er schüttelt den Kopf. „Ich ... ich habe den Meister. Wüsste nicht, dass ich sonst noch was bräuchte. Das ist schon so lange her. In meinem Betrieb damals war das so in Ordnung. Aber ..." Er fährt sich unwirsch über das Gesicht. „Ich habe keine Ahnung, was man inzwischen alles braucht, damit die Elektrik in einem Bau abgenommen wird." Seine Augen suchen die von Alina. „Bin einfach schon zu lange raus aus dem Job."

Kitty holt sich einen Hocker, setzt sich neben ihn und streicht ihm sanft über den Rücken. „Schon gut, Ritter Kunibert. Du hast bestimmt so einen verdammten Wisch, auf dem steht, dass du Meister bist. Das pfeffern wir denen um die Nase."

Er bläst die Luft aus. „Ich habe keine Ahnung, wo der abgeblieben ist. Vielleicht haben ihn meine Kinder beim Umzug entsorgt." Er beißt sich auf die Unterlippe.

Alina wischt sich die Haare aus dem Gesicht und ist mit dieser Aktion wieder in ihrem Organisationsmodus. „Ich erkundige mich, was heutzutage notwendig ist, damit eine Baustelle abgenommen wird, und du ..." Sie zeigt auf Walter, „fährst mit unserem Elektro-Ritter ins Seniorenheim."

Er nickt.

„Und stellt jedes kleine Fleckchen in dem Zimmer auf den Kopf." Sie fuchtelt mit dem Zeigefinger vor seiner Nase herum. „Lasst euch nicht von dem Vorstandsdrachen einschüchtern. Zur Not wühlt ihr den Keller ebenfalls durch."

Henry pfeift durch die Zähne.

„Kitty", Alina zeigt auf sie. „Du fährst mit. Die brauchen jemanden mit Biss. Und vergiss Rasko nicht!"

Zitat

Alina, 23 Jahre alt

„Früher hätte meinereiner erst einmal ein Cleopatra-
Bad genommen."

(Wenn es stressig wird)

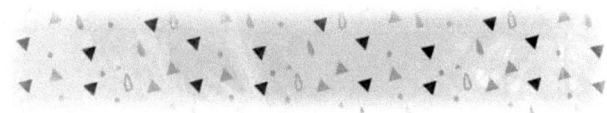

Machenschaften

Konzentriert sitzt Alina vor dem neuen Notebook, mit dem sie das Büro inzwischen ausgerüstet hat. Ihr iPad hat ihnen bereits ausgezeichnete Dienste erwiesen, doch mit einer anständigen Tastatur und einem großen Bildschirm ist sie schneller und effektiver.

Sie hört das laute Rumpeln von Schritten und ihre Freunde treten ein.

„Verfickte Hühnerscheiße!", japst Kitty schnaufend. „Wir haben das ganze Altenheim auseinandergenommen, aber nichts gefunden."

Henry sieht aus, als ob er zwischen Lachen und Weinen hin- und hergerissen sei. „Du hättest Kitty sehen sollen. Sie hat die alte Gift-Matrone derart zusammengefaltet, dass ihr Hören und Sehen vergangen ist. Wenn das alles nicht so traurig wäre, hätte ich mich köstlich amüsiert."

„Was machen wir denn jetzt?", fragt Walter konsterniert.

„Scheiß auf die blöden Wichser von der Stadt! Wir machen weiter! Sollen sie uns doch gewaltsam von der Baustelle entfernen!" Kitty ist fuchsteufelswild.

„Langsam mit den jungen Pferden", beruhigt sie Henry. „Wenn wir gegen diese Anordnung verstoßen, gibt das alles ein gerichtliches Nachspiel. Dann kommen die Kinder mit hundertprozentiger Sicherheit nicht mehr hier rein und du kommst obendrein in den Knast. Auch Walter braucht sich dann keine Hoffnungen mehr auf seine Tochter zu machen. Nein, nein. Wir müssen uns gut überlegen, wie wir weiter vorgehen."

Alina beobachtet entspannt die Auseinandersetzung.

„Warum grinst du denn so, Lina?", fragt plötzlich Kitty, die sie mit einem Ausdruck ansieht, als wolle sie fragen, wieso sie sich nicht an der Diskussion beteiligt.

„Schaut mal, was ich eben ausgedruckt habe", sagt sie vollkommen gelassen und deutet auf den neuen Drucker.

Walter schnappt sich den Zettel und liest. „Kopie des Meisterbriefes von Henry… Wo hast du denn den her?", fragt er verblüfft.

Alina grinst über beide Ohren. „Ich hatte ein ausführliches Telefonat mit der Handwerkskammer und

der freundliche Herr am Telefon war so zuvorkommend, mir diese Kopie zukommen zu lassen."

„Du bist ein Goldstück!" Kitty reißt Walter das Blatt aus den Händen und tanzt damit durch den Raum.

Alina lässt sie für einen Moment die Freude auskosten. Dann wird ihr Blick ernst. „Leider ist das Problem damit noch nicht gelöst." Sie schaut in die Runde. „Wir beweisen hiermit zwar, dass Henry die Elektroarbeiten vornehmen darf, aber deshalb sind wir noch nicht aus dem Schneider. Wir müssen einen Widerspruch gegen den Baustopp einlegen und darauf warten, dass diesem stattgegeben wird. Das kann, wenn es blöd läuft, Wochen dauern. Die Zeit haben wir aber nicht."

„Und nun?", fragt Kitty mit hängenden Schultern.

„Keine Ahnung! Wir sollten auf jeden Fall den Widerspruch einlegen. Wenn uns sonst nichts einfällt, ist das unsere letzte Chance, zumindest einen Teil der Arbeiten vor Ablauf der sechs Monate fertigzustellen. Ich bin gerade dabei, das Schreiben vorzubereiten. Bruno muss es dann nur noch unterzeichnen."

„Diese Schweine!", brüllt Kitty. „Das haben die doch absichtlich gemacht, damit wir das Projekt nicht selbständig zu Ende bringen! Ich könnte ausrasten!"

Alle verstummen, als es an der Tür klopft. Bruno Brommberg tritt ins Büro. In der Hand hält er einen großen, braunen Umschlag.

„Wenn ich richtig vermute, findet hier die Krisensitzung statt. Ich kann euch sagen, das Schreiben der Stadt hat mich ordentlich aus der Fassung gebracht." Er klingt verärgert. „Ich weiß auch genau, wem wir diese Überraschung zu verdanken haben. Der Herr Stadtratsvorsitzende war schon bei der Testamentseröffnung erpicht auf das Grundstück. Aber nicht mit uns!"

Er winkt mit dem Umschlag. „Hiermit werden wir ihn schlagen. Den Brief habe ich heute Morgen erhalten."

Er reicht das Kuvert Alina, die neugierig den Inhalt herauszieht. Eine Menge Blätter, hauptsächlich Ausdrucke von E-Mails, rutschen auf den Schreibtisch. Sorgfältig entfaltet sie den handgeschriebenen Brief. Ihr Blick huscht über den Text. Das kann doch nicht wahr sein! Unfassbar! Mit geweiteten Augen starrt sie auf die Zeilen. Das könnte ihre Rettung sein.

„Erde an Lina! Bitte aufwachen!", Kitty reißt sie aus ihrer Lähmung. „Würdest du uns die Ehre erweisen, die Informationen mit uns zu teilen?"

„Entschuldigt bitte, ich bin gerade etwas von der Rolle." Alina holt tief Luft und liest:

Sehr geehrter Herr Brommberg,

wie Sie bereits erfahren haben, war ich nicht ehrlich zu Ihnen und habe hinter Ihrem Rücken das Bauprojekt sabotiert. Nicht nur das,

ich bin auch für den Wasserschaden verantwortlich, der das Kinderheim in diese missliche Lage gebracht hat.

Hierfür bitte ich in aller Form um Verzeihung. Es tut mir wirklich sehr leid.

Ich verstehe, dass Ihnen meine Entschuldigung wie Heuchelei vorkommen mag, aber ich möchte dennoch die Beweggründe für meine Taten offenlegen.

Wie Sie wissen, hat mich Herr van den Gradig als Bauleiter für das Projekt eingesetzt. Er ist mein Arbeitgeber und ich schulde ihm Loyalität. Sein Auftrag war eindeutig: Verhindern Sie, dass das Bauvorhaben zeitgerecht fertiggestellt wird.

Wie Ihnen bekannt ist, fällt das Grundstück an die Stadt, sofern das Kinderheim nicht pünktlich saniert und wieder bezogen ist. Die Stadt, oder besser gesagt Stadtrat Neidlinger, hat bereits im Vorfeld Absprachen mit Herrn van den Gradig getroffen, welche die Verwendung des Grund und Bodens betreffen. Natürlich geht es dabei um sehr viel Geld. Die Stadt beabsichtigt, das Gelände an van den Gradig zu verpachten, der nach dem Abriss der Villa einen hochmodernen Bürokomplex errichten will. Das bedeutet hohe Mietgewinne, Gewerbesteuereinnahmen und für Herr Neidlinger einen großzügigen, nicht zu versteuernden Bonus. Ich habe van den Gradigs Anweisungen umgesetzt und bin nach der Entlarvung als Bauernopfer von meinem ach so aufrichtigen Chef gefeuert worden.

Anbei sende ich Ihnen notariell beglaubigte Ausdrucke von E-Mails und Telefonmitschnitten, die das Komplott der beiden beweisen.

Ich hoffe, Sie können die Beweismittel verwenden, um deren verbrecherischen Handlungen einen Strich durch die Rechnung zu machen.

Ich wünsche Ihnen, dem Kinderheim und Ihren fleißigen Helfern viel Erfolg und alles Gute.

Mit freundlichen Grüßen
Gunnar Falkenburg

Im Raum herrscht Stille. Alinas Blick wandert von einem zum anderen und landet bei Kitty. Die beiden jungen Damen nicken sich zu. Ihr ist klar, was Kitty denkt, deren Mundwinkel sich zu einem diabolischen Lächeln verziehen.

„Damit kriegen wir die beiden am Arsch!"

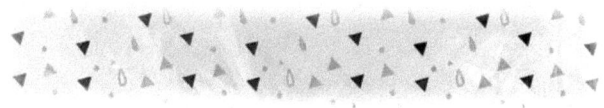

Zitat

Kitty, 19 Jahre alt

„Egal ob Anzug oder Kartoffelsack – Arschloch
bleibt Arschloch."

(Kittys Meinung zu Geschäftsleuten und Bürokraten.)

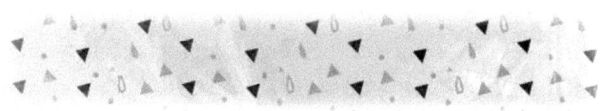

Revolte

„Dieses letzte Blatt noch, dann haben wir jeden Zettel in dreifacher Ausfertigung." Kitty steht mit Bruno im Copyshop und erstellt Sicherheitskopien der Dokumente, die Falkenburg ihnen geschickt hat.

Noch immer verspürt sie eine Stinkwut und hat sich nicht davon abbringen lassen, Bruno auf seinen Besuch bei Stadtrat Neidlinger zu begleiten.

„Versprich mir, dass du nicht handgreiflich wirst", hatte Henry ihr mit auf den Weg gegeben. „Die heutigen Ritter kämpfen mit Worten."

„Worte habe ich genug, das kannst du mir glauben!", hatte Kitty mit gefletschten Zähnen geantwortet.

Nachdem sie die Originaldokumente im Auto versteckt haben, machen sie sich mit einer Kopie auf den Weg ins Rathaus. Für andere sind sie bestimmt ein lustiges Pärchen, denkt Kitty, während sie neben Bruno durch die Gänge schleicht.

„Tut mir leid, aber Herr Neidlinger darf im Moment nicht gestört werden", flötet die Vorzimmer-Grazie mit kokett gespitzten Lippen.

„Kein Problem", antwortet Kitty im selben Tonfall und setzt sich mit einem eleganten Anlauf mitten auf den Schreibtisch der Dame. „Ich hab Zeit! Ich kann hier stundenlang sitzen. Notfalls bis der werte Herr seinen unverdienten Feierabend einläutet."

Bruno grinst sie an und Kitty hat den Eindruck, dass er ihren Auftritt in vollen Zügen genießt. „Würdest du ein Stückchen rücken, liebes Kind? Ein alter Mann wie ich kann nicht so lange stehen."

„Selbstverständlich, Opa Brummbär. Setzt dich am besten hier gleich neben das Telefon. Wenn wir uns unterhalten, kann sich die Dame sowieso nicht auf ihre Gespräche konzentrieren."

Verwirrt schaut die Sekretärin von ihr zu Bruno. Kitty hört beinahe, wie die Zahnräder in ihrem Kopf arbeiten. Die Gute scheint völlig überfordert zu sein. „Ähm, ja … nun denn …vielleicht frage ich doch mal bei Herrn Neidlinger nach, ob er ein paar Minuten seiner kostbaren Zeit für Sie erübrigen kann."

Sie verschwindet im Büro ihres Vorgesetzten und meldet „einen älteren Herren und eine junge Dame mit grünem Haar". Nur wenige Augenblicke später stehen sie vor dem Stadtrat. Dieser begrüßt sie mit einem Lächeln. Für Kitty sieht es unecht aus und lässt sie an einen Politiker denken, der eine Menge Dreck am Stecken hat. Bruno gibt ihm die Hand, doch sie verweigert den Handschlag und behält ihre demonstrativ verschränkten Arme bei.

„Womit kann ich Ihnen dienen, Herr Brommberg?", fragt der schleimige Sack.

„Es geht um den Baustopp im Kinderheim", antwortet Bruno mit neutraler Stimme.

„Oh ja, oh ja! Schlimme Sache, schlimme Sache!", mit zerknirschter Miene schüttelt der Stadtrat seinen Kopf. „Wir sind selbstverständlich den Kindern und ihrer Sicherheit gegenüber verpflichtet und können keinesfalls riskieren, dass eines dieser armen Geschöpfe durch ein unsachgemäß angeschlossenes Stromkabel Schaden nimmt."

Kitty steht kurz vor der Explosion. Noch ein solch beknackter Spruch und sie platzt. Wie gut, dass sie Henry nur versprochen hat, nicht handgreiflich zu werden. Ihr Benehmen stand nicht zur Debatte. Wie gerne würde sie dem Kerl in seine korrupten Glocken treten. Zum Glück hat Bruno seine Emotionen besser im Griff und zieht mit

einem liebenswerten Lächeln die Bestätigung der Handwerkskammer aus dem Umschlag.

Neidlinger schaut sich das Schreiben an und präsentiert ein heuchlerisches Grinsen. „Das ist ja ganz wunderbar. Dann steht einer Wiedereröffnung der Baustelle nichts mehr im Wege. Ich werde das Dokument gleich hierbehalten und den Punkt für die nächste Ratssitzung in drei Wochen auf den Tagesplan setzen lassen."

Nun reicht es Kitty. Wutentbrannt baut sie sich vor dem Stadtrat auf. „Sie hinterhältiger und verlogener Hurensohn! Sie werden sich jetzt an Ihren verfickten Computer setzen und sofort diesen beschissenen Baustopp zurücknehmen. Seit Monaten reißen wir uns für die Kinder den Arsch auf und dann kommt so ein korrupter Sesselfurzer und will das alles zunichtemachen. Sie glauben gar nicht, wie sauer ich bin. Ich bin so wütend, dass ich Ihnen am liebsten auf den Schreibtisch scheißen würde."

„Langsam, mein Kind", lenkt Bruno grinsend ein. „Das kannst du dir für später aufheben. Ich bin mir sicher, dass wir die Situation auch ohne Fäkalien auf den Büromöbeln regeln können. Schließlich sind wir hier alle erwachsene, und durchaus gebildete Menschen. Der Herr Stadtrat wird bestimmt selbst wissen, dass im kommenden Winter Stadtratswahlen anstehen. Und ihm ist auch bestimmt klar, dass seine Chancen auf eine Wiederwahl gegen Null sinken, wenn die Bürger erfahren, dass er zusammen mit subversiven Elementen aus der Wirtschaft ein Kinderheim schließt, nur um sich persönlich zu bereichern."

„Was fällt Ihnen ein?", brüllt Neidlinger und läuft rot an. „Solch eine Frechheit habe ich noch nie gehört. Ich werde jetzt die Polizei anrufen und Sie entfernen, nein verhaften lassen."

„Sehr gerne, Herr Stadtrat. Bei dieser Gelegenheit können Sie den Herrn Ordnungshütern auch gleich diese Dokumente zeigen. Dann kommen sie zumindest nicht umsonst!"

Zufrieden lächelnd wirft Bruno die Unterlagen auf den Schreibtisch.

„Wie Sie sich vorstellen können, handelt es sich nur um Kopien. Die Originale befinden sich in meinem Besitz. Wenn es Ihnen recht ist, warten wir draußen bei Ihrer Sekretärin, während Sie für uns den Baustopp aufheben." Er sieht Kitty an und zwinkert. „Wir wären Ihnen sehr verbunden, wenn Sie sich beeilen würden. Ansonsten kommt meine junge Freundin hier doch noch auf ihr Angebot zurück, Ihren Schreibtisch zu veredeln."

Ohne ein weiteres Wort dreht er sich um und schreitet beschwingt zur Bürotür. Dort dreht er sich noch einmal um. „Ach ja, behalten Sie das alles für sich. Sollte van den Gradig von unserem Gespräch erfahren, werden Sie sich spätestens übermorgen auf der Titelseite der Stadtzeitung

wiederfinden." Lächelnd verlässt er den Raum. Kitty tappt staunend hinterher.

Diesmal setzen sie sich auf die vorhandenen Besucherstühle.

„Holla die Waldfee, alter Mann! Von dir kann ich aber noch eine Menge lernen, Opa Brummbär." Kitty ist tief beeindruckt und nimmt sich vor, sich niemals mit diesem so harmlos wirkenden Herrn anzulegen. Bruno hat viel mehr Feuer im Hintern, als sie erwartet hat.

Eine viertel Stunde später verlassen sie zufrieden kichernd mit dem offiziellen Widerruf des Baustopps in Händen das Rathaus.

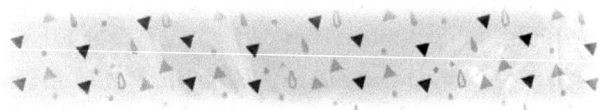

Zitat

Bruno, 81 Jahre alt

„Das schönste im Leben sind doch immer wieder Überraschungen. Und die allerbesten sind diejenigen, die man anderen machen kann."

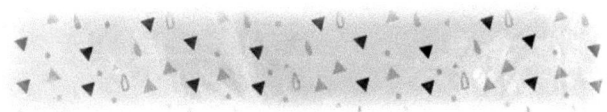

Sondersitzung

Alina tapst von einem Fuß auf den anderen. Bruno hat sie zum kurzfristig einberufenen Treffen des Stiftungsrates mitgenommen, um die Fortschritte des Bauprojektes vorzustellen und den aktuellen Stand zu präsentieren.

Er stellt ihr die Vorstandsmitglieder vor, die für sie bis auf eine Ausnahme alle sehr sympathisch aussehen.

Zwei Sorten Anzugträger hat Alina bislang kennengelernt. Diejenigen, die aalglatt alles sagen, was der Gegenüber hören will. Oder die machtgierigen, die nur Profit im Kopf haben. In van den Gradig sieht sie beide vereint.

Frau Mänzinger, eine etwas füllige, pausbäckige Dame, hat ein Lächeln auf den Lippen und sieht aus, als ob sie die Lebensfreude für sich gepachtet hätte. Vor ihrer

Pensionierung war sie im Sozialamt tätig und ist seit der Gründung des Kinderheims mit an Bord.

Herr Moser ist eine kleine, schlanke, sehr vornehm wirkende Person. Der Intendant des städtischen Opernhauses war früher selbst ein Waisenkind und in einem Kinderheim aufgewachsen.

Frau Blauacker ist Gründerin eines Verlagshauses. Da sie keine eigenen Kinder hat, ihr die Jungen und Mädchen aber sehr am Herzen liegen, bedeutet ihr die Arbeit in der Stiftung sehr viel.

Nach der Vorstellungsrunde verkündet Bruno als Vorsitzender die Tagesordnung, die nur aus wenigen Punkten besteht. Neben der Präsentation durch Alina gibt es lediglich einen weiteren Tagesordnungspunkt: Die Aufnahme eines neuen Mitgliedes in den Stiftungsrat.

„Aber der Rat ist vollständig besetzt", erklärt van den Gradig mit falschem Lächeln.

„Warten Sie es ab, lieber Kollege", erwidert Bruno mit einem spitzbübischen Grinsen.

Jetzt übergibt Bruno das Zepter an Alina. Voller Begeisterung beschreibt sie den Ausgangszustand bei Projektbeginn, führt auf, welche Arbeiten inzwischen erledigt sind und listet die noch ausstehenden Tätigkeiten auf. Neben den letzten Elektroarbeiten und vereinzelten Schönheitsreparaturen müssen nur noch die Möbel aufgebaut werden. Außerdem berichtet sie mit stolz

geschwellter Brust, dass alle zuversichtlich sind, die Renovierung pünktlich zum Ende zu bringen. Dann kann eine vom Notar beauftragte Prüfungskommission das Ergebnis kontrollieren und die erfolgreiche Erfüllung des Vermächtnisses bestätigen.

Bis auf van den Gradig applaudieren alle begeistert über den zeitgerechten Fortschritt. Alina schaut zu Bruno, der ihr wohlwollend zunickt.

„Das waren die harten Fakten. Dieses Projekt ist aber mehr als nur eine knappe Auflistung von Tätigkeiten und Erfolgen. Es hat seine eigene Geschichte mit ganz unterschiedlichen Menschen, die ihre speziellen Höhen und Tiefen durchlebten." Alina stellt ihre Teamkollegen vor, schildert, mit welchem Eifer alle arbeiten, und beschreibt das Verhältnis zu den Kindern und wie sehr sie ihnen ans Herz gewachsen sind.

Als sie auf Falkenburg zu sprechen kommt, sieht sie, dass van den Gradig nervös mit seinem Kugelschreiber spielt. Unbeirrt erzählt sie vom Sommerfest und wie sie begonnen haben, sich selbst zu organisieren. Schließlich berichtet sie vom Baustopp und der Rolle des Stadtrates in diesem Ränkespiel.

Bruno nimmt den Faden auf: „Stadtrat Neidlinger ist allerdings nicht der Einzige, der in dieses Komplott verwickelt ist." Seine Stimme hat jegliche Wärme verloren und sein stahlharter Blick ruht auf van den Gradig.

Er wirft die von Falkenburg erhaltenen Unterlagen auf den Tisch.

„Wie konnten Sie die Ziele dieser Stiftung nur derart hintergehen? Sie sind eine Schande und ich bin froh, dass Ihre liebe Frau Mutter das nicht mehr miterleben muss."

Er zieht ein ausgedrucktes Blatt aus seinen Unterlagen und reicht es van den Gradig.

„Ich denke, es ist in unser aller Sinne, wenn Sie Ihren Sitz im Stiftungsrat freiwillig aufgeben."

Der Geschäftsführer schaut finster in die Runde. Dann nimmt er einen Stift, unterschreibt seinen Rücktritt, wirft den Kugelschreiber wütend auf den Tisch und verlässt ohne ein Wort den Raum.

Alina ist erleichtert, dass ihnen eine Auseinandersetzung erspart bleibt. Ursprünglich hatte sie vorgeschlagen, dass Kitty die Präsentation hält, weil sie van den Gradig die passenden Worte an den Kopf geworfen und sich nicht hätte einschüchtern lassen. Doch Bruno hatte darauf bestanden, dass sie den Job übernimmt.

Zufrieden lächelt er in die Runde. „Jetzt, wo der unangenehme, aber dringend notwendige Teil erledigt ist, kommen wir zum nächsten Tagesordnungspunkt. Nämlich der Neubesetzung des gerade freigewordenen Postens im Stiftungsrat."

Warum grinst der alte Brummbär denn nur so komisch? Alina fragt sich, was er sich nun wieder ausgedacht hat.

„Nach reiflicher Überlegung und Rücksprache mit deinem Vater, möchte ich dich, liebe Alina, für diese Stelle vorschlagen. Wir haben das in dieser Runde bereits vorab geklärt und es wäre uns eine große Ehre und Freude, wenn du uns auch zukünftig mit deinem Engagement unterstützen würdest."

Alina ist sprachlos! Sie steht da und starrt ihn mit geweiteten Augen an. Ist das sein Ernst?

„Na, was sagst du?"

Es dauert eine Weile, bis sie sich aus ihrer Schockstarre befreit. Mit einem ungläubigen Lächeln tänzelt sie um den Tisch herum und nimmt Bruno in den Arm. „Nichts lieber als das!"

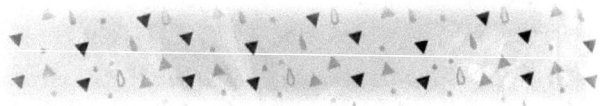

Zitat

Bruno, 81 Jahre alt

„Sonne im Herzen, grün auf dem Kopf - bei Kitty ist
immer Sommer. Manchmal ist halt Gewitter."

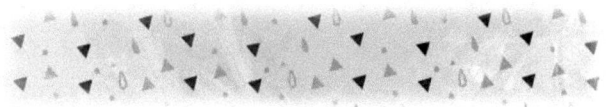

Flashback

Wo ist sie nur? Alina ist auf der Suche nach Kitty. War sie nicht im Zimmer von Carsta? Oder bei Rafaela? Eigentlich wollten sie nur die Kinderzimmer renovieren, die durch den Wasserschaden in Mitleidenschaft gezogen worden sind. Die sture junge Frau war jedoch der Meinung, dass es unfair ist, dass drei von ihnen ein behagliches Zimmer bekommen und die anderen leer ausgehen. Kaum war genügend Geld vorhanden, hatte Kitty begonnen, auch dort die Tapeten abzureißen, wo kein Wasser gestanden hat.

Alina ist dabei, eine Liste der restlichen Farben zu erstellen, die sie für die individuellen Gemälde brauchen. Ohne die Hilfe ihrer Chef-Designerin kommt sie aber nicht weiter.

Sie betritt Rafaelas Zimmer und traut ihren Augen nicht. Zusammengesunken wippt in der Ecke ein grüner Haarschopf. Ein lautes Schluchzen lässt sie zusammenzucken. Alina geht neben ihr in die Knie und berührt sie sanft am Oberarm. „Was ist los, Süße?"

Langsam hebt Kitty den Kopf und schaut sie mit verquollenen Augen an. „Ich … ich …", setzt sie schniefend an. „Ich habe gerade an Walter gedacht, an seine Anhörung morgen. Immer wenn er von seiner Leni redet, sieht man diesen unendlichen Schmerz in seinen Augen, die Sehnsucht nach dem Kind, das er verloren hat. Laut sagt er es zwar nie, aber ich fühle, dass es ihn innerlich zerreißt."

Wieder weint sie. Alina nimmt sie in den Arm und drückt sie. „Ich weiß, aber die Anhörung morgen wird das ändern. Diesmal ist er vorbereitet. Morgen wird er seine Geschichte erzählen und nicht schweigen."

„Ja, er wird das schaffen. Aber darum geht es nicht. Ich habe an meine Eltern gedacht. Ich bin mit fünfzehn zu Hause ausgerissen, weil ich meine Freiheit brauchte. Ich wollte selbst entscheiden, wie ich meine Zeit verbringe, mit wem ich mich treffe und wann ich daheim bin. Sie haben das einfach nicht verstanden. Aber, aber …" Ein weiterer Heulkrampf schüttelt sie.

„Mir wird erst jetzt bewusst, was ich ihnen angetan habe. Die beiden müssen sich ähnlich elend gefühlt haben wie Walter. Im Prinzip haben sie ebenso ihr Kind verloren

und wahrscheinlich leben sie seitdem mit dem Gefühl, dass das alles ihre Schuld ist. Ich habe ihnen mit meinem Verhalten einen Dolch in die Brust gerammt. Das war so egoistisch von mir! Habe nie einen Gedanken daran verschwendet, was ich ihnen damit antue. Vermutlich haben sie ebenfalls elendig gelitten.

Hin und wieder sehen wir uns in der Stadt. Ich glaube, sie suchen nach mir, aber sie sprechen mich nie an. Ich nehme an, sie wollen einfach nur sicher sein, dass es ihrer Tochter gut geht.

Damals hatte ich das Gefühl, dass sie mich mit ihrer ewigen Kontrolle ersticken. Ich wollte mich austoben, meine Grenzen austesten. Zu der Zeit hatte ich das Gefühl, dass sie mir die Luft zum Atmen nehmen, weil sie mir ständig gesagt haben, dass sie mich beschützen und alles Böse von mir fernhalten wollen. Ja, sie wollten nur mein Bestes, haben aber nicht erkannt, was ich tatsächlich gebraucht hätte."

Alina denkt an ihren eigenen Vater, daran wie ihr zumute war, als er sie in dieses Projekt gezwungen hatte. Er wollte auch nur Gutes für sie, das hat sie erst sehr viel später begriffen und ihm damals verletzende Dinge an den Kopf geworfen.

„Ja, ich kenne das. Eltern wollen immer nur unser Bestes. Leider verstehen wir das oft erst dann, wenn es schon beinahe zu spät ist. Wichtig ist dennoch nur eine einzige Frage: Liebst du sie?"

„Ja, das tue ich! Aus ganzem Herzen."

Kitty hebt den Kopf und schaut ihr tief in die Augen. „Als du mir vor ein paar Wochen zum ersten Mal über den Weg gelaufen bist in deinen vornehmen Designer-Klamotten, war ich mir sicher, dass du die arroganteste, dämlichste, unsympathischste und verweichlichste Person auf dem ganzen Planeten bist. Hast wegen jedem Staubkorn gejammert. Und jetzt schau uns an. Wir sitzen im Dreck, ich schütte dir mein Herz aus und du tröstest mich, weil ich flenne wie ein kleines Mädchen."

Dann tut Kitty etwas, mit dem Alina nie gerechnet hätte. Sie umarmt sie und flüstert mit verheulter Stimme. „Hab dich lieb, Lina!"

„Ich hab dich auch lieb!", antwortet sie gerührt.

„Kein Zweifel", schluchzt Kitty. „Es wird doch zur Gewohnheit."

Zitat

Walter, 38 Jahre alt

„Ein Indianer kennt sehr wohl den Schmerz, aber er
weiß, wie er ihn überwindet."

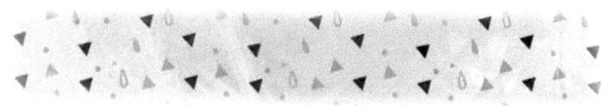

Anhörung

„Tut mir echt leid, aber ihr müsst heute erst mal auf mich verzichten. Und das, wo wir jetzt endlich alles fertig machen dürfen." Walter zieht die Krawatte zurecht und schaut in den Spiegel. „Ich erkenne mich gar nicht mehr wieder. Was habt ihr mit mir angestellt?"

Die drei tänzeln um ihn herum. Alina zupft an seinem Haarzopf, den sie ihm zusammengebunden hat. Und Kitty legt die Feder über den Haargummi. „Ich finde es schöner, wenn sie lose herunterhängt und nicht im Zopf fixiert ist."

Henry stellt sich vor ihn und zieht ihm den Hemdkragen zurecht.

Walter schaut skeptisch. „Ich fühl mich so was von unwohl."

 268

„Das liegt nicht an dem, was wir hier für dich tun."
Alina kniet vor ihm und poliert mit einem letzten Schliff
die Anzugsschuhe.

„Du wirst das auf einer Arschbacke absitzen. Mach dir
nicht ins Hemd. In der Unterhose schaut die vom
Jugendamt aus wie alle anderen. Und wenn sie auf dem
Klo sitzt, dann ist sie auch nur ein Mensch." Kitty
zwinkert ihm zu.

Rasko schwänzelt um ihn herum, als wisse selbst er,
welches Anliegen Walter auf dem Herzen brennt.

„Ich würde viel lieber heute den Boden in der Küche
fertig machen", jammert er.

„Lass mal, wir haben am Vormittag alle Pause", sagt
Alina, richtet sich auf und betrachtet mit einem
wohlwollenden Lächeln ihr Werk.

„Aber der Baustopp ist doch aufgehoben. Ihr könnt
weitermachen", protestiert er

„Wir sind heute deine Garde und begleiten dich zur
Anhörung."

Er öffnet den Mund.

„Keine Widerrede", unterbricht ihn Kitty. „Die Tante
bekommt es mit mir zu tun, wenn die nur einen verfickten
Satz gegen dich sagt."

Er atmet tief durch, zweifelt für einen kurzen Moment
daran, dass ihm das zum gewünschten Ziel verhilft, und
sinniert krampfhaft nach, mit welchen Argumenten es
ihnen auszureden ist, dass sie alle mit zum Jugendamt

kommen. Innerlich sieht er Kitty der Dame auf den Kopf spucken und einen Kaugummi ins Haar kleben. „Äh ... aber wir müssen doch ...“ Weiter kommt er nicht.

„... rechtzeitig fertig werden. Werden wir. Aber jetzt ist erstmal wichtig, dass du deine Tochter wiedersehen darfst. Auf zur Rettungsaktion Großer Wolf“, trällert sie.

Vor dem Jugendamt ist Walter schweißgebadet. Das Hemd hat Schwitzflecken über den ganzen Rücken verteilt. Die Jacke hat er im Auto liegengelassen. Zu viert stürmen sie durch den Eingang und zur Anmeldung.

„Haben sie alle vier einen Termin?“, fragt die Dame hinter dem Glasfenster.

Die komplette Mannschaft deutet auf Walter. Der schluckt und fängt an zu husten.

„Dann bitte ich Sie ...“, sie deutet auf die Leibgarde, „hier Platz zu nehmen.“ Mit einer wischenden Handbewegung verweist sie die Truppe auf ein paar harte Stühle im Eingangsbereich. Walter dagegen steht wie angewurzelt vor dem Fenster herum, als hätte man ihn vergessen. Die Frau wuselt aus ihrem Kabuff heraus und bedeutet ihm mitzukommen. Mit einem zerknirschten Gesichtsausdruck schaut er zu seinen Freunden.

Sie schiebt ihn in ein Zimmer und lässt ihn zurück. Kurz darauf kommt eine andere Dame und schüttelt ihm mit einem Lächeln die Hand. „Wir haben telefoniert.

Schön, dass Sie hier sind. Ich habe mir alles genau angesehen. Ich bin sehr gespannt, mehr von Ihnen zu erfahren. Das Projekt läuft gut, habe ich gehört, sie sind schon in den Endzügen."

Walter schluckt, die Zunge klebt am Gaumen.

„Setzen Sie sich doch."

Er räuspert sich, holt sich gedanklich her, was Henry ihm eingeredet hat. Angriff ist in deinem Fall die beste Verteidigung. „Es ist so, dass ich meine Tochter gerne wieder regelmäßig sehen würde. Ich vermisse sie sehr und denke, dass ich gut für sie sorgen kann. Ja, meine Exfrau hat damals gesagt, dass ich gerne Alkohol trinke, aber sie hat maßlos übertrieben und ihre eigene Geschichte unter den Tisch fallen lassen. Zu dieser Zeit hatten wir uns bereits auseinandergelebt und stritten jeden Tag. Wie oft ist sie abends losgezogen, um sich mit anderen Männern zu treffen. Wenn ich ihr nicht gebe, was sie braucht, müsse sie es sich eben woanders holen, hatte sie gesagt. Und das tat sie, vollkommen hemmungslos. Nächtelang war sie auf Tour, was zur Folge hatte, dass sie anschließend den halben Tag verschlief. Ich habe Leni oft mittags von der Schule abgeholt, weil Dora dazu nicht im Stande war. Statt zur Arbeit zu fahren, habe ich gekocht und meiner Tochter bei den Hausaufgaben geholfen, was uns täglich Geld gekostet hat, weil Aufträge nicht pünktlich fertiggestellt wurden. Ich bin oft am Abend, wenn Leni geschlafen hat, zu den Kunden gefahren. Das

war die einzige Alternative. Daraus hat sie mir später einen Strick gedreht. Hat überall erzählt, dass ich verantwortungslos sei und die Kleine allein gelassen habe. So, alles andere habe ich bereits am Telefon erzählt."

Sie schaut ihn mit hochgezogener Augenbraue an. „Das ist eine völlig andere Sicht der Dinge, als diejenige, die in den Akten vermerkt ist. Haben Sie das denn nie zu Protokoll gegeben?"

Er schnauft schwer. „Ich hatte Angst, Leni zu verlieren und wollte Dora nicht noch mehr gegen mich aufbringen. Obendrein hat sie meistens nicht viel mitbekommen, weil sie entweder bei ihren Lovern war oder geschlafen hat. Dass ich arbeiten war, hat sie nicht registriert. Stattdessen hat sie nur gesehen, wenn ich mir am Wochenende ein Bier genehmigt oder meine Sorgen mit einem Glas Wodka gemildert habe. Ihre eigene Sucht nach Männern hat sie stets ignoriert. Ich dachte, wenn ich das zur Sprache bringe, werde ich Leni nie wiedersehen."

„Na, das sieht aber nicht so aus, als wäre das in Ordnung. Habe mich die letzten Tage gefragt, wie der Anwalt Ihrer Exfrau das durchboxen konnte. Ich werde mich darum kümmern, dass ihr Sorgerechtsstreit wieder aufgenommen wird. Das ist möglich, wenn neue Fakten auf dem Tisch liegen. Haben Sie ein wenig Geduld, ich werde mich darum kümmern."

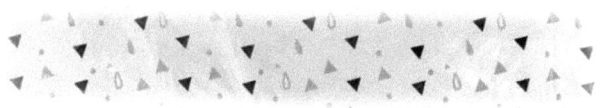

Zitat

Henry, 80 Jahre alt

„Sir Henry ist allzeit bereit, einer holden Maid zur Seite zu stehen!"

(Auf Kittys Frage, ob er ihr mal das Teppichmesser reichen kann)

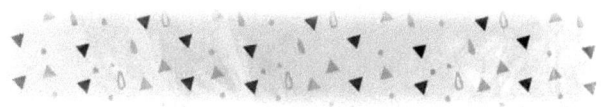

Elektrik

Sir Henry steht im Keller und betrachtet sein Werk. Er ist voll in seinem Element. Endlich flutscht die Arbeit. Die Aufwärmphase ist beendet, aktuell sieht man flotte Fortschritte. Das stachelt ihn zusätzlich an. Händereibend schaut er in den alten Verteilerkasten. Der hat ab sofort ausgedient. Nachdem die Kabel alle eingezogen sind, freut er sich darauf, sein Werk zu vollenden. Na dann, in die Hände gespuckt. Beflissen schraubt er die uralten Sicherungen aus und folgt damit seinem inneren Schaltplan.

„Hey", poltert es von oben. „... die Schleifmaschine geht nicht mehr!", protestiert Alina. „Hab ich was kaputt gemacht?"

Henry beißt die Zähne zusammen. Es fällt ihm wieder ein, die Mädels sind dran, die Tische abzuschleifen. Die Treppe hochstapfend kratzt er sich am Kopf. Walter steht bei Alina und schaltet am Knopf herum.

„Das war ich", sagt er kleinlaut. „Ich hab die Sicherungen rausgeschraubt. Der Verteilerkasten." Er zuckt mit den Schultern. „Der muss komplett erneuert werden."

„Dann bin ich nicht schuld?"

„Aber nein. Wie machen wir das denn jetzt? Wie lange braucht ihr noch mit den Tischen?"

Alina betrachtet ihr Werk, das im Moment erst drei Schleifspuren aufweist. Walter hebt den Finger und deutet Richtung Garage, in der er sein Werkzeug aufbewahrt, und verschwindet.

Inzwischen sind sie es gewohnt, die Rätsel von Wolf nicht zu hinterfragen. Er kommt mit einem Stromaggregat zurück und stellt es den beiden lächelnd vor die Füße. Dann wendet er sich wieder dem Treppengeländer zu.

„Äh ... und jetzt ... ich mein, wo kommt denn da jetzt der Strom raus? Muss ich da was einschalten?"

Henry legt den Kopf schief. „Ich denke, das geht so ..." Geschickt schiebt er das Aggregat zurecht, fummelt dran herum, hantiert mit der Maschine und switcht den Schalter um.

Erst knistert es, dann ertönt ein Zischen. Irgendetwas klackt. Stille. Weder ein Brummen des Motors noch das

fiese Geräusch einer Schleifmaschine. Die beiden schauen sich an, sie zeigt ihm die Zähne. „Ist jetzt was kaputt?"

Henry verzieht das Gesicht. „Ich fürchte ja." Suchend schaut er sich nach dem Besitzer dieses Ungetüms um, der mit einem versonnenen Lächeln am Geländer den Abstand der Streben nachmisst. „Äh Wolf", schreit Alina zu ihm herüber. „Ich glaub, ich hab doch was kaputt gemacht."

Walter legt den Meterstab beiseite, kommt zu ihnen, betrachtet das Schauspiel, dreht einen Knopf und wirft damit den Motor an. Ein sonores Brummen ertönt und er verschwindet wieder an die Arbeit.

„Ach so, ja, der Schalter." Henry tippt sich an die Stirn und Alina lächelt mit einem beschämten Augenaufschlag.

Am Abend steht er mit abstehenden Resthaaren vor seinem Werk und vollzieht gedanklich den Weg jedes einzelnen Kabels nach, das im neuen Verteilerkasten endet. Die Schalter, ebenfalls alle jungfräulich, sind im Augenblick ausgeschaltet. Fein säuberlich hat er sie beschriftet und den Plan dafür in die Tür geklebt. Tadellos vorbereitet, dennoch zwickt ihn der Magen. Erneut schaut er sämtliche Anschlüsse durch, bis er überzeugt ist, dass alles seine Richtigkeit hat. Dann fällt sein Blick auf die FI-Taste, die gleichermaßen unberührt ist. Tief durchatmend schwellt er die Brust und legt den Zeigefinger auf den

Kippschalter, um ihn zu betätigen. Ein Stoßgebet Richtung Himmel sendend hält er inne.

„Gesamte Truppe mal herhören, Rettungsaktion Elektrik im vollen Gange, ich bitte euch, mir beizustehen."

Kurz darauf stehen sie zu viert vor dem Schalter und starren das schwarze Plastikteil an. Henry sucht den Blick von Walter. Der zuckt mit den Schultern. Von Strom scheint er außer dem Aggregat keine Ahnung zu haben. Alina hält sich vorsichtshalber die Ohren zu und Kitty feuert ihn fieberhaft an. Plötzlich ist er sich nicht mehr sicher, ob er nichts vergessen hat. Sind die Kabel wahrhaft dort, wo sie hingehören? Was, wenn er einen Kurzschluss fabriziert und alles in die Luft fliegt, weil er ein uralter Knacker ist und ins Altenheim gehört und nicht auf eine Baustelle? Sein Finger auf dem Schalter zittert, als läge er auf einer Rüttelplatte.

Kitty schubst ihn an und der Kippschalter klickt.

Stille.

Dann in der Ferne ein leises Rauschen.

„Henry, du bist ein Genie", schreit Kitty und fällt ihm um den Hals, drückt und herzt ihn, wie sie ihren Opa geherzt hätte, wenn er noch leben würde.

Alle schauen sie mit geweiteten Augen an.

„Na, da oben läuft mein Ghettoblaster. Die Scheiß-Batterien sind leer, also hab ich ihn an die Steckdose angeschlossen. Als du den Strom abgeschaltet hast, habe ich nach einem Sender gesucht."

Alina zieht die Augenbrauen hoch. „Ein neuer Sender? Wolltest du uns etwa alltagstaugliche Musik präsentieren?"

„Hin und wieder muss ich euch auch etwas Gutes tun."

Erst allmählich sickert bei Henry durch, dass er erfolgreich war. Augenblicklich durchströmt ihn ein immenses Glücksgefühl und er drückt Kitty an die Brust, als wolle er sie nie wieder loslassen.

Zitat

Pippi, 40 Jahre alt

„Eine holde Prinzessin, ein liebenswertes Punk-Girl, ein verwegener Ritter und ein schweigsamer Indianer!"

(Antwort auf die Frage, wer das Kinderheim rettet)

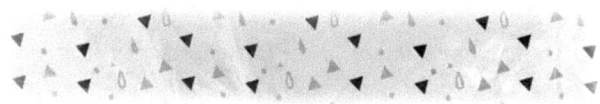

Magenzwicken

Henry schiebt in seinem Müsli das Getreide hin und her. Mit griesgrämigem Ausdruck betrachtet er dabei den Löffel. Eigentlich sollte er aus den Glücksgefühlen nicht mehr herauskommen, just seit die Elektrik funktioniert. Leider verpasst ihm dieser Umstand Magenzwicken und keine Schmetterlinge im Bauch.

„Was'n los? Du schaust, als hätte dir jemand ins Müsli gepinkelt." Kitty schaut ihn fragend an.

„So was in der Richtung", murrt er und lässt die aufgeschaufelte Pflaume vom Löffel rutschen.

„Hey, du solltest den ganzen Tag nur noch grinsen. Du edler Ritter von der Elektrik hast unser Projekt gerockt. Ist das nicht Grund genug, um zu strahlen?" Sie beißt in ihr Marmeladenbrot.

Henry lässt den Löffel in die Schüssel fallen und lehnt sich auf dem Stuhl zurück.

„Na du hast eine Laune heute. Ist dir der van der Dingsda über die Leber gelaufen?"

Seine Kaumuskulatur arbeitet, obwohl er nichts zwischen den Zähnen hat.

„Gut, wir können auch Schweig-dich-an spielen, wenn der Herr sich heute am liebsten selbst ankotzen würde."

Ihm ist es recht, sie anzuschweigen. Dann gewöhnt er sich flotter daran, dass er bald wieder niemanden zum Reden hat.

Als er später am Zimmer von Carsta vorbeigeht und durch den Türspalt Kitty darin entdeckt, bleibt er stehen und beobachtet, wie sie in sich versunken einen Musiker an die Wand pinselt. Die restlichen Räume hat sie bereits fertiggestellt. Da gibt es nichts mehr zu schaffen. Ihm ist schwer ums Herz.

Eine Hand trifft auf seine Schulter und er zuckt zusammen. „Komm, mutiger Ritter der Tafelrunde. Großer Wolf zeigt dir das Werk unserer Hände."

Henry atmet hektisch. Er hat Walter nicht den Gang entlanggehen gehört.

„Immer schön standhaft bleiben", sagt er und schiebt ihn zwei Zimmer weiter zum Bad. „Schau dir das mal an. Das waren wir. Howgh, ich habe gesprochen." Er klopft sich theatralisch auf die Brust. „Ich finde, wir haben das mehr als gut hinbekommen." Er lächelt, unverkennbar zufrieden mit ihrem Werk.

Henry findet es ebenfalls gelungen. Wenn sie doch ein weiteres Bad zu fliesen hätten. Liebend gerne würde er in Kauf nehmen, erneut diese blöde Badewanne einzubauen, um nicht die nächsten Tage ins Altenheim zurückzumüssen. Ihm ist nicht zum Lachen, eher zum Weinen. Die gesamte Villa ist nahezu fertig.

Walter mustert ihn.

Henry ist sich nicht sicher, ob er seine Melancholie bemerkt hat. Liebenswerterweise sagt er nichts, sondern schiebt ihn weiter die Treppe hinunter in den Eingangsbereich.

„Komm, wir haben hier noch den Boden fertig zu fliesen. Lass uns unser Werk vollenden."

Henry schneidet die Randfliesen zurecht. Da kommt Bruno zur Eingangstür herein. Der Sir schnappt nach Luft. Ist es jetzt schon so weit? Gibt es keine Gnadenfrist? Zumindest bis alles fertig ist und die Kinder hier eingezogen sind. Gönnt er ihm denn nicht einmal die leuchtenden Kinderaugen?

„Hallo ihr fleißigen Bienen", ruft Bruno in die Runde.

Walter schaut vom Parkett auf und hebt die Hand zum Gruß.

Henry fixiert konstant den Boden.

„Da ist er ja unser Held der Kabel!" Sein Freund strahlt ihn an und kommt auf ihn zu. „Hab schon gehört, dass du die Bude mit Licht erfüllt hast. Gratuliere, alter Herr." Er mustert seine Miene. „Was ist denn mit dir los? Du schaust ja, als wäre es dir lieber, wenn du sie in die Luft gesprengt hättest."

Henry hat keinen blassen Schimmer, wie er um dieses Dilemma herumkommt. Ihm ist zum Heulen zumute. Er will nicht zurück.

Bruno wendet sich an Walter. „Ist es gestern doch nicht so gut gelaufen, wie mir Alina vorgeschwärmt hat?"

„Nein, alles gut. Unser Ritter hat beste Arbeit geleistet."

„Aber was hat er denn dann?", fragt er, als ob Henry nicht neben ihm stünde.

Schweigen.

„Er hat Abschiedsschmerz", platzt es plötzlich aus dem Sir heraus. „Du bist aber auch ein herzloses Monstrum. Warum bringst du mich schon jetzt zurück ins Grufftiheim? Ich will hier wenigstens noch bis zum Ende mitarbeiten, bevor ich mich wieder eingraben lasse und nach der Pfeife der Drachentante tanze. Wie kannst du nur so egoistisch sein! Mich hierherholen, mir das schöne Leben zeigen und mich dann sofort nach getaner Arbeit wieder abschieben."

„Aber ..." Bruno ringt um Worte. „Willst du denn zurück ins Seniorenheim?"

„Von wollen kann ja wohl keine Rede sein. Kitty würde dir jetzt ganz was anderes um die Ohren knallen. Du hast es schön, kannst deine Freiheit genießen, bist im Stiftungsrat die volle Größe, immer gefragt und nie allein, und regelmäßigen Kontakt zu den Heimkindern hast du auch. Du hast alles, was du brauchst." Seine Stimme bricht ab. „Ganz im Gegensatz zu mir", flüstert er kaum hörbar.

„Henry, was ist los mit dir? Wir brauchen dich hier. Wie kommst du auf die Idee, dass ich dich im Altenheim entsorgen will?" Er schaut ihn mit eindringlichem Blick an.

„Aber warum bist du dann gekommen? Du wolltest doch erst zur Abnahme ..."

Bruno erstickt seine Worte und drückt ihn an die Brust. „Ich glaube, du hast keine Ahnung, wie wichtig du bist. Und du unterschätzt deine Kollegen. Die würden dich nie freiwillig herausgeben. Mach mal die Augen auf, alter Knabe. Du denkst doch nicht im Ernst, dass die dich so einfach zurückgehen lassen."

Henry schaut über die Schulter von Bruno hinüber zu Walter.

Der schüttelt den Kopf. „Keine Chance."

Er löst sich aus der Umarmung. „Wie jetzt?"

„Na, die haben sich doch schon lange was für dich einfallen lassen. Du bist nur viel zu blind, um das zu sehen."

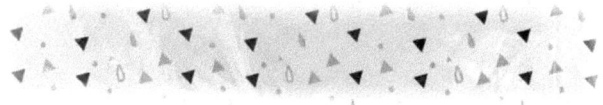

Zitat

Kitty, 19 Jahre alt

„Deine Hose ist nicht kaputt! Das nennt man Grunge!"

(Kitty zu Fritz, der sich beim Toben das Hosenbein aufgerissen hat)

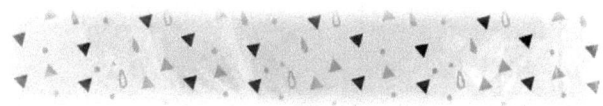

Grippewelle

Kitty zieht ein verpacktes Möbelteil vom Laster und schleppt es in die Villa. „Bett Cinderella", liest sie auf dem Etikett. Mit dem Paket auf der Schulter stapft sie in den ersten Stock hinauf und stellt es in Lisa-Maries Zimmer ab. Wo bleiben die anderen? Kurzerhand stapft sie am Lieferwagen vorbei und dreht ab in Richtung Gartenhaus. Sie reißt die Tür auf. „Hey Leute, was geht ab? Seid ihr beim Kacken eingeschlafen?"

Alina schaut um die Ecke. „Komm gleich", sagt sie mit kratziger Stimme und hustet. „Ich trinke erst einen Tee."

„Hey, lass dich nicht hängen. Wir brauchen heute jeden Mann. Der Fahrer hat mich schon gefragt, wie lange er noch warten soll."

„Kannst du ihn nicht bitten, mit auszuräumen?", fragt sie und schnäuzt.

„Ist ein sturer Bock. Und Rasko hilft mir nicht wirklich dabei, über den stolpere ich nur ständig."

Walter kommt auf sie zu. Sein sonst so wettergegerbter Teint schaut blass aus. „Henry können wir heute vergessen. Der hat die ganze Nacht auf dem Klo gesessen. Wir drei schaffen das schon."

Sie räumen aus, verteilen die Pakete auf die Zimmer, und als der Laster aus dem Hof fährt, schlagen sie gegenseitig ein. „Geschafft", schnieft Alina. „Früher hätte ich mich einfach nur ins Bett gelegt, die Decke über den Kopf gezogen und gewartet, bis der Tag vorbeigeht."

Kitty verdreht die Augen. „Eine tropfende Nase ist kein Grund, die Kids hängen zu lassen. Die wollen nächste Woche hier rein. Schon vergessen? Die Jugendherberge hat selbst schon die Bagger vor der Tür stehen. Die kompletten sanitären Anlagen werden umgebaut. Die müssen da raus. Und damit sie das können, dürfen wir Gas geben. Oder sollen die auf dem Boden schlafen?"

„Ist ja gut", murrt Alina. „Ich pack das schon."

In der Mittagspause schaut Kitty nach Henry, der im Bett liegt und mit fiebrigen Augen an die Decke starrt.

„Ich mach dir 'ne Suppe. Die lässt Ritter krankes Ohr ganz schnell wieder fit werden."

„Nicht ins Altenheim zurück", säuselt er.

Sie streicht ihm die abstehenden Resthaare glatt. „Nur über meine Leiche. Die olle Schrulle von Hausdrachen bekommt dich nicht wieder in die Krallen. Wir päppeln dich schon wieder auf. Hab auf der Straße den Cliff auch wieder hinbekommen, und der hat beim Husten die halbe Lunge ausgespuckt."

Am Abend kommt Alina nicht mehr von der Toilette zurück. Kitty schaut nach ihr. Als sie zurückgeht, um Susis Schrank fertig aufzubauen, hört sie im Zimmer nebenan etwas scheppern. Eilig legt sie das Brett weg und rennt zu Walter. Schwer atmend sitzt er am Boden, kreidebleich und verdreht die Augen. Schweißperlen stehen ihm auf der Stirn.

„Scheiße, was machst du denn?" Sie packt ihn an den Armen, geht in die Hocke und stemmt den schlaksigen Körper hoch. „Du auch noch. Heilige Indianerkacke. Kannst du stehen?"

Er nickt.

„Ich bring dich rüber. Du legst dich ins Bett. Ich mach das alleine fertig. Und bis Morgen seid ihr alle wieder auf den Beinen. Verstanden?"

Walter zeigt auf den Schrank. „Ich ... muss doch ..."

„Du musst gar nix. Du haust dich jetzt in die Kiste. Verfickter Sturkopf, jetzt wehr dich nicht auch noch. Du bist eh so schwer."

Am nächsten Tag liegen drei Leute in zerwühlten Betten. Von Aufstehen keine Spur. Kitty schaut in die Runde. Sir Henry schläft, zum Glück. Der hat sich die halbe Nacht hin- und hergewälzt. Wolf hat sich auf die Bettkante gesetzt und ist im Begriff, sich hochzustemmen. Bis zur Toilette schafft er es, das war's.

„Leg dich hin. Das macht doch keinen Sinn. Und du ..." Sie zeigt auf Alina, die bedingungslos ihren Willen beweisen möchte und ebenfalls versucht, sich aufzusetzen. „Du genauso."

Unversehens stülpt sich Alina über den Eimer vor Kittys Beinen, würgt und übergibt sich.

„Ach du heilige Kotze! Da braucht es keine Möbelschlepper, sondern eine Pflegekraft."

Sie schaut sich um. „Komm Rasko, jetzt sind wir mit dem Organisieren dran. Wir holen Verstärkung."

Zitat

Walter, 38 Jahre alt

„Ich wusste gar nicht, dass Deutschland so nah an
Schottland liegt."

(Beim Anblick von Cliff)

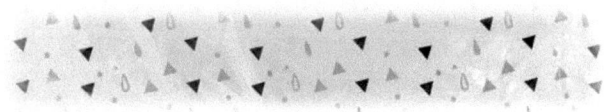

Rettungsmission

Walter öffnet die Augen. Sein Blick fällt auf ein paar Springerstiefel und einen Schottenrock. Nachdenklich brütet er darüber, an welcher Stelle sein Film gerissen ist und er verpasst hat, dass er eine Reise nach Schottland unternommen hat. Die Lider fallen ihm zu und er träumt von einer Wasserfontäne, die vor ihm in den Himmel spritzt. Er ist mit seiner Tochter in Island unterwegs. Sie zieht ihn an der Hand zu einer Whale-Watching-Tour. Mit einem Boot fahren sie aufs offene Meer hinaus. Die Wellen schlagen spritzend die Bordwände hoch und schaukeln sie wild hin und her. Augenblicklich steigt das Gefühl der Übelkeit in ihm hoch. Er reißt die Augen auf und spurtet an einem Kilt-Träger vorbei zur Toilette.

Als er zurückkommt, rührt dieser seltsame Mensch in einem Kochtopf mit Brühe herum.

„Wer sind Sie?", fragt er und kratzt sich am Kopf.

„Hey Schätzchen, ich bin der Cliff, schon vergessen? Magst 'ne Suppe?"

Walter schleppt sich zum Bett und ist heilfroh, wieder zu liegen.

Der Schottenrock wippt auf ihn zu. „Da, das beruhigt deinen Magen." Er stellt ihm einen Tee aufs Nachtschränkchen.

„Wie kommst du denn hierher?" Wolf beäugt ihn mit zusammengekniffenen Augen. Mehr Durchblick bringt er nicht zustande.

Cliff jongliert mit zwei Dosen Ravioli. „Die anderen sind drüben beim Schrauben. Ich mach hier lieber den Pfleger. Bin nich so der Handwerker."

Walter fixiert ihn. „Zum Kuckuck, wer sind Sie und was machen Sie in unserer Küche?"

Er fängt die Büchsen und hält sie fest. „Schätzelsche, du muss aufpassen, wenn ich was sage. Okay, du bist momentan ein wenig gaga im Hirn. Das lass ich als Verteidigung gelten. Also nochmal zum Mitschreiben für dich. Unsere Kitty ist mit den anderen drüben in dem Nobelschuppen und baut so Zeug für die armen Hascherl zusammen. Ihr seid ja alle ausgefallen." Er zeigt mit der Dose auf Alina, die tief und fest schläft, und auf Henry, der dumpf an die Decke starrt.

Walters Denkzentrale ist matsch, sein Kombinationsgeist jedoch funktioniert. Dieser Kerl ist einer von Kittys Straßenfreunden. Und die bauen die Möbel auf. Ein Lächeln huscht über sein Gesicht. Endlich erinnert er sich ... der Dudelsackspieler vom Sommerfest!

Cliff grinst. „Gell, da staunst du über unsere Kitty Cat. Die Braut ist echt der Hammer. Kannste froh sein, dass wir sie euch geliehen haben. Gut, sie is wohl nich ganz freiwillig da. Aber wissen sollt ihr schon, was ihr da für 'ne Granate habt."

Walter zeigt auf die Dosen. „Und was machst du?"

„Na den Pflegedienst. Was denn sonst? Einer muss sich doch um euch Scheißerchen kümmern."

Er lässt erleichtert die Augen zufallen. Kitty managed das. Und wenn er wieder aufwacht, hat sich der Schotte vermutlich verzupft.

Als er beim nächsten Mal zu sich kommt, ist Cliff keineswegs verschwunden. Um den schmalen Tisch drängen sich gefühlt tausend Leute. Durch verengte Augenschlitze versucht er, sie zu erkennen. Es sind nicht Alina und Henry, die liegen in ihren Betten. Einer hat eine Fransenlederhose und ist barfuß. Ein anderer, dessen Klamotten aussehen, als seien sie von Hunden zerfetzt worden. Fallschirmspringer, fällt ihm zum nächsten ein. Und ein Mädel mit einem Kleid. Wenn es nicht pechschwarz wäre, würde es mühelos ins Mittelalter

passen. Kitty wuselt zwischen ihnen herum und verteilt Ravioli in Müslischüsseln. Offensichtlich reichen die Suppenteller nicht. Als sie bemerkt, dass Walter wach ist, kommt sie zu ihm und kniet sich vor sein Bett.

„Alles bestens. Auf meine Kumpels ist echt Verlass. Wir haben das zusammen gerockt. Die Zimmer sind alle fertig geworden. Nur die Küche..." Sie verzieht das Gesicht. „Da hat uns dein fachmännischer Rat gefehlt. Die Anschlüsse haben wir nicht hinbekommen. Aber ansonsten sieht alles so aus, wie es aussehen soll." Sie schaut, als ginge sie gedanklich jedes Detail durch. „Glaube ich zumindest."

„Kitty, du bist spitze." Walter schüttelt ungläubig den Kopf.

„Die Arbeitsplatte braucht noch ein Loch, sonst wird's blöd mit dem Abspülen. Aber das kannst du ja machen, wenn du wieder fit bist. Helena wollte schon mit der Stichsäge ran ..."

Er hält die Luft an. „Ich hab gesagt, dass das nicht eilt und du es in Ruhe machst."

Er atmet aus und ist dankbar, dass ihm eine verschnittene Arbeitsplatte erspart bleibt. Eine genaue Vorstellung, wie die Küche aussieht, verbietet er sich beim Blick auf Mister Löcherjeans.

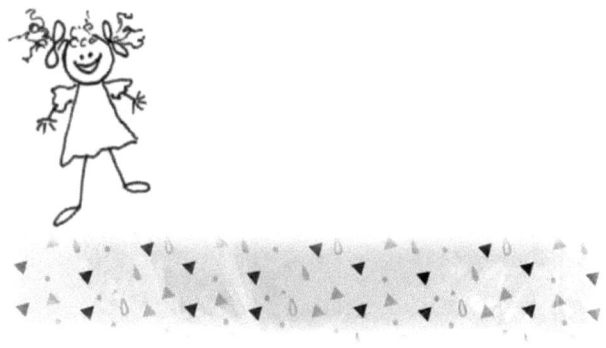

Zitat

Lisa-Marie, 6 Jahre alt

"Wenn Brokkoli grüne Haare macht, hätte ich gerne
Erdbeeren mit Sahne!"

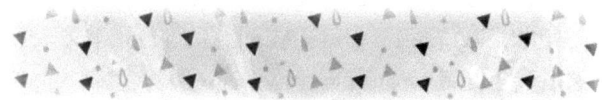

Shopping

Lisa-Marie rennt mit Matze an der Hand aus der Jugendherberge heraus auf den Vorplatz, wo sie beim Sommerfest ihren Tanz aufgeführt haben. Es ist weder Kitty noch Alina zu sehen. „Wo Iti?", fragt der Kleine und zieht an ihren Fingern.

„Die werden bestimmt gleich kommen", beruhigt sie ihn, ist jedoch kaum fähig, sich selbst still zu halten.

„Mit!", sagt er, ohne die Spur eines Zweifels zuzulassen, und tapst in Richtung Straße.

Sie bremst ihn ab und stemmt sich gegen seinen Zug. „Nein, das habe ich dir doch schon erklärt, du kannst nicht mit zum Einkaufen. Da sind gaaanz viele Menschen. Da kann ich nicht auf dich aufpassen."

Susi kommt aus dem Haus gerannt. „Sind sie schon da?", fragt sie mit hektischer Stimme.

„Nein." Lisa-Marie verdreht die Augen. „Du bist doch eh erst später mit den Jungs dran."

Susis Euphorie erstirbt. „Ich mag nicht mit denen. Möcht lieber mit dir."

„Aber bei mir kommen doch schon die Pubertiere mit. Das wird zu eng im Auto."

„Hauptsache du bist gleich als Erstes dran", murrt sie und verzieht sich ins Haus.

Es dauert viel zu lange, bis das Auto auf sie zugefahren kommt. Alina und Kitty steigen aus und eilen johlend auf die beiden zu.

„Iti", kreischt Matze, rennt ihr entgegen und lässt sich von ihr einfangen.

„Seid ihr bereit für die große Einkaufstour, um eure Zimmer zu verschönern?", fragt Alina. „Wo sind Rafaela und Carsta?"

„Die sind zickig", sagt Lisa-Marie.

„Mäh", blökt Matze wie eine Ziege hinterher.

Alina schüttelt den Kopf. „Wenn man sein Zimmer neu einrichten darf, ist man nicht zickig. Ich komm gleich wieder." Sie verschwindet im Haus, um zu klären, wer sofort und wer später mitkommt.

Die beiden Kleinen stapfen an der Hand von Kitty hinterher. Im Gang stoßen sie auf Pippi, die einen Anruf wegdrückt und errötet.

„Magst du auch was für dein Zimmer?", fragt Lisa-Marie. „Soll ich dir was mitbringen?"

Die Leiterin wischt sich über die Stirn. „Das wäre nett."

„Eli?" Matze verdreht den Kopf.

„Ja, vielleicht ein Kuscheltier, Elefanten magst du doch so gerne."

Am Abend sitzt Lisa-Marie mit einem Strahlen im Auto und quasselt unentwegt davon, dass es nie mehr wieder einen schöneren Tag gibt als heute. Nachdem alle eingekauft hatten, wollte Matze unbedingt die neuen Sachen mit ins Haus bringen. Klar ging das nicht ohne sie. Zum Glück, denn sie umklammert eine Decke mit Pferdekopf darauf. Außerdem hat Kitty versprochen, mit ihr zu einem Ponyhof zu fahren. Im Kindersitz neben ihr schläft Matze, den Kopf nach hinten überdehnt. Er wird es nicht mehr mitbekommen, aber sie... Alina steuert den Wagen zur Villa. So können sie alles ausladen und dem halbwüchsigen Aufständler ein Quäntchen mehr Schlaf gönnen, sagt sie. Lisa-Marie schaut ihnen zufrieden hinterher, als sie die gekauften Sachen ins Gebäude bringen. Für Susi hat Alina eine Bettdecke mit Motiven von Zauberern in der Hand. Oben drauf liegt die Schachtel mit dem Tischkicker für Jonas. Aus der umgehängten Tasche spitzen die Schminkbox für Rafaela und das Näh-Set für Carsta heraus. Auf der anderen Seite hat sie die Angelrute für Fritz. Ihr ist klar, dass er sie nicht

brav an sein Hochbett hängt, wie vorgesehen, sondern sie heimlich raus an den Bach mogelt. Alina verschwindet im Haus und kommt mit leeren Händen wieder. Lächelnd öffnet sie die Seitentür.

„Gibst du mir noch deine Decke?"

Sie seufzt, drückt sie einen Tick fester.

„Schau, so hast du was ganz Besonderes, auf das du dich freuen kannst, wenn du zurückkommst. Es dauert ja nicht mehr lange."

Sie ist so weich. „Kann ich sie nicht behalten? Ich bringe sie auch gaaanz bestimmt wieder mit."

Kitty zuckt mit den Schultern und schaut Alina an. „Das ist, glaube ich, keine so gute Idee. Was würde denn Matze sagen, wenn er seinen Riesen-Kuschel-Dino hierlassen muss und du die Decke mitnehmen darfst?"

Sie atmet tief durch.

Sir Henry streckt den Kopf über Alinas Schulter. „Gibt's noch was zu helfen?"

Alina richtet sich auf. „Brauchst nicht glauben, dass du hier unnütz bist. Ich sag dir, du kannst es nicht verantworten, wenn ich die bestellten Lampen alle anschließe. Keine Ausrede. Jetzt bist du wieder fit, wir geben dich nicht her."

„Nein, nein", gähnt es in Kindersitz.

„Siehst du, Matze ist der gleichen Meinung."

Lisa-Marie lächelt Henry an und streckt ihm mit theatralischer Mine die Decke entgegen. „Du musst auf sie aufpassen, edler Ritter. Ich vertraue dir!"

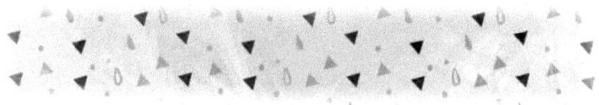

Zitat

Kitty, 19 Jahre alt

„Diese vornehme Wohlstands-Tussi lässt uns so alt
aussehen, wie du schon bist."

(Kitty zu Henry über Alina 2.0)

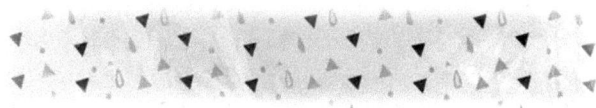

Abnahmetermin

Heute ist der gefühlt wichtigste Tag der letzten tausend Jahre. Seit dem frühen Morgen rennen die vier wie Falschgeld durch die Gegend. Jeder war schon mindestens fünfmal in der alten Villa, um zu überprüfen, ob auch alles in Ordnung ist. In wenigen Minuten kommt die vom Notar einbestellte Kommission, welche die Erfüllung der Bedingungen aus dem Vermächtnis überprüft.

Alina ist kurz vorm Durchdrehen und so nervös wie noch nie in ihrem Leben. Von diesem Termin hängt der gesamte Erfolg ab. Um sich selbst und ihre Teamkameraden macht sie sich keine Sorgen; sie haben alles getan, was sie konnten. Auf ihre Ängste und Nöte

wird das Ergebnis kaum Einfluss haben. Kitty wird nicht ins Gefängnis müssen, weil sie wie angeordnet ihre sechs Monate Sozialarbeit verrichtet und dabei einen enormen Einsatz gezeigt hat. Mehr war nicht möglich. Auch auf Walters Besuchsrecht bei seiner Tochter wird es sich nicht auswirken. Die Dame vom Jugendamt hat gesehen, was er hier leistet und wie er sich für die Kinder aufopfert. Gedanklich bei ihr selbst angekommen sorgt sie sich inzwischen nicht mehr, auf die Philippinen zu müssen. Ihr Vater hat gemerkt, wie sehr sie sich in den letzten Monaten verändert hat. Beinahe täglich telefonieren sie miteinander und er lässt sie spüren, wie stolz er auf sie ist. Das macht sie sehr glücklich. Und für Sir Henry haben sie sich eine Überraschung einfallen lassen. Der alte Ritter hat genug von Drachenkämpfen und bösen Herz-Königinnen.

Nein, es dreht sich hier und heute nicht um sie und ihre Teamkameraden. Es geht um etwas ungleich Wichtigeres – die Kinder! Die Kleinen sind ihnen allen ans Herz gewachsen. Der Gedanke, dass es von der Kommission abhängt, ob sie bald für immer getrennt sein werden, bereitet ihr Magenschmerzen.

Für Henry waren die beiden letzten Tage nochmal eine große Herausforderung. Alina hatte unzählige Lampen für die ganze Villa bestellt, die alle installiert werden mussten. Während Kitty und sie sich darum gekümmert hatten, dass jedes Zimmer perfekt aussah, waren er und Walter

ausgestattet mit Bohrmaschine und Trittleiter von Raum zu Raum getigert, um für Licht zu sorgen. Zum Abschluss wurde das komplette Kinderheim von Keller bis zum Dachboden gesaugt, gewischt und poliert.

Jetzt heißt es warten, bangen und hoffen. Grinsend betrachtet sie Henry der zum mindestens achten Mal murmelnd und tief in Gedanken versunken an ihr vorbeischlurft.

Endlich fahren die sehnsüchtig erwarteten Autos vor. Das Empfangskomitee besteht neben Alina und den dreien aus Bruno und den übrigen Mitgliedern des Stiftungsrates. Selbst Pippi hat die Kinder der Obhut der Jugendherbergsleiterin überlassen und steht an den Fingernägeln kauend vor der Villa.

Die Kommission besteht neben dem Notar aus einem Herrn vom Bauamt, Frau Gudenau aus dem Sozialamt, die vergnügt in die Runde zwinkert, und einem unabhängigen Sachverständigen. Diese vier betreten mit Notizbüchern und Kladden bewaffnet das Gebäude. Sonst darf niemand mit hinein. Die Spannung ist unerträglich.

„Können die sich nicht mal ein bisschen beeilen. Ich kotz gleich vor Aufregung in die Tulpen!" Kitty sieht kreidebleich aus. Alina macht sich Sorgen, dass sie sich tatsächlich jeden Moment übergibt. Aus den Augenwinkeln sieht sie, dass alle diese ungesunde Gesichtsfarbe haben. Die nächsten Minuten entscheiden

über die Zukunft einiger liebenswerter kleiner und großer Menschen. Alina würde am liebsten jeden einzelnen in den Arm nehmen, Bruno, Pippi, ihre Kameraden.

„Was treiben denn die? Ich dreh noch durch", platzt es wieder aus Kitty heraus. Die anderen sind still. Keine Unterhaltung, kein Wort. Alle sind mit sich und den eigenen Gedanken beschäftigt.

Endlich hören sie Stimmen und die Prüfer treten aus der Tür heraus. Alina sucht den Blick von Frau Gudenau, aber sie sieht weder ein Zwinkern noch ein Lächeln. Alle vier schauen ernst und geschäftsmäßig drein.

Bitte, bitte, bitte! Alina sendet ein stummes Gebet Richtung Himmel. Es muss einfach erfolgreich gewesen sein. Oder haben sie etwas vergessen? Was hätten sie besser machen können? Es ist zum Wahnsinnigwerden.

Der Notar tritt vor und zieht seine Kladde hervor. „Wir haben hier eine Liste mit Mängeln, die wir im Haus entdeckt haben. Diese werde ich Ihnen in den nächsten Tagen zukommen lassen." Ernst schaut er in die Runde, die gespannt an seinen Lippen hängt.

„Bei den aufgeführten Mängeln handelt es sich um Kleinigkeiten, die in den kommenden acht Wochen zu beseitigen sind." Es dauert eine Weile, bis sich ein Lächeln auf seinem Gesicht zeigt. „Ansonsten ist alles tip-top und wir können bestätigen, dass Sie alle Auflagen des Testaments erfüllt haben."

Stille!

Was hat er gesagt? Alina versucht, die Worte zu verarbeiten. Dann platzt es neben ihr aus Kitty heraus. „Heilige Scheiße! Leute! Wir haben es geschafft!"

Endlich dringt es auch zu den anderen durch. Lautes Johlen, Freudenschreie, Kitty tanzt mit Henry im Kreis und Pippi fällt Walter um den Hals. Bruno sieht aus, als ob er gleich losweinen würde, was Alina sehr gut nachvollziehen kann, da ihr die Tränen bereits in kleinen Bächen über die Wangen laufen.

Zitat

Matze, noch nicht ganz 3 Jahre alt

„Achtum, die Towboys tommen!"
(Indianer aufgepasst!)

Einzug

Die Kinder stehen vor dem Gartenzaun der Villa und starren auf ihr altes, neues Zuhause.

Jonas reckt den Kopf, um zu sehen, ob von außen eine Veränderung zu entdecken ist.

Kitty hat den ganzen Morgen die Stunden rückwärts gezählt, wann die Kids vor der Tür stehen. Alles ist fertig, es fehlen alleinig die Hauptakteure. Jetzt, wo sie am Gartenzaun stehen, zwickt plötzlich ihr Magen. Ob den Kindern die Zimmer gefallen? Hoffentlich ist keiner enttäuscht, weil er es sich anders vorgestellt hat. Unruhig wackelt sie mit der Hüfte hin und her.

„So wird das nichts", schreit sie zu ihnen hinüber und wuselt los. „Ich helfe euch mit den Augenbinden." Sie lehnt sich über den Zaun. „Na, aufgeregt?"

Rafaela zeigt auf ihr eigenes Zappeln. „Du wohl mehr als wir."

„Nun macht schon, ihr Krawallerbsen! Drinnen wartet alles auf euch."

Matze springt wie ein Hüpfball zwischen den Beinen der anderen herum. „Tind-lein tom sei blav", singt er im Stakkato zu jedem Sprung.

Carsta verdreht die Augen. „Der hat zu viel Urmel aus dem Eis geguckt. Das geht schon seit Tagen so. Seit er weiß, dass wir zurückziehen."

Kitty nickt wissend. „Uns vieren hier geht es nicht besser. Wir schlafen seit Tagen nicht mehr. So, und jetzt kommt mal in die Gänge mit den Augenbinden, sonst wird das heute nix mehr."

„Fritz, jetzt drängel doch nicht so", jammert Rafaela. „Du musst doch nicht immer ganz vorne sein. Jetzt verbinde ich erst einmal den Kleinen die Augen."

„Ach Mann, der Jonas ist doch als Letzter dazugekommen. Mach dich mal nicht so breit, du Zappelphilipp."

Carsta stellt sich zwischen die beiden. „Gut, dann dauert es eben noch länger, bis wir unser neues Zuhause sehen."

„Was für ein ausgekochter Blödsinn", schimpft Jonas. „Warum müssen wir eigentlich die Augen verbinden? Das dauert viel zu lange. Ich will jetzt endlich mein neues Zimmer sehen."

Eine gefühlte Ewigkeit später trippeln sie im Gänsemarsch und Hand in Hand über das Pflaster. Kitty lotst sie und Alina hilft ihr dabei.

„Alle Mann stehen bleiben. Jetzt kommt die Stufe. Wenn ihr die geschafft habt, dann steht ihr im Flur und dann dürft ihr die Augenbinden abmachen."

Die Damen verkneifen sich das Kichern, als die ganze Mannschaft im Gang auf nachgiebige Gegenstände aufläuft und einer nach dem anderen erschrocken zurückweicht. Walter und Henry haben gestern Abend gefühlt tausend Luftballons aufgeblasen und hierher verfrachtet.

„Lubablon", schreit Matze, der sich die Binde heruntergerissen hat. Sofort verschafft sich der Rest ebenfalls freie Sicht. Ein ausgelassenes Ballonschubsen bricht aus. Kitty und Alina bahnen sich einen Weg durch zu den Herren, die neben dem restlichen Empfangskomitee stehen. Sie warten im Flur auf die Neuankömmlinge. Fritz hat sich mit einem Luftballon zu Bruno vorgekämpft und kickt ihm diesen entgegen. Dieser schubst ihn weiter zu Alinas Vater. Die Mitglieder vom Stiftungsrat spielen mit, und die Damen vom Sozial- und Jugendamt ebenso.

Aus dem Nichts bricht Jonas aus der Menge heraus, rennt an Alina vorbei und hechtet die Treppe hoch.

„Äh, Moment mal, wir wollten doch alle zusammen erst hier unten die Räume anschauen", schreit Alina ihm hinterher.

Walter winkt ab. „Die wirst du jetzt nicht mehr halten."

Fritz stürmt ihm nach und rennt um ein Haar Matze um. Der klammert sich an Lisa-Marie. „Betti tehn?", fragt er sie mit geweiteten Augen.

„Komm, wir schauen uns zuerst dein Zimmer an", pflichtet sie ihm bei.

Alina lugt mit wehmütigem Blick den Kids hinterher, die alle selbständig zu ihren Räumen ausschwärmen. „Gut", sagt sie. „Ihr habt mich überstimmt. Ist ja nicht so, dass ich mir den ganzen Tag Gedanken gemacht habe, wie wir das am spannendsten auf die Reihe bekommen. Aber bitte ..."

Kitty wuschelt ihr durch die akkurat gestylten Haare. „Nicht böse sein. Das sind Kinder. Die lassen sich nicht organisieren. Das machen die ganz von allein."

Ein spitzer Schrei ertönt von oben und Alina zuckt zusammen. „Was war das? Ist etwas passiert?"

„Das war Jonas", sagt Kitty und grinst. „Er war wohl zu vorschnell."

Sein Kopf guckt über das Geländer herunter. „Ihr habt sie doch nicht mehr alle. Wie kommt ihr denn auf Rosa? Seid ihr irre? Ich bin doch kein Mädchen."

Fritz erscheint hinter ihm und lacht sich kaputt.

Frau Gudenaus Blick landet auf Kitty. „Was hat er denn? Wolltet ihr ihm einen Streich spielen?"

Sie schüttelt den Kopf. „Zu große Neugierde bestraft das Leben." Dann schreit sie zu ihm hinauf. „Du bist im falschen Zimmer."

Seine Augen weiten sich. „Wir mussten die Zimmer tauschen, weil Matze jetzt auch ein eigenes hat. Gleich neben Mia. Darum hast du das übrige, neue bekommen."

Jonas steht der Mund offen. Just rennt er den Gang entlang zur letzten Tür.

Die versammelte Mannschaft steigt die Treppen empor und kommt ihm hinterher. Kitty findet ihn am Fußballtor. Selig sitzt er darin und umklammert einen Ball. Tränen laufen ihm über die Wangen und sie hat das Gefühl, dass ihre Idee seine Vorstellungen weit übertroffen hat.

Beim Abendessen sitzen sie um den nagelneuen Tisch herum, jeder hat sich einen Platz gesucht. Es gibt Pizza, die Kitty und Alina selbst gemacht haben. Zufrieden stöhnend schaut sie in die Runde und es ist, als würde ein Sack Mehl von ihren Schultern fallen, den sie ein halbes Jahr mit sich herumgeschleppt hat. Ringsum glückliche Gesichter.

Eine wohlige Schläfrigkeit legt sich nach all der Aufregung über die Kids. Normal ist es Pippi, die jeden Einzelnen anschiebt und in die Betten schickt. Oft gibt es dabei Gemotze. An diesem Abend ist die Welt auf den Kopf gestellt. Obwohl morgen Sonntag ist, verziehen sie sich freiwillig in ihre Zimmer und das früher als sonst. Alle sind versessen darauf, ihre neue kleine Welt für sich und ohne Publikum zu genießen.

Als in der Villa Ruhe einkehrt und die Gäste sich verabschiedet haben, ziehen sich die vier ins Gartenhaus zurück.

„Mission erfüllt, würde ich sagen." Alinas Mundwinkel zucken.

„Und was wird jetzt aus uns?", fragt Henry mit zerknirschtem Gesichtsausdruck.

Kitty boxt ihn gegen die Schulter. „Hey, Ritter kennen keinen Schmerz, nur verlorene Schlachten. Und diese haben wir definitiv gewonnen. Mach dir nicht ins Hemd. Das, was jetzt kommt, ist nur noch der Sahneklecks auf dem Wackelpudding. Wir haben das gerockt. Was soll jetzt noch passieren?"

„Ein Drachen", murrt er.

„Walter, jetzt sag du doch auch mal was."

„Die nächsten Tage gibt es jetzt erst einmal eine Rasselbande zu bändigen. Drachen haben wir keine. Und auch dann brauchst du dich noch gar nicht aus dem Staub zu machen. Wir müssen noch die kleinen Mängel beheben. Kneifen gilt nicht."

Henry richtet sich auf, drückt die Brust heraus, hebt die Hand und tippt mit den Fingern an die Schläfe. „Aye, aye,

Sir, wird gemacht. Ritter von der Drachenburg meldet sich zum Einsatz."

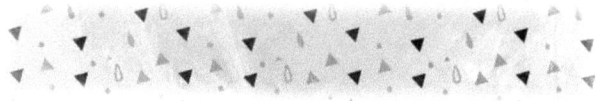

Zitat

Bruno, 81 Jahre alt

„Die Geduld hat sich gelohnt! In den jungen Leuten
steckt viel mehr, als wir erahnen."
(Zu Pippi, die anfangs ein wenig skeptisch bezüglich
Alina und Kitty war)

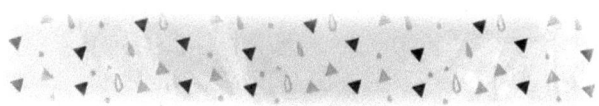

Vatergespräche

Am nächsten Morgen tobt das Leben in der Villa.

„Lauf Heni! Snella!" Matze und Sir Henry jagen einem Fußball hinterher, Lisa-Marie tanzt über die Blumenwiese. Alle strahlen um die Wette und freuen sich, wieder in ihrem Zuhause zu sein.

Alina könnte auf der Stelle losheulen, wenn sie an gestern und die leuchtenden Augen der Kinder denkt. Bruno umarmt jeden, der ihm begegnet, Pippi umarmt meistens Walter. Sie selbst ist total happy, ihren Vater hierzuhaben. Es war eine gute Idee, dass er im Hotel übernachtet hat, um heute Vormittag Zeit mit ihr zu verbringen, bevor er zurückfährt. „Es gibt doch nichts Schöneres als glückliche Kinder", sagt er, während sie beide abseits des Trubels einen kleinen Spaziergang machen, und Alina fragt sich, ob er die Kids vom Heim

meint oder seine eigene Tochter. Gestern war sie überrascht, als er sich unter die Gäste mischte, freut sich jedoch extrem über seinen Besuch. Es zeigt ihr, dass sie die Aufgabe ordentlich erledigt hat. Bislang hat er sich nie besonders für das interessiert, was sie gemacht hat. Naja, das ist ihr inzwischen auch verständlich – Pediküre und Tanzpartys sind nicht unbedingt sein Steckenpferd.

„Ich bin sehr stolz auf das, was du hier geleistet hast. Ich habe mich mit Herrn Brommberg und auch deinen Mitstreitern unterhalten. Alle sind sich einig, dass sie das ohne deine Hilfe nicht geschafft hätten. Oder wie deine grünhaarige Freundin es formuliert hat. ‚Ihre Tochter ist der Knaller! Die hat uns alle aus der Scheiße gezogen.'" Er lacht schallend.

Alinas Wangen färben sich zartrosa. Mit solch lieben Komplimenten kann sie nicht umgehen. Es bedeutet ihr unendlich viel, dass alle ihr Engagement so zu schätzen wissen.

„Das war ein Gemeinschaftsprojekt. Jeder von uns brauchte die anderen und nur zusammen war es möglich, alles mit Erfolg abzuschließen."

Ihr Vater lächelt. „Das ist es immer und daran sollte man auch immer denken. Allein sind wir nichts, aber gemeinsam kriegt man fast alles auf die Reihe."

„Ina, Ina, tomm bielen!" Matze flitzt heran und greift nach Alinas Hand.

Japsend erscheint Sir Henry. „Lass die Lina sich mal in Ruhe unterhalten. Komm, wir suchen Kitty!"

„Die Kinder scheinen dich auch gern zu haben."

„Die Kleinen sind einfach zu goldig. Wir haben sie alle ins Herz geschlossen und sie uns. Ich hätte nie gedacht, dass mir ein Kinderlächeln einmal so viel bedeuten könnte."

„Ich habe den Eindruck, dass du in den letzten Monaten so viel reifer geworden bist. Deine Entwicklung ist beeindruckend und wenn ich ehrlich bin, hätte ich das in meinen kühnsten Träumen nicht für möglich gehalten."

Für einen Moment herrscht Stille und sie laufen schweigend nebeneinander her, jeder in seine eigenen Gedanken vertieft. Alina genießt diesen Spaziergang. Zum ersten Mal hat sie den Eindruck, ihr Vater respektiere sie so, wie sie ist. Es gibt weder Vorwürfe noch Enttäuschung, er scheint wirklich stolz auf sie zu sein.

„Es war nicht einfach für mich, dich hierher zu schicken." Sein Husten klingt in ihren Ohren, als wäre er unsicher. Die Hände ringend richtet er seinen Blick auf den Boden, während er nach den passenden Worten sucht. „Seit dem Tod deiner Mama gab es nur uns beide. Ich wollte alles richtig machen, habe es aber anscheinend ein bisschen übertrieben. Ich wollte immer, dass es dir gut geht und habe dir deshalb selten Grenzen gesetzt. Dabei habe ich völlig übersehen, dass es dir nicht hilft, wenn ich dir alles durchgehen lasse. Dich wegzuschicken, hat mir

das Herz gebrochen, und ich bin unendlich dankbar, dass du bei diesem Projekt so aufgeblüht bist." Er bleibt stehen und dreht sich ihr zu. Zärtlich nimmt er ihre Hände. „Es gibt nichts auf der Welt, was ich so bedingungslos liebe wie dich. Und das wird immer so bleiben."

„Ach Papa!" Mit Tränen in den Augen wirft sie sich in seine starken Arme. „Ich hab dich auch lieb!"

Lange stehen sie so innig zusammen, bis eine helle Stimme ertönt. „Warum weinst du? Geht es dir nicht gut?" Lisa-Marie steht vor den beiden und schaut sie mit besorgter Miene an.

„Alles bestens, Prinzessin. Mir geht es sogar besonders gut." Alina streicht ihrer kleinen Freundin über den Kopf. „Manchmal weinen die Menschen, weil sie glücklich sind."

„Dann ist ja alles gut", sagt sie und flitzt davon.

„Hast du dir schon überlegt, was du jetzt machen möchtest, wo das Projekt beendet ist?"

Alina schüttelt den Kopf. „Bislang hatte ich noch keine Zeit, um mir darüber Gedanken zu machen. Ich glaube, ich würde gerne weiterhin im sozialen Bereich arbeiten. Planen, organisieren und dabei Bedürftigen helfen. Allerdings habe ich keine Ahnung, wie das ohne Studium funktionieren soll."

Die Miene ihres Vaters hellt sich auf und seine Augen funkeln. „Möglicherweise hätte ich da eine Idee. Ich habe mir in den letzten Wochen sehr viele Gedanken über euer

Projekt gemacht. In der Stadt und Umgebung gibt es unzählige solcher Probleme. Fehlendes Geld, mangelnde Unterstützung, unwürdige Lebensverhältnisse. Daher habe ich beschlossen, eine eigene Stiftung zu gründen, um zu helfen, wo es nötig ist. Und es wäre mir eine große Freude, wenn du den Vorsitz dieser Stiftung übernehmen würdest. Deine Aufgaben werden sehr vielfältig sein, aber ich glaube, dass dies genau deine Kragenweite ist. Organisieren, planen, Spenden sammeln und vor allem helfen."

Alina steht der Mund offen. In ihren wildesten Träumen hätte sie so etwas nicht zu hoffen gewagt. Erneut fällt sie ihrem Vater um den Hals. „Danke!"

„Oh Mann", gluckst eine Stimme hinter ihnen. „Bei euch wird aber viel geknutscht."

Kitty steht ans Gartenhaus gelehnt und grinst. „Du siehst glücklich aus. Das gefällt mir!"

Zitat

*Kitty, 19 Jahre alt

„Und lassen Sie ihn bloß seine dämlichen Glühbirnen
auswechseln. Der läuft sonst Amok!"

(Kitty zum Leiter der neuen Seniorenresidenz)

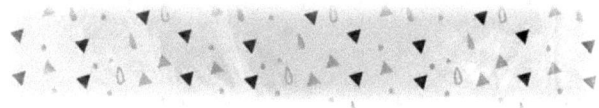

Schlüsselgeheimnis

„Nun schau nicht so grimmig." Alina tänzelt um Henry herum.

„Lieber Ritter von der Bettkante, sollen wir dir in die Hose helfen?" Kitty kichert. „Also an deiner Stelle würde ich nicht so herumtrödeln, oder steckt dir der Einzug der Kids noch in den Knochen?"

Henry brummt und hangelt sich in Seelenruhe in seine Socken.

Walter betrachtet das Trauerspiel mit hochgezogener Augenbraue. „Ich glaube, wir müssen unserem Fliesenhelden ein wenig auf die Sprünge helfen. Kleinen Moment, ich bin gleich wieder da."

Mit zügigen Schritten eilt er vom Gartenhaus zur Villa hinüber. Vor der Eingangstür bleibt er stehen. Der Schlüssel klappert in der Hosentasche, aber es kommt ihm

seltsam vor, einfach hineinzugehen, jetzt, wo das pure Leben in der Bude zurück ist. Hinter der Tür hört er eine Frauenstimme. Ob es Pippi ist? Sein Herz macht einen Extraschlag. Dann johlt Fritz. Der Abenteurer ist vermutlich auf Mammutjagd. Walter schmunzelt, lässt den Schlüsselbund in der Tasche und läutet. Kurz darauf öffnet jemand die Tür. Es dauert eine Weile, bis Susis Kopf erscheint.

„Wolf", sagt sie und lächelt.

„Wie geht's dir? Hast du gut geschlafen in deinem neuen Zuhause?"

Sie verdreht die Augen und strahlt. „Mehr als gut, megagenial."

„Sag mal, könntet ihr mir kurz mal Matze leihen? Oder willst du?"

Sie schüttelt den Kopf. „Der macht das schon. Ich hole ihn dir."

Unschlüssig steht er an der Tür herum, fühlt sich seltsam deplatziert und doch quasi wie zu Hause. Ein halbes Jahr lang haben sie in dieser Villa verbracht. Es kommt ihm vor, als gehöre er inzwischen zum Inventar. Trotzdem, es ist höchste Zeit sich nach einer Wohnung umzusehen, das Leben neu zu sortieren und die Weichen für eine bessere Zukunft zu stellen. Wenn er bloß wüsste, in welche Richtung. Die letzten Wochen hatte er den Kopf voller Baustelle, da gab es kaum einen Gedanken daran, wie es danach weitergeht. Umso dringlicher treibt es ihn seit dem Einzug der Kinder an, seine Umstände zu regeln.

„Mit", sagt jemand hinter der Tür und Matze erscheint, im Schlepptau Lisa-Marie.

„Sorry." Sie zeigt ihm die Zähne. „Er will nicht alleine mitkommen."

„Wolf." Der Kleine deutet auf ihn und versucht sich mit einem Indianer „Wowowowowo".

Er vermisst sie jetzt schon, verbietet sich regelrecht, daran zu denken, wie es ohne sie ist.

„Mittommen!" Eine winzige Hand schiebt sich in die seine und er hat zu kämpfen, dass ihm nicht die Knie weich werden. Gemeinsam tappen sie tuschelnd zum Gartenhaus hinüber.

„Gut festhalten", sagt Lisa-Marie zu Matze, drückt ihm einen metallenen Gegenstand in die Hand und nickt ihm gewichtig zu.

Der Kurze, sich völlig der tragenden Rolle bewusst, die er in diesem Stück zu spielen hat, stapft voraus und umklammert das Corpus Delikti, als sei es eine Lieblingssüßigkeit.

Als sie ins Gartenhaus kommen, stehen Alina und Kitty vor Henry, als hätte sich die letzten Minuten keiner von seinem Platz wegbewegt. Der alte Herr ist inzwischen angezogen, sitzt jedoch reglos auf dem Bett. Wie ein bockiges Kind, weigert er sich, seinen Schlafplatz zu verlassen. Als könne er damit den Auszug aus dem Gartenhaus verhindern.

„Hartnäckiger Fall von dumpfem Brüten würde ich sagen." Kitty schmunzelt Walter an.

Matze hat sich hinter Lisa-Marie versteckt. Sein Tatendrang ist in einem Mauseloch verschwunden.

„Ich glaube, wir dürfen ihn nicht mehr länger warten lassen, ansonsten bekommt er noch die Abschieds-Pocken." Alina stupst Kitty in die Rippen.

Daraufhin dreht sie sich Richtung Matze. „Kleiner Mann, wir bräuchten gaaanz dringend deine Hilfe. Der Opa Henry will nicht aufstehen und ohne Zauberstab kann er es nicht. Leihe ihm doch bitte deinen. Den glänzenden, den du mitgebracht hast. Der vom Großen Wolf."

Er schaut mit verträumtem Blick auf das, was er verkrampft in der Hand hält. Henry mustert den Kurzen. Dann watschelt Matze auf ihn zu und baut sich vor ihm auf. „Abratadabra", sagt er mit bedeutungsvoller Miene und schwingt das Mitbringsel. Anschließend schiebt er es ihm mit stolzgeschwellter Brust entgegen.

Walter wartet angestrengt mit den anderen zusammen auf die Entspannung im Gesicht des alten Mannes, aber es scheint ihm kein Licht aufzugehen. Unbeirrt starrt er auf den Schlüssel.

„Also mit dem Zusammenzählen von Zahlen bist du schneller." Kitty wippt ungeduldig mit dem Fuß.

 325

„Was soll ich denn mit dem? Für was ist der?", fragt er nach einer Weile.

Matze baut sich vor ihm auf. „Saubern", sagt er und schwingt seinen Finger.

„Der ist für dein neues Zuhause", hilft ihm Alina auf die Sprünge.

„Aber, ich hab doch einen Schlüssel für mein Zimmer im Seniorenheim."

Walter schaut gen Himmel. „Alter Herr Gesangsverein. Du willst doch nicht dorthin zurück, oder?"

Henry schüttelt bedächtig den Kopf.

„Na also." Kitty klatscht in die Hände. „Wir haben dir einen Platz in der Residenz nebenan besorgt. Da kannst du jeden Tag hier sein, die Kids besuchen und zusammen mit Brummbär Ersatzopa spielen. Und bestimmt gibt's hier auch immer wieder mal eine Sicherung, die durchbrennt. Da brauchen sie doch jemanden, der sich mit dem Kabelverhau auskennt."

Henry schaut langsam vom Schlüssel zu Kitty. Walter würde am liebsten losprusten. So verdutzt hat er seinen Fliesenmeister bisher nicht gesehen. Wie in Zeitlupe erscheint ein Lächeln in seinem Gesicht. Aufmunternd klopft er ihm auf die Schulter.

„Brauchst gar nicht meinen, dass du aus diesem Job je wieder herauskommst", lacht Alina und Matze klatscht in die Hände. „Brima! Opa Heni."

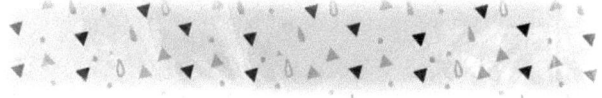

Zitat

Rafaela, 15 Jahre alt

„Meine Lebensretterin"

(Über Alina, nachdem diese ihren eingerissenen
Fingernagel reparieren konnte)

Gemälde

Walter steht mit Kitty zusammen im Flur vor der kahlen Wand, die ihnen schon beim Einzug der Kids nicht gefallen hat. Die Kiste, die Susi versteckt hatte, stellt sie scheppernd auf den Boden.

„Bin gespannt, ob die Rahmen reichen, die ich mit Henry zusammengenagelt habe. Sein Daumen ist immer noch ganz blau." Sie schmunzelt. „Er ist und bleibt eben der Meister des Stroms. Und jetzt muss er auch nicht mehr Trübsal blasen, der alte Hosenscheißer. Hat sich wegen des neuen Heims ganz schön ins Hemd gemacht. Bin froh, dass Linchen heute mit ihm hingeht. Der ist im Stande und kehrt vor der Tür um."

„Das wird schon. Der hat noch das alte Gespenst Drachenstein im Kopf. Sind ja nicht alle Leiterinnen so wie die."

Kitty setzt sich auf den Boden und öffnet die Kiste, betrachtet einzelne Bilder und legt sie auf den Fliesen aus.

„Was meinst du, lassen wir das von Falkenburgs Angriff auf die Wasserrohre raus?"

Walter reibt sich über das Kinn. „Nein, ich denke, das sollte in die Mitte. Schließlich hat sich drum herum alles aufgebaut, und ohne dieses Bild hätten wir uns nie getroffen."

Sie blinzelt. „Hast recht. Es bekommt den Ehrenplatz, um den sich alles dreht."

Der Kurze kommt lauthals singend aus der Küche herausgerannt und hüpft vor ihnen im Kreis. Seine Melodie kennen weder Walter noch Kitty, aber sie klingt herzerweichend unbekümmert. In der Hand hält Matze ein Blatt Papier mit vier Strichen in unterschiedlichen Farben.

„Tize Taze, Tize Taze, Tize Taze", trällert er abwechselnd in hohen und tiefen Tönen.

Kitty schüttelt energisch den Kopf. „Nein, das ist kein Gekritzel, wer sagt denn sowas?"

„Mia", schreit er und schaut sich um, was ihn gefährlich ins Straucheln bringt.

Sie fängt ihn in letzter Minute auf. „Zeig doch mal."

Er vergräbt sich in ihren Armen und bohrt seinen Haarschopf an ihre Brust. „Mia sagt, goßes Gize Gaze."

Walter lächelt. „Ich denke, Lisa-Marie hat ihn gelobt und nicht das Kunstwerk abgewertet."

Sie nickt gewichtig. „Jetzt zeig schon her. Was hast du da gemalt?"

Er hebt das Kinn und drückt seinen Körper an Kittys Bein. Sein krummer Finger zeigt auf den roten Strich. „Is Ina", sagt er und wackelt ebenfalls bedeutungsvoll mit dem Kopf. „Macht auch Gize Gaze."

„Alina, bei der Büroarbeit", übersetzt Kitty in Walters Richtung.

Er zeigt auf die blaue Linie, die kürzer ist als die andere. Die Kinderhand wandert zum Mund. „Wowowowowo", tönt es. Dann legt er nur einen Finger darauf und sagt: „Bscht."

Kitty verkneift sich das Lachen.

Walter kapiert die Anspielung auf seine schweigsame Art sofort und fragt sich, ob ihn die anderen nach dieser langen Zeit, die sie zusammen verbracht haben, immer noch so sehen?

„Du", unterbricht Matze seine Gedanken. Mit seinem verbogenen Zeigefinger deutet er erst auf eine übers ganze Blatt gekringelte grüne Luftschlange und dann auf Kittys Brust.

Walter findet, damit hat er sie genial getroffen. Für ihn ist sie wirbelig.

„Und warum ist der Strich dahinten gerade?", fragt sie ihn.

Er drückt das Blatt in sein Gesicht und kichert. Dann versucht er vergeblich, die Arme zu verschränken. „Slange is taaaaaanz brav:"

Wolf reißt sich zusammen, um sich nicht vor Lachen wegzuschmeißen. „Ich denke, er will sagen, dass du manchmal auch ganz ruhig, nachdenklich und ... gesittet bist." Seine Feder wackelt und ein Kicheranfall, den er von sich nicht kennt, überrennt ihn. Schleunigst dreht er sich weg, um den Kurzen mit dem wüsten Gefühlsausbruch nicht zu kränken, schließlich handelt es sich hier um sein Kunstwerk. Es dauert eine Weile, bis er die Emotionen wieder im Griff hat.

Matze watschelt auf ihn zu, hält ihm das Papier unter die Nase und deutet auf ein gelbes Beinahedreieck. „Opa Heni". Mit stolzgeschwellter Brust wedelt er mit dem Blatt vor seinen Augen herum, tut so, als steige er auf ein imaginäres Pferd und reitet damit vor ihnen im Kreis.

Als Pippi den Künstler zum Mittagsschlaf ins Bett verfrachtet, haben Kitty und Walter bereits ein paar der Zeichnungen aufgehängt. Matzes ist mit dabei. Sie hat ihren Platz neben der von Falkenburg.

Wolf steht auf der Leiter und schiebt ein Bild, das Susi vom Sommerfest gemalt hat, auf einen Nagel. Die Kinder haben die Rahmen ihrer Gemälde angepinselt. Dieser ist mit Blitzsternen verziert. Als nächstes hält Kitty ihm einen mit Glitzer samt Inhalt entgegen.

„Sag mal, wann hast du eigentlich vor, zurückzugehen?", fragt er, und stellt es auf der Leiter ab. Er vermeidet ihren Blick, um ihr nicht zu zeigen, wie schwer ihm bei dem Gedanken ums Herz ist. Ihm ist eine weitere Absage von einem Vermieter ins Haus geflattert.

Sie zuckt mit den Schultern. „Weiß nicht. Will schon bald meine Kumpels sehen. Aber ganz ehrlich, ich hab mich auch an ein weiches Bett gewöhnt. Kannst du dir diese verfickte Scheiße vorstellen?"

Pippi kommt von oben die Treppe herunter. „Wow, wie schön ist das denn?" Sie bleibt mit hinter dem Rücken verschränkten Armen stehen und lässt mit einem Strahlen ihren Blick über die Wand streifen. „Hat Opa Brummbär eigentlich schon mit dir gesprochen?", fragt sie beiläufig.

Walter deutet auf sich und schaut sie fragend an. Mit einer stoischen Ruhe betrachtet sie unbeirrt weiter die Bilder. „Was gibt es denn zu bereden?"

Abwechselnd blinzelt sie zu ihm und begutachtet wieder die Gemälde. „Na, das Gartenhäuschen müsste schon auch noch aufgepeppt werden. Du hast wohl gedacht, mit der Renovierung der Villa wäre jetzt alles gegessen." Sie reibt sich über die Augen, um ihr Lachen zu verstecken. Kitty schaut mit hochgezogenen Augenbrauen von einem zum anderen. Er sieht geradezu das Fragezeichen in ihrem Gesicht und wüsste ebenfalls gerne, was Pippi mit ihren vagen Aussagen andeutet.

Lachend schüttelt sie den Kopf. „Du bist aber auch schwer von Begriff. Wir brauchen einen Hausmeister. Ohne dich läuft hier rein gar nichts."

Walter pfeift durch die Zähne. „Soll das heißen, ich kann im Gartenhäuschen wohnenbleiben? Hast du mit dem Stiftungsrat geredet? Sind die einverstanden?" Er kann sich nicht daran erinnern, dass er jemals derart viele Fragen in einem Zug ausgesprochen hätte.

Pippi holt ihre Hände hinter dem Rücken hervor und hält ihm ein Papier unter die Nase. „Hier, das ist dein Miet- und Arbeitsvertrag." Dann schiebt sie sich an Kitty vorbei und fällt ihm um den Hals. Ein Kuss trifft seine Lippen.

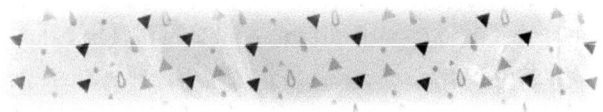

Zitat

Kitty, 19 Jahre alt

"Blond ist keine Haarfarbe!"
(Auf die Frage, welche sie denn eigentlich hat)

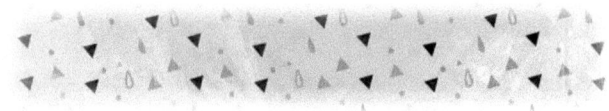

Unsereiner

„Das ist ja ein oberkrasser Scheiß!" Kitty schlägt die Hände vor den Mund und rutscht auf dem harten Bürostuhl herum. „Entschuldigung! So etwas darf ich zukünftig wohl nicht mehr sagen, oder?"

Frau Gudenau lacht herzlich. „Wir lieben dich genauso, wie du bist. Solange du versuchst, die Menschen um dich herum nicht zu beleidigen, darfst du gerne fluchen so viel du magst."

Das Telefon klingelt. Die Dame vom Sozialamt entschuldigt sich und nimmt das Gespräch an.

Kitty kann nicht glauben, was hier gerade geschieht – was in den letzten Tagen und Wochen geschehen ist. Kopfschüttelnd denkt sie daran, dass das alles mit dieser Hohlrinde im Laden begonnen hat. Hätte sie dieser Vollpfosten nicht verpfiffen, wäre ihr Leben völlig anders verlaufen.

Auch der Richterin ist sie inzwischen dankbar. Gestern war sie am Gericht und ist in eine laufende Verhandlung geplatzt. Das war ein Spaß. Die Dame an der Rezeption hatte ihr verraten, in welchem Gerichtssaal ihre Richterin tagte, ihr aber aufgetragen, vor dem Saal zu warten. Zehn langweilige Minuten später hatte sie mit der Faust gegen die Tür gehämmert und war dann ungefragt eingetreten. An vielen staunenden Gesichtern marschierte sie bis ganz nach vorne und überreichte der völlig perplexen Richterin einen Blumenstrauß. „Danke, dass Sie mich zur Sozialarbeit verknackt haben! Das war das Beste, was mir je passiert ist. Sie sind der Knaller!" Dann hatte sie sich der Anklagebank zugewandt und dem jungen Mann, der dort saß, zugerufen: „Hören Sie auf die Lady! Sie weiß, was sie tut!"

„Sind wir uns also einig? Oder möchtest du noch ein paar Nächte drüber schlafen?" Frau Gudenaus Frage reißt sie aus ihren Gedanken.

„Und ob wir uns einig sind!", antwortet sie wie aus der Pistole geschossen. „Ich kann mir keinen besseren Job vorstellen! Am liebsten würde ich Sie knutschen!" Mit

rollenden Augen fügt sie hinzu. „Das ist auch so ein Ding, an das ich mich so langsam gewöhne."

Die Chefin vom Sozialamt lächelt. „Perfekt! Dann sehen wir uns kommenden Montag pünktlich um neun Uhr hier in meinem Büro und beginnen mit den Planungen."

Strahlend wie die Sonne tritt sie auf die Straße. Unbegreiflich, wie schnell sich alles zum Guten wenden kann. Dabei war ihr bis vor kurzem gar nicht bewusst, dass ihr Leben verbesserungswürdig ist. Vor etwas mehr als sechs Monaten noch lebte sie ohne Arbeit und Dach über dem Kopf von der Hand in den Mund. Jetzt hat sie eine eigene Wohnung und kann sich vor Jobs gar nicht mehr retten.

Alina hatte sie überredet, ihr beim Aufbau der Stiftung ihres Vaters zu helfen. Als ehemaliges Straßenkind wäre sie die beste Beraterin, die sie sich vorstellen könne. Kitty wird warm ums Herz, sobald sie an Alina denkt. Die vornehme und versnobte Göre, die sie gleich am ersten Tag zu ihrem persönlichen Hassobjekt auserkoren hatte, war nun ihre beste Freundin. Nie hätte sie erwartet, welch warmherziger Mensch sich hinter der damals noch zentimeterdicken Schicht Schminke verbarg. Das Kinderheim hat wahrhaftig in ihnen allen das Positivste zum Vorschein gebracht.

Gestern rief Frau Gudenau an und bestellte sie zu einem Termin ins Sozialamt. Kitty hatte mit Vielem

gerechnet, aber nicht damit, dass sie ihr einen Job anbieten würde. Ihr Amt richtet eine neue Abteilung ein, mit dem Ziel, Streetkids zu betreuen und sie im besten Fall von der Straße zu holen. Kitty soll den Kindern helfen, sich auf der Straße zurechtzufinden, ist Ansprechpartnerin bei Problemen und darf, wenn möglich, sogar Kurse geben. Streetart oder Hip-Hop. Außerdem soll sie versuchen, diese Kids in soziale Projekte zu integrieren, und ihnen auf diese Weise eine Perspektive anbieten. Durch die Nähe zu Alinas Stiftung ist sie dafür die perfekte Frau. Mit jeder Menge Ideen und dem Wissen, wo genau Hilfe benötigt wird. Und natürlich wird auch im Kinderheim immer wieder Unterstützung gebraucht. Insbesondere nachdem dort drei weitere Waisenkinder aufgenommen wurden und der Stiftungsrat beschlossen hat, die Villa mit einem Anbau zu erweitern.

Sie könnte sich immer noch einnässen, wenn sie sich an Falkenburgs Gesicht erinnert, als Bruno und sie an seiner Tür klingelten und ihn fragten, ob er die Planung und Leitung für die Erweiterung des Kinderheims übernehmen würde.

Rundum zufrieden betritt Kitty ihre Wohnung. Das muss sie sich immer wieder auf der Zunge zergehen lassen: Ihre eigene Wohnung! Naja, zumindest zur Hälfte.

Rasko kommt bellend angelaufen und springt an ihr hoch. Wie immer spürt er, wie es ihr geht, und hüpft ausgelassen um sie herum. Alina steht im Türrahmen zur

Küche und grinst sie an. „Wenn ich mir dein Gesicht anschaue, habe ich das Gefühl, dass dein Termin sehr gut gelaufen ist. Du strahlst ja wie ein Honigkuchenpferd."

Kitty berichtet ihr von Gudenaus Plänen und ihrer Rolle in diesem neuen Projekt.

„Ich bin begeistert! Freue mich riesig für dich. Das ist einfach perfekt!" Alina strahlt mit ihr zusammen wie ein Atomreaktor. Ihre Freundin umarmend sagt sie: „Unsereiner wird die Stadt schon auf Vordermann bringen."

„Ja", flüstert Kitty. „Deinereiner, Meinereiner, Unserereiner!"

Mit Schmetterlingen im Bauch macht sie sich auf den Weg in den kleinen Garten. Ja, ihre Wohnung hat eine eigene kleine grüne Oase! Doch kaum hat sie die Terrassentür erreicht, schrillt die Türklingel.

„Mach du auf!", ruft Alina. „Das ist für dich!"

„Woher weißt du, dass das für mich ist?"

„Vertrau mir!"

Kitty reibt sich über die Stirn, geht zur Tür und öffnet sie einen Spalt. Vor ihr stehen ein Mann und eine Frau. Kittys Atem setzt aus. „Mama? Papa?" Dann laufen die Tränen.

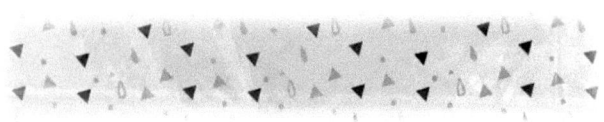

Zitat

Jonas, 9 Jahre alt

„Das mit dem eigenen Schwimmbad hab ich mir anders vorgestellt. Aber Fußball ist mir eh lieber als Schwimmen."
(Nachdem er wieder ein Zimmer ohne Wasserschaden hat)

Wiedersehen

Es hat große Vorteile, Hausmeister in einem Kinderheim zu sein. Einer davon sind die regelmäßigen Mahlzeiten, die man zusammen mit den Kindern einnehmen kann. Insbesondere bei einer so erstklassigen Köchin wie Pippi.

Satt und zufrieden sitzt Walter mit Sir Henry vor seinem Gartenhaus.

„Hast du dich gut in deinem neuen Heim eingelebt?", fragt er den alten Mann.

„Ich wusste nicht, dass es sogar Spaß machen kann, in einem Seniorenheim zu leben. Die meisten Mitbewohner und Pfleger sind gut gelaunt und nicht so miesepetrig wie die beim Drachen. Mit unserem Heimleiter treffe ich mich einmal in der Woche zum Skat. Ich fühle mich rundum wohl. Stell dir vor, es gibt sogar Nüsse im Müsli!"

Er schaut zum Gartenhaus und deutet lachend auf die unzähligen Packungen mit Korkparkett, die unter dem Vordach gestapelt sind.

„Wie es aussieht, Wolf, kommst du nicht los vom Böden verlegen. Wie weit bist du denn inzwischen in der Hütte?"

Walter rollt mit den Augen. „Ich bin immer noch dabei, die alten Bretter rauszureißen und die Tapeten abzurupfen. Irgendwas liegt drüben immer an." Er zeigt mit dem Daumen über seine Schulter Richtung Villa. „Jedenfalls komme ich hier zu nichts. Wenn ich den ganzen Dreck raushabe, kannst du dir mal die Elektrik anschauen. Du weißt ja, dass es dort viel zu wenige Steckdosen gibt."

Henry nickt mit einem breiten Lächeln. „Na klar, der ehrwürdige Ritter von der Kabelrolle ist allzeit bereit und stets zu Diensten. Und was die alten Tapeten angeht, solltest du vielleicht mal bei Kitty und Alina anfragen. Die machen das im Nullkommanichts."

„Die beiden haben doch keine Zeit mehr für so etwas. Die sind jetzt ständig busy und in Sachen Stiftung unterwegs. Haben es echt geschafft, die beiden, und es auch verdient, unsere Mädels."

„Wer redet hier von uns?"

Walter traut seinen Augen kaum, als Kitty und Alina wie aufs Stichwort um die Ecke kommen. Seit Wochen ist die Truppe zum ersten Mal wieder komplett.

„Welches Fest für meine Sinne, Ihr holden Damen! Was führt euch zu uns alten Recken?"

Die Mädels umarmen ihre beiden Freunde und setzen sich zu ihnen in die Sonne.

„Ich bin hier wegen des Anbaus. Hab unseren Kumpel Falkenburg mitgebracht, der sich als Bauleiter darum kümmert. Der ist ganz schön kleinlaut geworden, aber ich glaube, dass er alles dafür tun wird, sich zu rehabilitieren."

Walter war etwas skeptisch, als sie vor ein paar Wochen über ihn diskutiert hatten. Inzwischen hat er sich an die Idee gewöhnt. Der Mann weiß, was er tut. Und diesmal ist er auf ihrer Seite. Außerdem würden er und Alina ihm auf die Finger schauen.

„Und du, Grünling?", fragt Henry.

„Werd bloß nicht frech, Opa! Sonst gibt's 'ne Kopfnuss!", lacht Kitty. „Ich habe zwei meiner Schützlinge mitgebracht. Die wollen beim Anbau unterstützen und reden gerade mit Bruno, Pippi und Falkenburg."

„Itti! Ina!", johlend kommt Matze um die Büsche gerannt und springt Kitty um den Hals. Hinter ihm schaut Lisa-Marie um die Ecke.

„Hallo Matze, du kleiner Schlingel. Ist dein Mittagsschlaf schon vorbei."

„Tann nis slafen. Laut!"

„Ja, da hast du recht. Heute ist ganz schön was los bei euch im Kinderheim."

„Opa tommen!", verlangt der kleine Mann und zieht Henry aus seinem Stuhl.

„So ihr Lieben, ich muss wieder los, die Pflicht ruft. Seitdem ich das Patenprogramm zwischen Kinderheim und Seniorenresidenz ins Leben gerufen habe und Matzes offizieller Patenopa bin, komme ich nicht mehr zur Ruhe."

„Ich finde das Patenprogramm großartig!", wirft Alina ein. „Das ist eine Win-Win-Situation. Die alten Herrschaften bekommen Abwechslung und die Kinder haben eine weitere Bezugsperson."

"Schaut euch Henry an. Der genießt es in vollen Zügen", Walter verdreht die Augen. „Er gibt es nicht zu und beschwert sich stattdessen über den Stress, den er hat. Trotzdem ist er jeden Tag der erste, der hier auftaucht und der letzte, der wieder verschwindet."

Und ich genieße es ebenso, denkt er sich im Stillen. Er mag den alten Mann und sitzt gerne mit ihm zusammen.

Als Bruno mit zwei ihm unbekannten Erwachsenen aufs Gartenhaus zuläuft, springt Kitty auf.

„Mama, Papa!", ruft sie lachend. „Schön, dass ihr es geschafft habt."

Sie wendet sich an den Indianer. „Darf ich dir meine Eltern vorstellen? Das ist Walter, unser Großer Wolf und

Held, wenn es um das Verlegen der Böden ging. Jetzt ist er Hausmeister im Kinderheim."

Sie schütteln sich die Hände. Bruno strahlt übers ganze Gesicht.

„Es freut mich riesig, dass Sie vorbeigekommen sind. Sie haben eine wundervolle Tochter."

Kittys Papa nickt und antwortet mit einem verschmitzten Lächeln. „Ich weiß! Wir wussten das schon immer. Nur sie selbst hat ein bisschen gebraucht, um das zu erkennen."

Walter sieht, wie Kitty rot anläuft. Das kennt er normalerweise von ihr nur, wenn sie kurz vor der Explosion steht.

„Ach Wolf", Bruno räuspert sich. „Eigentlich bin ich hier, um dich abzuholen. Du hast Besuch."

Kopfschüttelnd erhebt sich der Indianer aus seinem Stuhl. „Hier geht es ja heute zu wie im Taubenschlag."

Während sich Kittys Eltern mit den Mädels in die Sonne setzen, schlendert er mit Opa Brummbär zur Villa. Sich am Kopf kratzend fragt er sich, wer ihn hier besucht. Ein Gläubiger, dem er noch Geld schuldet? Hat Falkenburg jemanden eingestellt, der ihm beim Anbau hilft? Hoffentlich nicht wieder so ein Versicherungs-Heini.

Sie betreten die Villa und Bruno führt ihn in den geräumigen Gemeinschaftsraum. Sofort sieht er seine Pippi und lächelt. Geschäftig unterhält sie sich mit einer

 345

Frau und einem jungen Mädchen, die ihm den Rücken zugewandt haben.

„Da ist er ja", sagt seine Liebe und kommt auf ihn zu.

Die beiden Unbekannten drehen sich um. In der einen erkennt er die Frau vom Sozialamt und will die Hand zum Winken heben. Mitten in der Bewegung hält er inne. „Leni?", ruft er und seine Stimme überschlägt sich.

„Papa!"

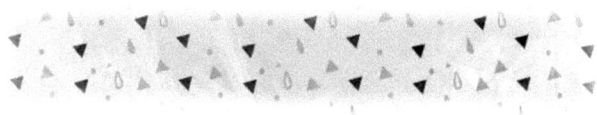

Zitat

Bruno, 100 Jahre alt

„Wenn ich nur halb so alt wäre, wie ich mich heute fühle, wäre ich immer noch doppelt so alt wie du!"

(Zu Walter)

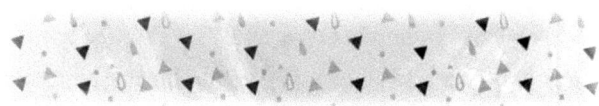

Hundert

Neunzehn Jahre später.

Seine löchrige Jeans ist neu, das Hemd frisch gewaschen. Die Haare grün gefärbt. Matze hat sich einen Spaß erlaubt und sich „Kitty like" gestylt. Ganz der Kindskopf freut er sich tierisch auf ihr Gesicht. Doch nicht nur auf ihres, auch auf all die anderen, die er ewig nicht mehr gesehen hat. Nachdem Mia und er von ihrer jetzigen Familie adoptiert wurden, haben sie sich nicht mehr regelmäßig gesehen. Unschlüssig steht er vor dem Eingang herum und starrt zum Fenster hinauf, hinter dem er die Kindheit an der Seite von seiner Adoptivschwester verbracht hat. Es fühlt sich seltsam vertraut und doch so fremd an. In der Zeit, die er hier in der Villa Konfetti verbracht hat, war er viel zu jung, um sich jetzt noch an

die Details zu erinnern. Zum Glück hat er Mia, die jede seiner Erinnerungslücken auffüllen kann

Zwei wohlig warme Hände umklammern ihn von hinten. Die Stimme in seinem Rücken kreischt hochfrequent und die Arme drücken den Bauch, dass er Angst hat sich zu übergeben.

„Mia, man könnte meinen, wir hätten uns Jahre nicht mehr gesehen, dabei waren wir erst gestern zusammen im Café." Er befreit sich aus ihrem Klammergriff und dreht sich zu ihr.

„Ich weiß", flötet sie. „Aber es ist alles so aufregend. Wir sehen heute alle wieder. Ich hab nachgerechnet, Fritz, die Nervensäge, habe ich acht Jahre nicht mehr gesehen. Und die damaligen Pubertiere bestimmt zehn."

Sie schaut mit ihm gemeinsam zu ihrem ehemaligen Zimmer hinauf. „Hast du eine Ahnung, wer jetzt dort wohnt?"

Er zuckt mit den Schultern und packt sie an der Hand. „Aber wir können es herausfinden. Lass uns dort oben anklopfen." Sie wirbeln zu zweit durch den Eingang und stoppen jäh vor den Bildern ihrer Kindheit. Es sind weitere dazugekommen. So, wie es aussieht, von jedem Bewohner, der hier ein- und ausging, eines.

„Da!" Lisa-Maries Stimme überschlägt sich und sie deutet mit zitterndem Finger auf die Zeichnung, die Matze damals von den vier Rettern angefertigt hat.

Er verzieht das Gesicht. „Tize Taze, ich weiß. Du hast es mir oft genug erzählt. Zieh mich nur auf. Hab damals bestimmt gedacht, es gefällt dir. Inzwischen weiß ich, dass du es nicht besonders schön gefunden hast."

Sie tätschelt seinen Arm. „Nimm's nicht schwer. Ich finde, du hast dich prima entwickelt. Bist doch ein guter Pinsler geworden."

„Ihr habt mich ja nie mitmachen lassen. Liebend gerne hätte ich die Wände angemalt, als wir die Küche neu gestrichen haben. An das kann ich mich sogar selbst erinnern. Oh Gott, ist das schon lange her. Ich war gerade mal im Kindergarten."

Eine plankenartige Hand klatscht auf seine Schulter.

„Hey Kleiner, dich gibt's ja auch in groß."

Matze rutscht in die Knie und schaut sich nach der Quelle dieser Erniedrigung um. „Fritz, du alter Quälgeist, schön, dich zu sehen."

Er macht eine angedeutete Verbeugung vor Lisa-Marie.

„Voll der Gentleman inzwischen, oder?" Sie mustert ihn. Der Abenteurer quillt dennoch aus seinem Lachen hervor. „Und was treibst du so? Immer noch in den Baumhäusern der ganzen Welt unterwegs?"

„Du wirst es nicht glauben, aber ja. Ich bin Erlebnispädagoge und habe letztes Wochenende mit ein paar Neueinsteigern auf dem Baum übernachtet."

„Hast dich nicht verändert. Klopfst immer noch große Sprüche."

Er hebt entschuldigend die Hände. „Hör mal, ich hab noch nie gelogen. Diese Baumbehausungen sehen aus wie ein Zelt. Man hängt es bei mehrtägigen Klettertouren in der Felswand auf und schläft darin. Damit sich die Leute an die Höhe gewöhnen, übernachte ich mit ihnen immer erst mal in den Bäumen. Kannst ja mal mitkommen und mit mir zusammen in der Wand zelten."

Matze stellt es die Haare auf. „Hey, das würde dir so passen. Das ist meine Mia. Die kriegst du nicht."

Sie verdreht die Augen. „Kommt, lasst uns zum Gartenhaus rübergehen. Ich möchte so gerne Wolf sehen."

Vor dem Haus treffen sie auf Jonas, der zwar sportlich schick gekleidet ist, dessen rechter Fuß jedoch in einem klobigen Stützschuh steckt. Inzwischen Profifußballer, hat er sich die Bänder am Knöchel überdehnt und humpelt nun hinter den anderen her, um Walter zu suchen. Ein wenig ungläubig klopfen sie an die Tür, die viel nobler aussieht, als Matze es in Erinnerung hat. Staunend schaut er über die Fassade, die sich von Zauberhand der Villa angepasst hat, oder hat das alles Wolf umgemodelt?

„Hey Indianer", sagt er mit erstickter Stimme, als sich die Tür öffnet. „Das geht nicht. Wo ist deine Feder geblieben, das bist doch gar nicht mehr du. Und wo sind die langen Haare? Und wo der Glimmstängel?"

„Pippi", schreit Lisa-Marie, die ebenfalls in der Tür erscheint und fällt ihr ohne Vorwarnung um den Hals.

Hinter den beiden tritt eine junge Dame in Erscheinung, die blinzelnd über die Schulter von Walter lächelt. Ist das Susi? Nein, das ist nicht möglich. Die hat doch vorhin bei den Pubertieren und ihren Familien gestanden. Hat er sich getäuscht? Ihre Blicke treffen sich. Sie drängt sich zwischen den anderen hindurch und hält ihm die Hand entgegen. „Ich bin Leni. Du erkennst mich nicht mehr, oder?"

Er kratzt sich ungelenk am Schopf. „Die von Wolf?"

„Ja", lacht sie und hakt sich bei ihm unter. „Komm, wir gehen zum Geburtstagskind. Das wartet bestimmt schon auf uns."

Ihm ist seltsam zumute. Gedanklich rechnet er, wie viele Jahre älter sie ist als er. War sie nicht gleich alt wie Mia? Er lässt sich mitziehen und sich von ihr über die neuesten Kinder im Heim berichten.

„Ich habe dich am Tag von Sir Henrys Beerdigung in der Speisekammer gefunden", sagt sie, als sie den Anbau betreten.

Er stoppt. „Das weißt du noch?"

„Na klar, wir haben dich doch alle gesucht. Keiner hat dich gefunden, nicht mal deine Mia wusste, wo du dich versteckt hast."

Bedröppelt schaut er sie an. „Vermisst du ihn auch noch?"

„Klar, er war für mich genauso ein Opa wie für dich. Als ich mit Papa in das Gartenhaus gezogen bin und Pippi dazukam, da war es, als hätte ich wieder eine komplette Familie. Und Sir Henry war mein Ersatzopa. Ich habe gestern sein Grab besucht. Musst morgen mal mit."

Er schüttelt energisch den Kopf. „Nein, ein Friedhof ist nix für mich. Ich bin ja schon bei der Beerdigung davongelaufen." Seine Hände pressen sich auf den Brustkorb. „Ich hab ihn hier drinnen, da trage ich ihn immer mit mir herum."

Sie betreten zusammen den geräumigen Festraum im Anbau. Matze zögert, verschafft sich erst einen Überblick, von den Leuten, die sich hier tummeln.

„Heilige Scheiße, bist du groß geworden." Kitty wirft ihre Arme um ihn. Dann stutzt sie und hält ihn von sich weg. „Nein", sagt sie verdutzt. „Nicht doch. Meine Grünphase ist schon lange vorbei und jetzt fängst du an mit dem Bockmist."

Er freut sich über die gelungene Überraschung. „Hab ich für dich gemacht."

„Für dich demacht", plappert sie im nach. „Was hab ich deine Sprache geliebt. Hey du Hosenscheißer, komm mit, da drüben ist Alina."

Er schaut auf eine elegant gekleidete Frau, die einen smarten Mann im Anzug anlächelt. Drumherum stehen ein Junge und ein Mädchen. „Und was ist mit dir, Kitty?"

Er deutet auf seinen Bauch und schiebt ihn weit nach vorne.

„Nö, ich hab genug zu tun mit den ganzen Straßenkids. Da ist kein Platz für eigene. Aber jetzt komm schon, oder hast du unser Geburtstagskind vergessen?"

Er sieht sich um und findet Bruno. „Opa Brummbär", schreit er quer über die Menge hinweg, lässt alle stehen und rennt durch den Raum. Zusammengesunken und geschrumpft, dennoch mit demselben Lächeln wie in seiner Erinnerung sitzt er mitten unter all den Menschen am Tisch. Matze stellt sich vor ihn und hat just in diesem Augenblick einen seltsamen Kloß im Hals. Bevor er zu ihm spricht, räuspert er sich gedehnt. „Darf ich dich drücken?", fragt er.

„Immer her damit", sagt Bruno. „Ich bin zwar ein hundertjähriger alter Knacker, aber nicht zerbrechlich. Komm her, du Lausbub."

„Laubu", murmelt er in die Umarmung hinein und fühlt sich wie zurückversetzt in eine Zeit, als dies hier seine Heimat war.

Nachdem das Kuchenbüfett leergefegt ist, klopft Alina an ein Glas und Matze schaut auf eine Kiste in ihrer Hand. Ist das nicht die von damals? Mia hat von ihr geschwärmt und erzählt, dass sie ihre Zeichnungen darin aufbewahrt haben, bis Kitty und Walter die meisten davon an die kahle Wand hängten. Was hat sie mit der vor?

„Liebe Gäste, liebster Brummbär, wir haben lange überlegt, was wir dir schenken könnten ...“

Er winkt ab. „Ich hab doch alles. Schau dich doch um. Alles, was ich liebe, ist hier.“

Alina atmet tief durch. „Wir haben uns für dich ins Zeug gelegt, um dir etwas zu schenken, was auch die ganzen Ehemaligen ständig hier sein lässt, auch wenn sie inzwischen überall auf der Welt unterwegs sind.“

Seine Augenbrauen rutschen nach oben. „Aber heute sind sie doch alle hier.“

„Ja, keiner hat es sich nehmen lassen, mit dir zu feiern.“

Sie öffnet die Kiste und zeigt eine Zeichnung in die Runde. Matze dämmert es, warum sie ihn dazu verdonnert hat, eine Skizze von sich anzufertigen, die ihn im Maleroutfit und auf der Leiter beim Wändestreichen zeigt. Das hat sie den anderen offensichtlich ebenso aufs Auge gedrückt und alles in dieser Truhe verstaut.

Das erste Bild ist von Rafaela. Es zeigt sie mit ihrem Mann und Kindern vor dem Eiffelturm. Sie ist nach Paris gezogen und macht dort einen auf Mode. Passt zu ihr, findet er. Für seinen Geschmack war sie damals ebenso weit von ihm weg. Der Altersunterschied fiel schwer ins Gewicht. Das Nächste ist von Carsta, auf sie ist er gespannt. Zu ihr hatte er einen besseren Draht, obwohl sie für ihn immer sooooo alt war. Auf ihrer Zeichnung bemerkt er eine Nähmaschine. Neben sich hat sie einen Mann gezeichnet, der um einiges größer ist als sie. Der

Junge an ihrer Seite hat eine Brille auf der Nase und wirkt ähnlich schlaksig wie sein Vater. Sein Blick schweift zum realen Gatten hinüber. Dieser redet mit einem Nachbarn, obwohl der Rest gebannt auf Alina schaut. Sympathisch findet er ihn nicht und er würde Carsta am liebsten augenblicklich umarmen.

Matze konzentriert sich auf das nächste Bild, es ist sein eigenes. Opa Brummbär lächelt zu ihm herüber. Es ist, als sage er ihm mit dieser Geste, dass er stolz auf ihn ist. Der Gedanke flutet seinen Körper wie ein wohliger Schauer.

Dann hält sie das von Lisa-Marie in die Höhe, die inzwischen in einem Kindergarten arbeitet und viele Kinder um sich herum gezeichnet hat. Die Gruppe ist umgeben von bunten Luftballons. „Luballons, Luftablons, Luftibons, Lubablons", murmelt er und schaut grinsend auf die Bilder von Jonas und Fritz. Am Ende das von Susi. Es zeigt sie als Dolmetscherin. Verwundert fährt er sich über die Stirn und schiebt seinen Pony aus der Sicht. Er hatte keine Ahnung, dass sie inzwischen bei den hohen Herren Politikern die Reden im Live-Chat übersetzt. Ausgerechnet sie, die nie den Mund aufgebracht hat.

Alina stellt Bruno die Kiste vor die Nase. „Die gehört jetzt dir. Pass gut auf sie auf. Sie hat schon so viel erlebt. Genau wie du."

„Wie schön, dass du geboren bist, wir hätten dich sonst sehr vermisst, wie schön, dass wir zusammen sind, wir

gratulieren dir Geburtstagskind." Alle singen sie aus Leibeskräften das, was sie damals zu jedem Geburtstag gesungen haben, und die jetzigen Heimkinder trällern mit. Als die Melodie verklungen ist, kommt Matzes Einsatz. Zappelig, wie damals, steht er auf und setzt zu seinem Standardsatz an.

„Lieber Bumbär, zu deinem Burzlfeste, wünschen wir dir allerbeste."

Dann klatscht Kitty in die Hand. „Los ihr Lahmärsche, aufstehen!" Sie holt ihren Ghettoblaster aus der Ecke und stellt ihn auf den Tisch. „Alle aufstellen. Wir werden doch zu Ehren von unserem Burtseltagskind den Hip Hop noch zusammenbringen. Bringt eure Hintern hierher und kramt in euren alten Gehirnzellen herum. Los ging es mit dem Tip." Sie schaut zu Jonas. „Und rechts ist da, wo die Tür ist."

Dieser zeigt ihr den Mittelfinger.

Matze steht auf und sucht nach Mia. Zum Einsatz bereit steht sie auf der Tanzfläche und wartet auf die Musik. Sich an den anderen vorbeidrängend rennt er zu ihr und schiebt eine Hand in die ihre. „Du musst mich tragen, sonst weiß ich nicht, wie es geht."

Weitere Bücher der Autoren

LUNAI – Ein Sternenmeer voll Mut

Würdest du es glauben,

wenn dir jemand sagt,
dass du es nie schaffen wirst, dein Leben selbst in die
Hand zu nehmen?

Lia wäre gerne wie die mutige und abenteuerlustige
Giorgina. Täglich liest sie den Blog der Weltenbummlerin
und erlebt mit ihr alles das, was sie sich selbst nie zutrauen
würde. Ein Rabe namens Campo Cora hindert Lia daran,
ihren Sehnsüchten nachzugehen. Der unangenehme
Geselle kennt alle ihre negativen Glaubensmuster, die sie
von der Mutter in den Kindertagen gelernt hat. Wie ein
verlässliches Uhrwerk erinnert er sie täglich daran, wie
wenig sie ihr Leben selbst bestimmen kann.

Aber Lia lehnt sich dagegen auf.

sina-land.jimdofree.com

SINA LAND

LUNAI

EIN STERNENMEER VOLL MUT

Frag nach Mario

Mitte dreißig steckt Laura in einer Sackgasse fest: todunglücklich im Job, in der Beziehung, in ihrem ganzen Leben.

Auf einer Dating-Plattform lernt sie Mario kennen. Bald merkt sie, dass alles anders läuft als geplant. Mario rüttelt an ihren festgefahrenen Mustern. Er schickt sie auf Reisen quer durch Europa, wo sie sich ihren tiefsten Ängsten stellen muss.

Ist Laura stark genug, den Dämonen ins Gesicht zu blicken? Hat ihr Leben nicht mehr zu bieten als nur Überstunden und einsame Zweisamkeit? Wartet irgendwo die große Liebe auf sie? Doch vor allem: Wer ist dieser geheimnisvolle Mario, der mehr über sie zu wissen scheint als sie selbst?

Folgen Sie Laura auf ihrem Seelen-Roadtrip.

www.gerdschaefer.com

Frag nach
MArio

Gerd Schäfer

pinguletta

Sina Land

Sina Land ist Coach für Menschen in außergewöhnlichen Lebenssituationen. Um neue Ideen in festgefahrenen Situationen geht es auch in ihren Romanen. Sie selbst kam durch eine Krankheit weg vom Tanzen und hin zum Schreiben. Erst waren es Kinderbücher, die sich kreativ mit den Gefühlen der Kleinen auseinandergesetzt haben. Inzwischen sind es Geschichten für Erwachsene. Wer beim Lesen einen gewissen Tiefgang liebt und auch gerne ein wenig über seinen eigenen Tellerrand schauen möchte, wird sich aufgehoben fühlen. Außerdem findet sich eine Spur mystischer Touch in all ihren Geschichten wieder.

Gerd Schäfer

Gerd Schäfer wurde 1974 geboren und lebt mit seiner Frau und seinen zwei Kindern im nördlichen Rheinland-Pfalz. Als kreativen Ausgleich zum Bürojob schreibt er neben Büchern auch Theaterstücke und fotografiert. In seinen Texten geht es meist um die Suche nach der inneren Harmonie und dem Versuch, sich das Leben so zu gestalten, dass man glücklich und zufrieden ist. Am liebsten humorvoll und mit einem Augenzwinkern. Er geht gerne wandern und wenn er es sich aussuchen könnte, würde er den Sommer auf einer einsamen Alm in den Alpen verbringen.